LOS NIÑOS DEL TRÓPICO DE CÁNCER

JOSÉ LUIS GÓMEZ

Los niños
del Trópico de Cáncer

Diseño de portada: Marvin Rodríguez

© 2013, José Luis Gómez

Derechos reservados

© 2013, Editorial Planeta Mexicana, S.A. de C.V.
Bajo el sello editorial JOAQUÍN MORTIZ M.R.
Avenida Presidente Masarik núm. 111, 2o. piso
Colonia Chapultepec Morales
C.P. 11570, México, D.F.
www.editorialplaneta.com.mx

Primera edición: mayo de 2013
ISBN: 978-607-07-1627-0

Impreso en los talleres de Litográfica Ingramex, S.A. de C.V.
Centeno núm. 162, colonia Granjas Esmeralda, México, D.F.
Impreso y hecho en México - *Printed and made in Mexico*

Para qué desconfiar de algo tan leal como la muerte.

1

Buenas tardes, violincito andariego. Guitarrita tonta. Jarrito cervecero. Gorrioncito hablador.

Módico centavito.

Podría también decirte botellita indecente, pero no te lo digo. La saliva es el agua del destino y sólo los ineptos la malgastan.

La malgastan asimismo habladores y gárrulos.

Mejor explícame qué brisas te trajeron por Galnárez. Estos paramentos son para troncos anchos y tú eres cascarita. Fragancia inoportuna.

Migaja de varón, astilla de hombre.

Y por si no lo sabes, estudié metafísica y sé reconocer a las personas por la métrica con que menean la cajita de la presunción. El cofre del agrado. Residencia donde habita el orificio generador de dicha.

Y ya que hemos logrado congeniar, es hora de que te diga seis verdades. Vi barcos y vi góndolas, miré navíos y buques, observé cisnes, contemplé ramitas mecerse con el aire.

Ondulaciones y tendencias.

Pero nunca, ni siquiera cuando las acribilladas de Alvírez iban corriendo en su afán por esquivar los tiros, percibí contoneos más dulces y más delicados que los tuyos. Ni el muelle de Tampico tenía la cadencia que tú tienes.

Tampoco las marejadas de Vancouver.

¿Cómo se le hace para arrancarte un beso? ¿Los vendes, los das, los fías o los regalas? ¿Los canjeas por golosinas como todas las niñas del ramaje?

Porque si los vendes voy a querer catorce. Si los regalas dame veinticuatro.

Apártame además todos los abrazos que te queden, un atado muy grande de suspiros, sonrisas de ésas que no florean en cualquier boca, embelesos que abarquen el tramo de una vida, gemidos por montones.

Y también voy a querer lo otro. El que jamás se presta. La sortija de la satisfacción. Ése que no es funda pero bien que ciñe. Resumidero de atrás.

Joya del pecado, vicio de los reclutas.

La ranura que aunque según se dice no se presta, los delicaditos como tú acostumbran facilitar a cada rato.

Afición de arcángeles perversos.

Hubo nuevos pedazos de retórica, pero se ahogaron en el hedor de los nísperos. Sólo murmullos de ramas. Conversación de crepúsculo.

La luna, trastorno de relojes.

El recién llegado parecía no escuchar y se mecía discreto. Por momentos aparentaba no existir. Irreal como campana. Junco de verdes lodos, talle de palmera.

El militar caminando tras él.

Galnárez tenía la apariencia de un pueblo emplazado sobre el infortunio. Las esquinas, apáticas hogueras. Perros que agonizan de fastidio y remolinos de sol a media calle. Un obelisco en el ensueño. Raros reflejos.

Acababa de pasar un batallón y apestaba a soldado.

–¿Te niegas a conversar conmigo? –preguntó el capitán.

No te preocupes.

Así son todos al principio, pero ya que saborean el júbilo hasta platican con las puertas. Se ríen con las ventanas. Se ponen de acuerdo con los muros. Escriben en armarios. Besan lo que sea.

Suspiran acostados en cajones.

—Yo te aconsejaría que contestaras porque no soy estatua de ésas donde se vienen a cagar los pájaros y sí un oficial que gusta de escuchar buenas frases. Respuestas positivas. Dulces afirmaciones. Soy humano y la paciencia se me está empezando a agriar. Y cuando a un capitán de la octava zona militar se le maltrata la paciencia, preferirás agusanarte.

En Jiménez, un refinadito como tú se negó a trabar conversación conmigo y se fue a guardar silencio a oscuro nosocomio. Otro afeminado de Jaumave no le prestó interés a mis palabras y se quedó sin cara. La dejó entre las piedras.

¿Qué lugar te gustaría para dejar los fémures?

Las caricias brillan como piedras húmedas y te recomiendo que nunca las desaires. Nada más los incapaces rechazan ser almacén de beneficios. Nalgas y liquidez, pedestal de sinónimo.

El trasero, tu único fiador.

Puedo llevarte a Corpus Cristi. Regalarte todos los monumentos de Laredo.

¿Eh?

Otra vez la ausencia de respuestas. Mutismo de un caserío sin risas. Ráfagas de mierda y flores. Rumor de moscas. El cadáver de un animal se fermentaba al pie de un promontorio.

—¿Sigues sin contestar? ¡Eres un insensato!

¡Qué te costaba abrir la boca y ser más educado! ¡Conservar la salud y evitarte problemas! Decir: ¡Soy puerco, soy marrano, soy porcino, soy cerdo! ¡Zopenco a veces pero ya comprendí! ¿Por cuál de mis dos hendeduras quiere empezar a solazarse? ¿Por el trasero de arriba o por el trasero de abajo? ¡Porque si es por el de arriba puede empezar ya! ¡Si es por el de abajo deje acomodarme!

Así debiste contestar, ramito de granjeno.

Pero te traicionó el complejo de piragua con que meneas el nalgatorio y me dejaste presenciando moscas. Ahora ya es tarde para responder y aunque me ofrezcas tus más refinadas impudicias, tengo oídos de barro. Por más que repliques no te escucharé. Suplicarás como suspiran los que platican adentro de las criptas. Te aplicaré la Constitución por su lado más puntiagudo.

–¡Estás detenido por indecente!

Me duele hacer justicia, pero tu forma de menear las caderas está sancionada por la ley. Eres curvilíneo como los maniquís y cuando te desplazas afectas a terceros. Y aunque no me lo creas, ya había urdido empeños contigo y hasta te había erigido un monolito. Tuve entelequias luminosas. Vi tus nalgas brillando en la quimera y cuando quise besarlas se volvieron dos soles.

Otro universo era el que gobernaba.

Ni siquiera te he visto de frente, pero no hace falta. Te meces como lamparita en la borrasca y has de estar como para escribirte dos canciones.

Al soldado se le evaporaron varias frases y prevaleció un vacío de comunicación. Tregua cubierta por rumores de hierbas. Protestas de las hojas.

El raro advenedizo empezó a detener los pasos hasta que dejó de caminar. Su cintura, copla de embarcadero.

Dio vuelta y se mostró de frente.

El ocaso, manchón azul.

¡Oh, Señor de los justos!, pensó el militar cuando miró la introvertida belleza del chamaco. Qué hace una criatura tan exquisita en tierra de insolentes. Todos pondrán a trabajar la libido. Querrán encaballarlo. Ya te veo en tu trono de carne.

Las letrinas llenas de gemidos. Farra de disolutos.

El militar tenía razón.

El hermoso párvulo no parecía varón, pero tampoco hembra. Boca que para ser masculina estaba excedida de gracia y para ser femenina era raudal de atrevimiento.

Un reflejo de expiación en la mirada.

Camisola de hombreras, pantalón ancho. Cuello exquisito, cabello sostenido por broches. Estatura regular, botas militares.

Sombrerito de niña.

Poseía esa expresión reprimida de los que encubren una sexualidad forjada al arbitrio de sitios desolados y aunque aparentaba ser viril, sus movimientos eran lánguidos. Estaba manchado de clorofila y despedía un intenso tufo a ramas. Muy tímido.

La mirada en el suelo.

Jamás se había observado algo tan fascinante, y el capitán se dio por seducido. Quiso arrodillarse y galantearlo. Renunciar al erotismo ambiguo y sucio que ejercen los soldados y declararse andrógino.

El chamaco inspiraba noches de apagados faroles. Desenfrenos a puños.

–Puedo indultarte. Todo es cuestión de que lleguemos a un arreglo.

En vista de que el párvulo seguía sin responder, el militar continuó deliberando. Cháchara silvestre, verborrea ordinaria.

Una marejada de efluvios anegó la calle.

¡Oh, chiquillo bello! Jamás defendí ni patrias ni banderas y perversiones fue lo único que me dejó el ejército. Desde hoy, sin embargo, renuncio a ser espina y me convierto en lirio. Dame el sol, dame la luna y una yunta de bueyes para labrar la tierra. Construiré un campanario a la mitad del mar.

Pero en Galnárez todos me conocen y si te hago el amor aquí van a pensar que me gustan los maricas, que aunque sí me gustan, me gustan sólo algunos. Eso de los maricas es depravación social. Perdición adquirida desde los inicios.

Te sacaré del pueblo y le haré creer a la gente que te llevo preso. Tú solamente calla y obedece. O si lo prefieres, obedece y calla, que aunque parece lo mismo no lo es.

No entraremos ahora en elocuencias.

–¡Eres mi prisionero! ¡Te traslado a la cárcel de Abasolo!

Así está mejor, párvulo mío. Finge que te llevo cautivo. Te sacaré de Galnárez y ya que estemos lejos hablaremos de nuestras preferencias. Una vez que haya certificado que tus partes son mías y que la mías son tuyas, nos perderemos en un ramaje espeso. Nos tumbaremos en perfumado labrantío y seremos pájaro, sol, higuera y golondrina.

Recordaré las noches del cuartel cuando en el tumulto perdí mi estado virginal. No supe ni quién fue, pero el que me lo hizo lo realizó tan bien que hasta miré dos lunas.

Amores de todos contra todos.

Barcas perdidas que buscan el embarcadero del consuelo. El alma extraviada en oquedades. La carne escurriendo sus amargas hieles. El coronel Cipriano fue el culpable de que todo el regimiento se desviara. Nos arrestaba si no lo masturbábamos.

Pero tú eres caudal de idolatría, mi pequeño, pilastra para endulzar el ánimo. Ya que haya besado tus límpidos rincones, he de adorarte más de lo que se pueden venerar a cuatro generales juntos. Amanecerás entre mis brazos y aspiraremos bálsamos de ajenjo. Quiero saborear esos labios de hombre, mujer y ángel. Acostarme contigo entre los tulipanes del camino.

Al día siguiente nos iremos para Valparaíso.

¿Valparaíso? Valparaíso no. Suena a sitio lejano.

Además, algo me dice que Valparaíso debe de tener cierto parecido con Galnárez. Lámpara de la virtud, candil de la indecencia. Por la mañana las calles son muestra de pudor y al oscurecer empiezan a salir putas de todos lados.

Mejor nos iremos para Estados Unidos. Sí. Estados Unidos. Tierra de ampulosos inventos.

Nada sabes tú de Estados Unidos porque eres un pobre jotito mexicano. Pero ya que estemos allá entenderás la diferencia de los mapas. Te besaré sobre los más rumbosos avances espaciales. La energía nuclear chorreará por tu espalda. Todos los átomos para nosotros solos.

Tus nalgas, modernos apeaderos.

Nadie lo sabe, pero la Unión Americana es un país de calles parejitas. Semáforos que parpadean. Reflectores nocturnos. Andamios de acero plástico. Ropa que nunca deja de ser nueva. Gafas y sombrillas. Sodas de varios litros. Cervezas de trabajosos nombres. Hamburguesas gemelas. Curados y embutidos.

Gringas desnudas en los supermercados. Rubias empinadas. Ancianas ofreciendo sexo. Hembras ardiendo.

Los orificios están ahí, expuestos a la luz.

Hombres no hay.

Y los pocos que hay son invertidos. Putos, como se dice. Sodomitas, como hubiera dicho Salomón, el que escribió la Biblia. Laxos, ambidiestros. Ésa es la gran tragedia norteamericana y por eso han perdido todas las guerras.

Pero es una tierra que posee ventajas, o si no, imagínate el auto más lujoso y luego multiplícalo. Piensa en una casa elegante y súmale una alberca. Figúrate una camioneta nueva y réstale el escándalo. Todo bien limpiecito. Nadie se masturba en las ventanas. Muy pocos te enseñan las nalgas en los parques. Los escasos muertos que hay son cadáveres automáticos. Víctimas espontáneas.

Muy pronto estaremos allá y sabrás que la vida tiene una parte luminosa que no se contempla desde México. Cambiarás el hambre por el hartazgo, el sudor por la comodidad. Todo es a control remoto. Aplanas un botón y los escusados caminan. Te sientas en el retrete y oyes una ópera. Defecas sobre música. La letrina se levanta en el aire y observas las metrópolis.

Te olvidarás de las nubes de moscas de Galnárez, del olor a excremento de las veredas, de las ruidosas camionetas que pasan a toda velocidad sobre los pedregales, de los montones de basura.

No hay plagas, no hay enfermedades. Tampoco perros que vomiten en los pies de las señoras. Y si acaso hubiera, son calamidades gringas. Males modernizados.

No sabes cuántas ganas tengo de que estemos en Mc Allen y que nos casemos. Allá pueden contraer matrimonio hombres con hombres, mujeres con mujeres, mujeres con hombres, hombres con animales. Después de la boda te llevaré a comer papas con longaniza. Nos hartaremos de mostaza y mortadela.

Llegaremos a la alcoba nupcial y mirarás un peinador con cinco toallas, un juego de cepillos, un camisón de seda, zapatillas de baño, tapetes de felpa, catorce cortineros.

Y lo mejor de todo: una cama de agua.

Nada se compara con las ventajas que dan las camas de agua. Te acuestas sobre ellas y duermes como faraón. Más bien como faquir. Te sentirás odalisca, valquiria, amazona, sirena. Una ramera de ésas que salen en el Antiguo Testamento. Sansón en interiores.

Soñarás imágenes que otras camas no dan.

Dormir en cama de agua es como subirse a un barco que jamás arriba. Tocar el piano en la piel de un submarino. Elefante que camina sobre el fondo del mar. Caballo panorámico.

¿Caballo panorámico? Por qué dije eso. Qué pendejadas se me ocurren.

El soldado dejó de parlotear porque alguien le cortó cartucho a una pistola. Quiso indagar quién lo acosaba, pero escuchó un acordeón inmaterial y fue traspasado por hebras de melancolía.

Coplas de unos llanos apestosos a hiedra. Calandria que teje su nido en la quimera. Girasol sangriento.

Ramajes de Tamaulipas.

El afeminado párvulo tenía una escuadra en la mano y lo apuntaba. Además de querubín hermoso, parecía ser también espíritu de turbios chaparrales.

¿Me estará apuntando a mí?, se preguntó el militar. Porque si me está apuntando a mí, qué tonto más pendejo. Tuve razón cuando dije que tenía varios fragmentos de porcino. Una dosis de asno y otra de jamelgo.

Ya no elucubró más porque en un último momento hasta se le hizo conocido. No estaba muy seguro, pero le pareció que el chamaco tenía los mismos rasgos femeninos que el Niño Asesino del Cajón de Mansalva. Alguna vez lo había visto en un retrato hablado.

–¡No, mi pequeño! ¡Amagar a un elemento del ejército es como navajearse los sobacos! ¡Te colgarán de las bolas!

Globos dorados volaban en la tarde. El sol atrapado en una charca. La muerte tocando su violín.

El soldado iba a lanzar otra advertencia, pero sonó un disparo. Se le contrajo la saliva.

La colisión fue tan brutal que recibió el impacto y se levantó en el aire. Voló un tramo. Iba, según dijeron, vomitando en el viento. Pegó contra una puerta y rebotó en un molino. Cayó boca abajo.

Los intestinos sin ventilación.

La calle emitió un lamento parecido al de un tambor.

Retumbos que despiden las almas de los muertos.

Plastas de cal desprendiéndose de las paredes. Rachas brillantes como espejos.

El militar alcanzó la gloria a las cinco en punto de la tarde y ni siquiera un misal. No arciprestes, tampoco sacristanes.

Ausencia de seminaristas.

Los pórticos, tendal de evocaciones.

El agraciado chamaco enfundó la escuadra y se acercó al difunto. Observó fascinado el uniforme. Se puso de rodillas y estuvo acariciando las doradas insignias, los chapeados galones. Los pulcros ornamentos.

Un airecillo remolcaba hojas y había insectos cantando.

Como los muertos son tediosos, el párvulo dejó de admirar los atavíos y se retiró del cuerpo. Buscó incidentes más festivos y caminó hacia las afueras con sus nalgas bonitas. Resonancia del aire que va y viene. Respiración del páramo.

Después del homicidio, Galnárez entró en un silencio muy parecido a la complicidad. Puntal de miedo, gárgola de apatía. Ojos que miran a través de reducidas ranuras. El viento, enemigo de las ramas.

Nadie malició nada porque el delicado adolescente caminaba con la modestia de no haber causado defunciones. Iba flotando sobre la banqueta y ni los perros lo veían. Dio vuelta en una calle y ahí se volvió nada. Y si acaso se transformó en algo, se tornó carcajada de sol. Olor de bugambilia. Rayos de ocaso iluminando muros. Pestes de muchacha.

Llegaron los encorbatados.

Como nadie sabía quién era el chamaco que ultimó al militar, en las actas que se levantaron no se le puso nombre. Los dictámenes, empero, sin la identidad del criminal quedaban orejanos. Anónimos, como se dice. Silvestres como reses sin marca.

Alguien le aconsejó al actuario que se valiera de un apodo.

—¿Un apodo?

—Sí, un sobrenombre. Es un recurso válido. Bautícelo de acuerdo con el aspecto que tenía.

El escribano se quedó pensando y hasta las moscas guardaron compostura. El aire dejó de circular. Soy viga, soy barrote, soy nido de discreta enramada. Ven a cantar por esta veredita de cautelosos nardos.

—Dijeron que parecía una virgen.

—Pues póngale así. Es sólo para abrir un expediente.

Ya el actuario escribe y el nombre de la Virgen queda registrado en memoriales. Retentivas de México. Inicio de una leyenda aciaga.

Luna andariega, luna enredadora. Luna que de amiguera tienes fama. Busca a los trovadores que hay desde Galnárez hasta el mar y pídeles esparcir por caseríos y puertos los versos de esta andanza.

Existen unos llanos donde los párvulos padecen hambre y miedo. Homicidas que les tiran a los niños. Amargo descarrío. Mujeres llorando en escaleras.

Paloma de las mañanas.

—¿Qué edad le pongo?

—Trece años.

Así dio inicio la época de los niños pistoleros y si hubo esplendor en ello, lo acallaron las ramas. La sangre del difunto se la bebió la tierra. El humor del cadáver disuelto entre resinas.

El nombre de la Virgen, traspapelado en actas.

Pero la vida es rueda inmemorial, carreta que no para, que sigan viniendo los cántaros al agua. Al cabo que la ley es mierda removible, porquería para tragar a puños y aquí no pasó nada. Al muerto nadie lo quería y el homicida era muy sensual para purgar condena.

Por un difunto no vamos a modificar hábitos.

Tamaulipas, además, ha sido por costumbre región de encajonados. Comarca de verdugones y hematomas. Paraje de hemorragias.

Muertos hasta para regalar.

Si te urgen cadáveres, puedes pasar por uno.

Por estos argumentos y por otros más, aquel primer homicidio de la Virgen no dejó cicatriz. Se difuminó entre tanto asesinato. Amanecía el año 2005 y matar se había vuelto de lo más común. Todos tenían en su haber por lo menos un fiambre.

Desde tiempo atrás habían iniciado siniestras facetas de la actitud humana.

Aspectos de exterminio.

Ciclo de empalamientos. Época de cadáveres.

El noreste de México vivía la barbarie más grande de su historia y en el resto del mundo lo ignoraban porque los delitos no se difundían. La palabra escrita, acallada por las metralletas.

Delictivo mandato.

Estaba prohibido escribir, divulgar, exponer, oír o mirar cualquier acto de terrorismo que realizara el crimen. Y a quien infligiera aquella ley más le valía arrojarse de una torre. Tirarse a un voladero.

Las redacciones mudas a causa de los tiros. Impresores degollados y periodistas sangrando en anfiteatros. Si te agrada ser hongo de sepulcro redacta algo. Lo que sea. Una línea. Dos palabras. ¿No te gusta pasar la noche en criptas? Cierra la boca entonces.

El crimen, rebasado por el mismo crimen.

El dolor había adquirido importancia y los homicidas mataban con excesiva saña. Entre más sufrimiento se causara, más brillo se adquiría. El renombre del asesino, inversamente proporcional al suplicio que padeció la víctima.

Cuerpos despellejados.

Organizaciones civiles exigiendo que los asesinatos se cometieran con más cordialidad.

El único lugar seguro eran las cárceles, pero estaban repletas.

Rubicundo desmadre.

¿Dónde me guarezco entonces?

No te guarezcas y métete de policía. Si logras sobrevivir al desgobierno, serás ladrón autorizado. Homicida amparado por la legislación. Delincuente constitucional.

Y un buen consejo: si eres secuestrador bisoño restringe tus afectos. No intentes hacerte de una novia.

Las nenas de Tamaulipas son pretenciosas y buscan enriquecerse rápido. Muy ansiosas por causar envidia. Si quieres que te abran orificios tendrás que practicar todas las modalidades del delito y concebir nuevas. El robo, el homicidio, la extorsión, el secuestro, la exposición de vísceras ya no las enamoran.

Son flacas presuntuosas y gustan de cacarear fuerte. Cubrirse de brillitos. Porquería suficiente para taparles la boca a las vecinas. Colguijes empotrados en pezones. Zafiros que iluminan verijas. Menjunjes en sobacos.

Habrá que pastorear muchos millones de dólares y engordarles varias cuentas bancarias.

Presuntuosas como vacíos floreros. Hinchadas como pavo reales.

Hasta parece que las oigo hablar.

—Mamá, voy a casarme con mi novio. Triunfó como porro y ya lo ascendieron a sicario. Si no lo acribillan, puede convertirse en capo.

—¡Pero, muchacha, cómo te atreves a unir tu vida con rateros miserables habiendo tantos criminales encumbrados! Cásate con alguien que haga llorar a presidentes, con uno de esos hampones que orinan en la cara de gobernadores, homicidas que escupen en la boca de los diputados.

—Mi novio es sanguinario, mamá, puede prosperar en la industria del crimen. En este momento mata pocos, pero muy pronto empezará a dinamitar escuelas. Incendiará hospitales. Destruirá estadios.

—¿Qué pasó con aquel secuestrador que te quería?

—No me hables de ese inepto, mamá, raptaba puros muertos de hambre. No tenían forma de pagar el rescate y se veía en la necesidad de acuchillarlos. Luego no hallaba qué hacer con tanto cuerpo. Sangre en las habitaciones. Hacíamos el amor entre decapitados.

—Si tu padre se hubiera metido de homicida seríamos las reinas de la cuadra. Aunque lo hubieran procesado le habrían respetado la fortuna. A los pocos delincuentes que llegan a aprehender nunca les quitan lo robado. Traeríamos más alhajas que una golfa. Andaríamos bien agarradas de los testículos de algún gobernador. Tal vez del presidente.

—Lo sé, mamá.

—Pero tu padre fue un incapaz que equivocó el camino. Hasta escribía versos. Agonizó de la peor enfermedad que existe: la honradez. Y nos dejó en la ruina. Por eso, no le ofrezcas el trasero a malandrines torpes, niña. Sal con rufianes que consigan víctimas rentables. Atraviésate en el camino de un sinvergüenza con futuro. Que te viole alguien de la pandilla de La Dalia, por ejemplo. A lo mejor te toman como concubina.

—Los pandilleros de La Dalia son felones cotizados, mamá, alevosos al servicio de las bandas de la frontera. Controlan las ciudades de la Cuenca y raptan a todas las mujeres que les gustan. Las disfrutan varios días y luego piden rescate por ellas. Si no les entregan el monto de la liberación, las derriten en ácido.

—¡Hay de mujeres a mujeres, niña! ¡Si las derriten en ácido es porque no supieron zangolotearse bien! Existen traseros que detienen tiros. Nalgas que someten capos. Si logras que un homicida de ésos se engolosine contigo, ya triunfaste. Los matan rápido y quedarás ahogada en dólares.

—Pero, mamá...

—¡Las verijas son las verijas, niña, y los hombres son pendejos! ¡Nunca olvides utilizar debidamente los orificios que la naturaleza te colocó en el cuerpo! ¡Putear es la forma más segura de sobrevivir! Hay que ponerse minifalda, menear el nalgatorio, empinarse, mostrar la mercancía. No sabes lo que logran unos buenos cuadriles. Cuando pase la pandilla de La Dalia a acribillar familias, sal a la puerta, levántate la falda, agáchate y enseña, que te miren el aditamento.

—El que me anda rondando es el doctor Montiel.

—Pero el doctor Montiel es un pobre universitario, hija, tiene dos licenciaturas y cuatro maestrías y para qué le sirven. Es un astroso descosido. Jamás tendrá trescientas camionetas como los homicidas de renombre. ¿Has visto todas las mansiones del centro de la ciudad que permanecen incautadas?

–Sí.

–¿Te gustaría que fueran tuyas?

–No podría vivir en cincuenta residencias.

–No se trata de vivir en ellas. Se trata nada más de que sean tuyas.

–Claro que me gustaría.

–Pues son de otra que se puso astuta.

–No entiendo.

–El Cartaginés, el gran capo de Tamaulipas, asesinó a los dueños de esas residencias y se quedó con ellas. Sobornó a los notarios. Aunque ya no tiene relaciones con mujeres porque le volaron los genitales de un tiro, tiene una novia. Esa mujer se quedará con todo.

–¡¿Qué hago, mamá?!

–Busca un homicida con visión, de ésos que matan familias completas y se quedan con las propiedades. En Tamaulipas los vas a hallar a puños. No tienen doctorado, pero se hacen millonarios en un rato. El crimen es la carrera más próspera. Todos los chiquillos de la escuela primaria están ansiosos por crecer para meterse de sicarios, andar en camioneta nueva, traer escuadra, burlarse del gobernador, arrodillar alcaldes. Alcanzar la fama. Salir fotografiados en los carteles del FBI.

–Sí, mamá.

–Ser universitario en esta tierra es como colgarse de un horcón. Ladrillo campaneado de los testes. Los pocos profesionistas que llegan a conseguir empleo tienen que entregar el sueldo completo a los capos. Sólo los pendejos estudian.

–Sí, mamá.

–Debían de clausurar toda esa mugre de antros a los que llaman escuelas y convertirlos en lupanares.

–Sí, mamá.

–Prostitutas en lugar de colegialas. Terroristas en lugar de estudiantes. Así sí saldría este país del atraso.

2

Todavía hasta el verano del 2005, la Virgen había sido homicida de una sola víctima. Criminal de un difunto.

Laúd sin partitura, inscripción en rústico.

Rama que presume un único jilguero.

Un solo farol, sin embargo, no es suficiente para alumbrar un predio. Imposible transponer el mar en una duela.

Para desarrollar prestigio es necesario consentir a la muerte. Contar por lo menos con dos cuerpos. Disparar sin altruismo hasta remontar las aguas de la insuficiencia. Dejar agonizando a varios.

En Tamaulipas, los asesinos de una defunción no llenaban los requisitos de la ley y quince días después de que mató al militar, la Virgen fue suprimido de los protocolos.

Se volvió majada de escritorio. Tedio de la burocracia.

Sigue disparando tu boba pistolita, chamaco nalgas locas. Todos saben que eres nenita contoneándose. Regresa a las letrinas que los depravados te han de extrañar mucho. Visión de libertinos. Nunca pasarás de ser malhechor de un cadáver.

Hay que reconocer, sin embargo, que irradias cierto erotismo religioso. Sensualidad que enerva. Lujuria recatada. Obscenidad tímida.

Por si lo ignoras, los delincuentes no son tan voluptuosos y estás innovando la forma de inmolar personas. Nunca se habían visto homicidas con ese nivel de morbo.

Como que tienes algo.

Luego habría de saberse que el día que mató al militar, la Virgen atravesó Galnárez por mera coincidencia. Venía del Tomaseño, donde lo vieron jugando con más de veinte párvulos.

¿Párvulos en la fronda?

Sí. El ramaje se había vuelto ruidoso.

Desde tiempo atrás se oían risas venidas de otras partes y había gritos de niños más allá de las hiedras. Chamacos que alborotan en atascaderos. Huellas de muchos pies grabadas en el lodo.

Máculas de juegos.

Por la cantidad de pisadas, podía elucidarse que andaban deambulando en el follaje más de cincuenta chamacos. Escombros de pernoctaciones. Mierdas y basuras.

Hedor de sudorosos niños.

Sobre los matorrales, la luna brillando como un plato.

Aunque nadie logró explicar de dónde había llegado tanto párvulo, lo que sí trascendió es que la Virgen se detenía a jugar con ellos. Pasaban mucho tiempo juntos. Eran encuentros esporádicos y ya antes lo habían visto cerca de Villagrán vacilando con los mismos niños. Luego de divertirse varias horas se apartaba del grupo y volvía a internarse en el ramaje porque, según dijeron, andaba siguiendo a un criminal.

Se decía también que alguien lo andaba siguiendo a él.

La Virgen erró sin disgustos por la fronda participando en áridas contiendas. Enfrentamientos de unos cuantos tiros. No lograba hacerse de un segundo cadáver y continuaba siendo criminal ramplón. Muy lejos del árbol del renombre.

Pasaron semanas.

Monjas de Las Once Divinas aseguraron que una verdosa tarde vieron a la Virgen llegar al pueblo de Saravia. Escuadra en el pecho, el morral de tiros.

Semblante de niña desairada. Boquita despoblada de besos. Las redentoras nalgas.

Traía la piel reseca y estuvo analizando el rostro de la gente. Se quedó en Saravia prolongado rato. Por la mañana se había balaceado en Nueve Luces y tenía mucha hambre. Es absurdo comer cuando se anda tan cerca de la muerte, pero la Virgen detuvo la búsqueda.

Mejor atender el reclamo de las tripas.

La esperanza de sobrevivir jamás se pierde y el chamaco caminó entre perros. No se detuvo hasta el mercado. Sólo traía cinco pesos y no le alcanzaba para una merienda. Tuvo que comer huesos roídos, de ésos que ya masticaron varias personas y que tiran a la basura, pero que los comerciantes ponen a circular de nuevo. Los vendían en la puerta de la iglesia.

Mientras comía, descubrió a varias muchachas que se ocultaban tras un pilar. La Virgen era nene voluptuoso y a las mujeres les ardían encuentros y verijas. Caían como galanas peras.

Las mozas se acercaron y le dijeron que podían hacerle el amor a cambio de un plato de sopa. Masturbaban por una tortilla. Lograrían hacerlo eyacular más de seis veces a cambio de los cuatro huesos que tenía en el plato.

La Virgen, empero, no era varón, varón. Que aunque sí era, se trataba de esos chamacos que no gustan de aparearse con hembras. Si alguna vez le urgiera paladear amores, lo hará con un muchacho. Nunca con mujeres.

Se quedó muy serio. Taciturno bombón.

Les dejó la comida y caminó hacia la fronda.

Había músicos rasgueando contrabajos y se veían astros en el cristal celeste. Lámparas y muchachas. Balcones aguardando un galanteo.

–¡Miren, ahí va la Virgen! –dijo un violinista cuando lo vio pasar–. Hoy en la mañana él y varios chamacos más se agarraron con un destacamento en Nueve Luces.

La Virgen se volvió sombra y penetró al ramaje.

En Rusia Chiquito se encontró con dos ejecutados. Cerca de Hungría de los Pobres vio un esqueleto con un cigarro antiguo entre los maxilares. Cuando pasó por Las Tres Inglaterras asaltó una capilla, pero no estaban armados y sólo les quitó galletas. Dos cajas de cerillos.

Antes de llegar a Arcabuz encontró a un moribundo y como le estaban escurriendo los sudores de la agonía, le regaló un abanico. En Escaramuza, ya entrada la noche, contempló un baile y se detuvo con el propósito de observar las caricias.

Estuvo mucho rato viéndolas.

Manos aferradas a caderas. Caderas famélicas de manos. Bocas que chocan, saliva que va y viene. Enervamiento de los cuerpos, penumbra de las almas. Carne que palpita.

Tiene la boca húmeda. El corazón muy rápido. Pezones muy erectos. Quiere que Gabino Espejo venga y le baje el pantalón.

Nalgas al descubierto. El pene brillando como un faro. Tufo a saliva.

Fugaces amores de retrete. Suspiros de escusado.

¡Oye, Virgen loco! ¡Por qué imaginas eso! ¿Acaso Gabino Espejo te lo practicó ya? Si te lo practicó ya, dilo. Si no te lo ha practicado, dilo también. No lo divulgaremos.

¿Que quién es Gabino Espejo? Es el mayor de los párvulos del bosque. Ahora comprendemos. Cuando saca su gran verga orinadora no despegas los ojos.

Nadie vino a gozar de sus tendencias y el chamaco tuvo que marcharse. Se retiró ya tarde.

Conforme siguió su camino contempló más paseantes, pero como también estaban muertos no quiso saludarlos. Se internó en lo hondo de la fronda y durante toda la noche se volvió página de cancionero todavía no escrito.

Estrella burlada por el mar, escuadra de nueve tiros.

En cuanto el sol mostró su inconfundible cara, se allegó a Alvírez y estuvo divagando en un jardín de lirios, junto a la comisaría. Sacó su espejito de plata y su polvera. Ya se está maquillando.

Tomó el colorete y le dio relieve a las mejillas.

En verdad eres linda. Sin polvo lo eres más.

Sonaron ocho campanadas en un reloj cercano. Dejó de maquillarse y sacó caramelos. «Ten, Eduviges», murmuró muy despacio, y los arrojó a unos niños que en ese momento se dirigían a la escuela, «Son las golosinas que jamás te di».

La mañana entretejida con reflejos de oro. Insectos zumbadores.

Alvírez fue un pueblo sin bullicio que figuraba sólo en las pláticas, pero jamás en los mapas. De vez en cuando en las notas rojas de los periódicos, pero nunca en un discurso y mucho menos en soflamas de políticos.

Caserío de perros desocupados que les ladraban a las moscas. Feudo de la ociosidad.

El comandante Graciano Casasola se encontraba apiñado en la comisaría con unos sujetos de sombrero cuando sintió que lo miraban. Volvió la cara y descubrió por la ventana a una párvula insólita.

Menudita como el pensamiento. Introvertida como santa. Atormentada como la expiación.

La mirada en el suelo.

La reunión era crucial y el comandante, que acababa de amar a la sirvienta Lupana Rubiroza y que por el momento no apetecía mujer, se preguntó si sería muy temprano para regocijar otro trasero. Mejor participar en la asamblea.

Deja de alimentar lujurias, chamaca inoportuna. Son apenas las ocho y a esta hora no se tiene sangre. La poca que circulaba por mis venas la arrojé adentro de la Lupana. Te pospongo para el final de la reunión.

A pesar que el comandante escuchaba la plática, la concupiscencia lo hizo mirar de nuevo y pudo percatarse que la introvertida párvula lo seguía viendo. Había entrado en fornicio con todo tipo de fulanas, pero jamás con algo tan llamativo.

Espérame ahí, visión desatinada.

Graciano Casasola, adicto a no escuchar consejos, se puso de pie y caminó hacia su inmediato funeral. Las venas tan tensas como cables. Mientras los homicidas se repartían un botín que aún no generaban, salió de la comisaría y se introdujo en esta plática. Se transformó en palabra.

Verbo que trajina en el aliento de la muerte.

Los últimos pensantes que lo vieron habrían de afirmar que iba atravesando las paredes. Pisaba sobre el aliento de los cardos. Llegó hasta el jardincillo de lirios y creyó percibir una tonada. Se acercó curioso. Miró. ¡Oh!, es más hermosa que una muerta, tan diferente a todas las que he hecho abortar a puntapiés.

La Virgen estaba deslumbrante: cabello asido con lindos brochecitos. Seductora introspección. Lúbrica imagen de castigo. El cómico sombrero.

El comandante jamás había visto algo similar y las glándulas se le llenaron de ponzoña. Soy asno, soy caballo, soy animal a la mitad del monte. Te daré hasta que te empaches, párvula imprudente. Ya estoy junto a ti y considérate hembra útil.

Te esculpiré dos hijos.

La hermosa chamaca apestaba a ramas y aquello enardecía. Quién será esta mona que no parece ser de aquí. Desde este momento eres mula de mi latifundio, asna de todos mis corrales. Y si le ofreces tus licencias a otro te echo encima todo el destacamento.

¡Para qué me amé con la Lupana Rubiroza, sólo me embasuré y cómo soy pendejo! Pudiendo darle a ésta toda mi sustancia tendré que darle lo poco que me sobró del apareamiento de hace rato.

¡Lupana tonta!, no me andes idolatrando tan temprano. Te anuncias como muy apetitosa, pero a la hora de la hora eres desabrida, una buscona de ésas que aunque te den a llenar resuelven sólo el cosquilleo del momento. A la media hora andas otra vez arañando las paredes.

Pero ésta que estoy viendo sí putea bonito. Tiene estilo y sabe que el trasero no es sólo para colocarlo en los sillones. Hasta parece iluminada. Despierta el deseo de agarrarla a latigazos.

El comandante arribó a las ubres de la muchacha y sufrió un destello. Observó varios barcos. Estaba por empezar a declamar cuando un presagio le cerró la boca. Sintió eso que se siente cuando uno se resbala de una catedral muy alta.

Algo me dice que esta compatriota no es sirena. Tampoco efigie de reinos celestiales. Es algo así como mitad chamaco y mitad chamaca. Yegua y caballo en un solo animal. Si uno se fija bien no es exactamente una ofrecida. Ha de ser un travestido y a mí no va a engañarme.

Prefiero a la Lupana.

Pero ya invertí tiempo en él y no tengo forma de recuperarlo. La Lupana no está para corregirme el itinerario de las partes lúbricas. Nada pierdo al probar sensaciones modernas. Después de complacerme borraré todo vestigio con un tiro.

Aspiró el hedor a matorrales que emanaba la Virgen y miró la sensual boca. Le sobrevino un letargo. ¡Qué pendejada!, pero si a mí sólo me gustaban las hembras. Ha de ser por culpa de la enverijada que me di en la vida. Me atraganté de tetas. Los que hemos preñado a más de mil mujeres empezamos a buscar alborozos alternos.

Algo tiene este párvulo que sin querer desquicia.

El comandante hurgaba en una nube de oro y escuchó pajarillos. No se hizo a la mar de las preocupaciones porque también oyó sonajas.

–Le traigo un regalo, comandante.

Graciano Casasola escuchó la femenina voz y sintió que un colibrí se le posó en las ingles. Claro que me traes un regalo, tonta nalgas fáciles. Todos los fondillos que vienen a buscar erudición conmigo terminan por regalarme algo.

–¿Qué es?

–Es un presente de la Sierra de Ventanas.

–¿Quién me lo envía?

–Adelaida Caminos.

«¿Adelaida Caminos?», pensó el comandante. Claro, cómo olvidarla. Arracadas de arrabalera, collarín de rústica. Bailadora de nacimiento. El trasero más espacioso y cooperador que existió en la Sierra de Ventanas.

Caderas redondas como cacerolas. Chiches tan abultadas como testales de masa.

Cantina donde no bailó Adelaida Caminos, cantina que no agarró prestigio. Los borrachos se formaban para pellizcarle las nalgas. Fue una gran artista, se pasaba el arco del violín por encima de la panocha.

El comandante estiró la mano para recibir el obsequio. La Virgen agarró la escuadra.

–Que lo disfrute –dijo, y le ofrendó un disparo.

El estallido hizo vibrar la tierra y la mañana se rompió en astillas. Desorden de parvadas.

Graciano Casasola no le hizo caso al tiro porque se había puesto romántico y estaba empezando a declamar. En su juventud había sido poeta de prostíbulo y engatusaba pendejas con poemas que un panadero le escribía.

Antes de copular tenía la costumbre de improvisar versos.

Iba en la primera línea cuando el plomo le rompió el costillar. Tenía, sin embargo, tanta hambre de poesía que trató de ignorar el proyectil y seguir en la recitación. Pero la muerte no andaba de humor para escuchar poemas y Graciano Casasola adquirió tonalidad ceniza.

El vómito en camino.

Irrumpió en el más allá articulando coplas.

Se dobló con una bala en los revestimientos digestivos. Los pies sin orientación. La cara en el lodo, las corvas en un hormiguero.

La Virgen lo miró dilatados segundos. Los ojos detenidos en las insignias militares. No resistió la tentación de admirar el uniforme y se acercó al cuerpo. Acarició los broches, los dorados galones, las amarillas charreteras.

Adentro de la comisaría, los homicidas, que seguían repartiéndose lo inexistente, oyeron el disparo. Pensaron que el comandante había asesinado a alguien y no mostraron interés. A diario mataba un mínimo de dos transeúntes.

No había elementos para recelar.

Un cadáver más, un vivo menos. Dios inconmovible. La vida y la muerte, par de libertinas.

Cuando luego de un rato de cálculos vieron que el difunto no regresaba, salieron a buscarlo. Preguntaron por él en yermos corredores. Interrogaron árboles.

Por fin lo hallaron. Tenía todas las partes en su sitio, pero portaba boquete de calibre grande al oriente del estómago.

Tan hinchado como empanada.

Se fueron a seguir los rastros del que le había quitado la existencia con intenciones de culpar al primero que apareciera por la calle. Nadie fue incriminado porque el mundo estaba sin personas.

Las esquinas, trazos incompletos.

Sólo el sol iluminando piedras. Portones clausurados. Inhumanas tapias. Los desganados perros. Apatía de viejos paredones.

Polvo lunar.

—¿Quién fue? —preguntaron unos estiraditos cuando las pesquisas empezaron.

—La Virgen —dijeron los declarantes.

—¿Y cómo saben que fue la Virgen?

—Porque es el único que mata comandantes. Además, estuvo analizando el uniforme. Admiró mucho rato las hombreras, acarició los adornos. Cuando dobló la esquina se disolvió sobre la calle.

Dejó su sombra grabada en los ladrillos.

—¿Y qué más?

El ramaje y sus esquivas flores. La banqueta sedienta de muchachas. Un bergantín de vidrio navegando en la luz. Muchos destellos.

—Gracias. Pueden retirarse.

El Agorero, un fraile trashumante que predicaba por caminos y pueblos y que tenía tiempo siguiendo el rastro de la Virgen con intenciones de transmitirle un mensaje, llegó poco después a Alvírez para rezar por el alma del extinto.

Capucha inmensa. La silenciosa barba.

A Graciano Casasola se le tenía como muy resistente a la metralla y luego de su baja, la fama de la Virgen detonó como tambo de pólvora. Se convirtió en homicida de dos fiambres y hasta canciones le escribieron.

Se trepó al árbol de la celebridad.

Aunque para muchos su asunción al prestigio fue un logro baladí, la verdad es que aquella victoria no fue del todo inútil. Acarreó por lo menos un bien: innovó la imagen de los criminales.

Los homicidas del noreste de México ostentaban una apariencia muy gastada y cada vez aterrorizaban menos. Eran borrachos, prepotentes, repugnantes, malos tiradores, mataban por la espalda, sucios, mal aliento, asesinos de mujeres y niños.

La Virgen introdujo en el crimen la moda del pistolero abstemio, sincero, atractivo, silencioso, gran tirador, sensual, inteligente, buenos modales, criminal de policías y soldados.

No había forma de evitar la renovación de los tiempos y la vieja efigie de los asesinos quedó pulverizada. El pueblo comenzó a idolatrar al chamaco y una segunda oleada de canciones se dejó sentir.

Hay veneraciones, sin embargo, que desembocan en la muerte.

La devoción que el vulgo desarrolló por la Virgen acarreó secuelas. Envidias criminales. Entre lo que causó, causó el enojo del Cartaginés, el siniestro capo avecindado en Reynosa.

Animal envidioso, el Cartaginés fue líder de las setenta pandillas que en el 2005 gobernaban Tamaulipas y no le agradaba compartir con nadie el asombro colectivo. Reclamaba para sí todos los elogios disponibles. El demonio que llevaba adentro le exigía una cuota diaria de más de mil lisonjas.

Aunque la Virgen no era un rival de peso, el Cartaginés sufría alucinaciones. Tenía además la virtud de ennoblecer adversarios. Creyó ver en el chamaco una amenaza.

−¡Qué rey de los bandidos ni qué nuestra señora de los asnos! −gritó cuando le dijeron que la Virgen había sido designado el pistolero más famoso de Tamaulipas−. ¡Ese chamaco es basura! ¡Un pobre morralito de pedos!

El homicida lucía demacrado por la designación. Los dictaminadores denominan de acuerdo con reducidos cánones sin reparar en los daños morales que pueden causar en otros asesinos.

Siguió vociferando.

−¿Cuánto ofrece el FBI por ese jotito? ¡Ni un centavo! ¡Por mí, en cambio, ofrecen más de veinte millones! ¡Si no hubiera perdido la cuenta de los que he matado hasta demandaba al gobernador! ¡Mierda de políticos, quieren ser los únicos rateros! ¡Ni criterio tiene para evaluar personas!

−Es que la Virgen mató a un capitán y a un comandante −se atrevió a opinar un sicario.

El Cartaginés lo miró con ojos muy abiertos.

−¡Y a ti quién te metió en la conversación, becerro matapláticas!

El sicario comenzó a titubear. Los ojos sin dirección. El Cartaginés le pegó en la boca con el reverso de la mano y le reventó los labios.

Luego del golpe, el capo analizó lo que el sicario le había dicho. No se encontró residuos de frases en la mente.

−¿Qué fue lo que dijiste?

−Que la Virgen mató a un capitán y a un comandante.

El Cartaginés entendió.

−¡Ah, entonces es por eso! ¡Le otorgaron a ese marica el crédito del más buscado sólo porque desnucó a dos figurines! ¡Y yo he destripado a más de mil, pero puros devaluados civiles, de ésos que hasta te canonizan cuando los asesinas! ¡Dónde se ha visto que la cantidad de víctimas no importe!

La pandilla escuchaba temerosa. El Cartaginés, endemoniado.

−¡Ese presidentito que tenemos es puro chocarrero! ¡No sé de dónde sacó que de la calidad de los acribillados depende la importancia de los criminales! ¡Pero yo tengo la culpa! ¡Debí haberle puesto más atención a mi carrera! ¡Mis cadáveres no se apegan a las cláusulas! ¡No me hice de difuntos que me dieran lustre y por eso soy el número dos en las encuestas! ¡Hubiera asesinado a la suegra del presidente, por ejemplo! ¡Tal vez al presidente mismo! ¡Pero me embadurné de mierda, maté descamisados y por eso me tienen considerado un espantapendejos!

Los sicarios, siluetas dibujadas en la tarde. El capo berreando como un puerco.

No por los remilgos del Cartaginés, la Virgen dejó de inmolar uniformados y luego del deceso de Graciano Casasola, fue visto en Abasolo, en otra pendencia. Dejó un sargento muerto y un cabo que, aunque también estaba muerto, había ratitos que contaba chistes. Ocho policías ministeriales de Padilla le siguieron el rastro hasta el río Corona, pero optaron por volver porque las noches del ramaje son oscuras.

Escabrosas como mierdas.

Pasaron muchos días.

Llegó súbitamente una temporada de fastidio y los cuerpos dejaron de sangrar. Hay asesinatos estancados y crímenes pospuestos. Mucho recato de pistolas. Extenso aburrimiento.

La muerte de holgazana.

La última vez que se supo de la Virgen fue cuando Arquímedes Topacio, líder de la pandilla de La Dalia, colocó una manta como las que acostumbraba poner la delincuencia para amedrentar a la ciudadanía. La instaló en la fachada del palacio de gobierno en Victoria y se le notificaba al gobernador que no debía preocuparse pues en Tamaulipas la ley se aplicaba a punta de metralla y ellos harían justicia. En los siguientes días el cadáver de la Virgen sería expuesto en la vía pública para resarcimiento de los agraviados.

Había otra manta en la universidad que informaba lo mismo. Una más en la alcaldía y dos en el museo.

Algunas en escuelas primarias.

Todo Victoria leyendo las amenazas.

«Cuídate nenita», le advertían a la Virgen, «en esta tierra las únicas pistolas que truenan son las de nosotros».

3

Las mantas que colocaba el crimen contenían caligrafías siniestras. Notas aterradoras. Apuntes elaborados por mentes depravadas.

Estribo de intimidación.

Se buscaba desanimar a la víctima. Crearle importantes cantidades de pánico. Matarla desde antes de quitarle la vida. Reducirle funciones. Mermarle la esperanza.

Divertirse.

Que el mismo occiso suplicara ser arrojado al ácido. Beber orines con desesperación hasta romper las envolturas gástricas. Expirar.

Las mantas, sin embargo, a pesar de contener mensajes tétricos, mucho tenían de teatrales. Casi cómicas. Circenses. Mensajes escritos por sujetos viles. Técnica de gente abominable.

Arquímedes Topacio fue famoso por sus perversas mantas y en ellas gustaba de anunciar y celebrar sus asesinatos, inducir a la ciudadanía para que participara en la selección de difuntos. Organizar tertulias cuando los secuestrados empezaran a vomitar sangre. Festejar por anticipado la exhibición de cuerpos.

Incitar búsquedas de miembros faltantes.

Rearmar cadáveres.

En lo que iba del año había desmembrado a seis alcaldes y los seis decesos los manejó con mantas. Escondió las cabezas en lugares públicos. Piernas y brazos en jardines de niños. Daba pistas de vísceras ocultas. Quien entregara el estómago de tal alcalde tendría pagada la función de cine durante todo un año.

Chamacos que husmean en basureros.

Arquímedes Topacio fue uno de los sicarios más creativos que hubo en Tamaulipas. Muy perfeccionista con los cuerpos. Arquitecto de vísceras. Ningún acribillado se quejaría por falta de atención. Que los cadáveres dilapidaran donaire. Todo el noreste de México debía sentirse orgulloso de los fiambres.

–Ese Arquímedes, qué gran artista es –dirían las chicas–. Hasta parece que estudió decoración. Arte dramático.

La verdad es que ni siquiera fue a la escuela. Se trataba de un talento nato.

Cuando mató al hijo del empresario de Abasolo, por ejemplo, demostró un ingenio jamás visto. Lo único que se le criticó fue que no tenía por qué haber asesinado al niño ya que el rescate le había sido pagado. Arquímedes argumentó que si se lo decían por los mugrientos diez millones de dólares que le dejó el secuestro, podía regresarlos. Maldita gente, nunca se le da gusto.

Sospechando que sería criticado, no mató al niño.

Nada más lo desolló.

Luego de haber tirado el organismo a la basura, infló la piel y el párvulo de nuevo agarró forma. Tétrico muñeco. Le pusieron un globo en la mano y lo sentaron en el kiosco de Victoria. Le avisaron a su padre que pasara a recogerlo.

Fue gracias a aquel crimen que algunos políticos tomaron conciencia que por primera vez en Tamaulipas se contaba con un artista de dimensiones grandes. Habría que hacerse compadre de él, otorgarle diplomas. Más de cuatro mil cadáveres convertidos en obras maestras. Como para montar una galería y exhibirla en los países cultos. Fiambres eternos.

El trabajo cumbre de Arquímedes Topacio, sin embargo, fue cuando ultimó a la hija del ganadero de Soto.

Aunque le habían entregado los ochenta millones de pesos que solicitó por ella, no pudo regresarla viva porque la había matado dos semanas antes. Tenía tres años de edad y los secuestrados de tres años lloran mucho. No lo dejaba dormir.

Por eso la colgó.

Intentando salvar el prestigio de las bellas artes y aprovechando que se celebraba la Nochebuena, construyó un árbol navideño con los brazos y las piernas de la niña. Cabello y piel simulando las ramas. Electrificó intestinos y vísceras y los iluminó. Los pies y las manos envueltos para regalo. La cabeza en la cúspide del árbol.

El obsequio fue colocado la noche de Navidad frente a la casa del ganadero. Los párpados abriéndose y cerrándose al compás de coros celestiales. Música de campanitas.

En México hay talento, todo es cuestión de permitir que aflore. Y si lo dudan, ahí está Arquímedes. En ningún país de la Tierra serán capaces de realizar lo mismo.

Y todo para qué, si el pueblo no valora. Uno se esmera en complacer y nadie lo agradece. Tontos aborrecidos. Manada de envidiosos.

A los artistas nadie los comprende y en febrero del 2004 una organización civil denunció a Arquímedes Topacio ante las Naciones Unidas. Solicitaban el auxilio de los Cascos Azules para detenerlo.

La Comisión Nacional de los Derechos Humanos supo de la acusación y defendió las garantías del homicida. Impidió toda acción.

Ya antes lo había librado de multitud de bretes.

Conociendo el profesionalismo que Arquímedes mostraba con los cuerpos, la ciudadanía se puso a especular cómo presentaría el cadáver de la Virgen. Las bocas murmuraron y hubo especulaciones.

Todos opinando.

Arribará en pequeños recuadros adentro de una caja, aseguraban. Metido a presión en una botella. Las vísceras disecadas y puestas en un marco. El estómago convertido en taparrabo. Las flatulencias atrapadas en un bote.

Si la Virgen fuera inteligente, más le valía arrodillarse y solicitar misericordia. Arrepentirse muchas veces y desplazarse a gatas desde Victoria hasta las ciudades fronterizas. Que la gente lo vea llegar arrodillado. Reconocer públicamente que es un marica enclenque que lo único que busca es que lo monten.

Que pregone por todo el noreste que Arquímedes Topacio se encuentra en la cumbre de la cadena alimenticia. Macho garantizado. Varón de tres testículos.

Aunque Arquímedes jamás ha tenido lástima de nadie, si la Virgen le cede el trono del mejor pistolero de Tamaulipas quizá se le despierte un poco de filantropía. Tal vez no le introduzca mangueras por el esófago para romperle el diafragma con la presión del agua. Sólo le hará lo que le hizo al presidente de la Cámara y al delegado de Agricultura.

Lo amputará de la cintura para abajo.

Como es de buen corazón, le comprará una patineta para que se desplace. Todos los que han sido amputados por Arquímedes andan en patineta y viven muy felices. Se impulsan con las manos y se reúnen a jugar rayuela frente a los sanitarios municipales de Victoria. Hasta formaron un club. Piden limosna en las cantinas.

Los borrachos les orinan la cara.

Pasaron muchos días.

El cadáver de la Virgen no llegaba y las ciudades estaban a la espera. Pueblos y rancherías inquietos. Taxidermistas aguardando para aprender las técnicas de Arquímedes. Los escolares también.

El vulgo desesperado.

—Ya llegó el cadáver de la Virgen, señor gobernador —informaron por fin.

El funcionario oyó. No pudo controlar la curiosidad. Lucía nervioso.

—¿Cómo llegó?

—Envuelto en una manta.

El gobernador dibujó una mueca de disgusto. Había apostado con el líder de la Cámara de Diputados que el cadáver de la Virgen no llegaría. Sólo llegaría el trasero. Las nalgas cercenadas y puestas en bandeja de oro. Varias copas.

Una vela encendida insertada en el ano.

El funcionario siempre ganaba las apuestas y hasta se llegó a sospechar que actuaba en combinación con Arquímedes. No efectuó más preguntas y se anudó bien la corbata. Hizo comparecer fotógrafos y salió del palacio. En tanto las cámaras le iluminaban el camino, llegó hasta el occiso que yacía tendido. Levantó el manto que cubría el rostro.

¡Ah!

Pasaron segundos muy longevos.

—¡Éste no es el muerto! —exclamó.

Los morbosos se acercaron a ver. También se aproximaron varios perros.

Efectivamente, no se trataba del cadáver de la Virgen. Eran los restos de Arquímedes Topacio.

—¡¿Pero qué putas pasó aquí?! —gritó el gobernador.

Nadie estaba en condiciones de lanzar sugerencias y los comparecientes se callaron. Lo único que saltaba a la vista es que al cadáver no lo habían embellecido. Ahí entendió el vulgo la importancia de adornar los cuerpos. Arquímedes lucía desaliñado. Aspecto de muerto sin bañar. Barba de difunto de tres días. Vómito en la cara y gusanos saliendo por negros agujeros.

Portaba dos tiros en el fuelle. Uno en la zona de los gases. Las fosas nasales parchadas con tafetanes.

Un pesado estupor se apacentó en el área.

Muy pocos ruidos.

Cuando se hubo dispersado el asombro, el pueblo estalló en una ovación. «¡Qué bueno que mataron a Arquímedes!», gritaban. El júbilo se esparció.

El gobernador contrariado.

Había gente pidiendo aclaraciones. Maxilares que se mueven. Sujetos explicando.

Para empezar, decían, Arquímedes Topacio no tenía por qué morir, pues acababa de comprarse doscientas camionetas. Había incautado más de cincuenta fincas. Treinta y seis residencias.

Tenía veintiún años.

Por si eso fuera poco, en las canciones que se había mandado escribir juraban que era demasiado hombre para morir tiroteado.

La controversia es que cayó.

Y si cayó, fue porque no pudo asimilar el plomo. Inútiles canciones, para nada sirvieron.

Dentro de tanto mal, un bien: murió acompañado.

Pereció el coronel Santibáñez, militar inactivo. Causó baja asimismo un teniente que los acompañaba y un sicario más. Mucho ruido por tan sólo cuatro muertos, pero los caídos eran ganado gordo. Puercos alimentados.

Dentro de tanta satisfacción, un desengaño: la Virgen no los mató. Fueron asesinados por toda una banda.

Hasta entonces se hizo de dominio público que la Virgen comandaba un grupo de chamacos. Los párvulos del bosque, compañeros de juegos.

La Banda de los Corazones.

Llamados de esa forma por la costumbre que tenían de tallar corazones en los troncos.

Los únicos grupos autorizados para delinquir en Tamaulipas eran las pandillas del crimen y no se podían aceptar homicidios consumados por otros asesinos. El gobernador notó la anomalía y convocó a sus allegados.

Hay sabelotodos que vierten sugerencias. Sabihondos lanzando teorías descabelladas. Alguien sacó un pasquín impreso por la policía estatal.

—Observen esta fotografía, es de hace dos años.

Todos miraron.

—Es la Virgen —dijo un perfumadito.

—No lo es.

—¿Quién es entonces?

—Es el Niño Asesino del Cajón de Mansalva.

Volvieron a observar el volante.

—Pero es la Virgen.

—Ahora lo es. Hace dos años era este niño bandolero.

Los encorbatados volvieron a mirar. Mucho asombro.

—Ya traía una larga carrera criminal —afirmó uno de ellos.

—Y ahora comanda a esos chamacos.

Siguieron hablando del grupo de párvulos.

De acuerdo con la opinión de varios encogidos, la Banda de los Corazones no parecía estar supeditada al hampa y se trataba de una agrupación de estructura reciente. Pocas semanas en la delincuencia.

Bandidos en pequeño.

Horda de niños que asolaba el norte del ramaje y que se desplazaba con sorprendente rapidez.

Duendes de matorrales.

En un día caminaban más de cien kilómetros.

Por la mañana eran vistos a las afueras de Alvírez y al anochecer, apestosos a sudor y a hierba, se detenían cerca de Rayones. Rostros tatemados por el sol, manos sucias.

Ahí acostumbraban tirotearse con las primeras pandillas de salvadoreños que empezaban a adueñarse del área. Regresaban al ramaje umbrío y las madrugadas del jueves acostumbraban detenerse en Villagrán para tomar el desayuno en el conventillo de Las Once Divinas. Las religiosas les abrían el portón desde las tres de la mañana.

Acabando de desayunar volvían a internarse entre la hierba. Párvulos de la muerte. Primogénitos de un enlutado mundo. Material de sepulcro.

Ingenuos como críos, pero en las rencillas sacaban la escuadra y tiraban a matar. Rastros de antiguas ojerizas. Malquerencia infantil.

Luego de generar occisos olvidaban enojos y retornaban a sus labores de niño. Reían como si los muertos causados fueran sustancia de jolgorio. Caminan sobre escurrimientos de cadáver y juegan junto a cuerpos.

Ya van rumbo a Rayones.

Se desplazaban entre chaparrales y eludían todo tipo de asentamientos. Pueblos y urbes eran evitados como evadir el cieno. Manchas de indignas luces. Rutilantes chiqueros.

Ciudades vanidosas.

Germen de estas letras.

¿De dónde sacaban armas?

Un año después, habría de salir a la luz que el pueblo los pertrechaba.

Ellos acribillaron a Arquímedes Topacio.

El suceso acaeció en Garza Valdés, Tamaulipas, en las oficinas de la sindicatura, y se transcribe aquí porque fue inicio de rencillas grandes.

Génesis de dolores.

Tiroteo casual. Las amenazas que Arquímedes Topacio escribió en las mantas nada tuvieron que ver. Ocurrió luego de una asamblea del crimen y los medios de comunicación jamás lo divulgaron.

Hay curiosidad internacional por este tiroteo.

Según opinión de algunas cantineras, militares y sicarios se habían reunido para planear acciones y las cosas debieron haber llegado a buen término porque todos andaban risa y risa. Se rumoró que eran las doce del día y que luego de tan benéficos acuerdos la sindicatura lucía triste.

Templo de aburrición.

La morriña se placía por los rincones y había que hacer algo para fortificar el optimismo. ¿Qué demonios haremos?

Era temprano para sobar mujeres, pero el coronel Santibáñez observó el decaimiento y decretó una aproximación con las mecanógrafas. Luego de aquel dictamen, el amor emergió de las tinieblas de la sindicatura y las chicas metieron los sobacos en los acuerdos.

Las están manoseando.

¡Oh!, señor de los amores inmediatos, jamás me había hermanado con pezones de tan oronda cuadratura. Pero primero es lo primero: una botella de whisky para ponerle enjundia a los tramos de alegría. Y segundo es lo segundo: hay que contar chistes porque si estas suripantas no salen talentosas, tenemos de alguna forma que alegrar el momento.

Por ahora, limítense a sobarnos.

Mientras mujeres y mercenarios se palmeaban y sin que

mediara ninguna explicación, por la calle principal de Garza Valdés caminaba un chiquillo de siete años que no parecía ser del pueblo. Iba armado.

Se perdió entre las casas.

La gente no le concedió importancia porque los niños que por esos tiempos nacían en Tamaulipas aprendían a tirar antes que a hablar. La forma de ganarse el afecto de la gente era tener un crimen. Y si eran dos, mejor.

Pistola en vez de libros.

Media hora después entró otro mozalbete y aunque también venía armado, nadie le hizo caso. Se trataba de Gabino Espejo, diez y seis años. Cola de caballo, sombrerillo de padrote. Nalgas de perro. No tenía carisma y nadie se fijó en él.

La Virgen apareció de súbito. Ángel de media calle. Escuadra enfundada en el pecho. El morral de tiros.

El vulgo lo observó y hubo fascinación. ¡Es la Virgen! ¡Parece muchacha, pero es joto! ¡Toda la banda se lo ha de andar tirando!

El pueblo quería verlo de cerca y las rutinas fueron interrumpidas. La turba se arremolinó y la mañana empezó a heder a gente. Pasó muy cerca de la plebe y pudieron confirmar lo que ya se sabía: era afeminado.

Ojos sumisos, dócil semblante. Boca que despertaba deseos venidos de regiones inferiores del cuerpo. Sucio de lodo y clorofila.

La Virgen se cubrió la escuadra con la camisola y encaminó sus pasitos de niña hacia la plaza. Dio vuelta en un callejón y no dejó de avanzar hasta las puertas de la sindicatura.

El vulgo tras él.

Alguien habría de afirmar luego que a esa misma hora dos chamacos más entraron en Garza Valdés por el lado del hospital. También iban armados. Otro párvulo desconocido fue visto cruzar el patio de la escuela y hasta se detuvo un rato a mecerse en uno de los columpios. Caminó después hacia el centro del caserío.

La Virgen sacó un puñado de confetis y los arrojó a la chusma como compromiso de que iba a haber camorra.

«Ten, Eduviges, son los dulces que jamás te di», murmuró muy despacio. «Salúdame a mamá». «Dale a Evangelina los besos que nunca pude darle».

En tanto el vulgo peleaba por los caramelos, la Virgen empujó la puerta de la oficina y un mutismo profundo anegó la calle. El pueblo se congregó frente a la intendencia para divertirse con el llanto de los moribundos.

Adentro de la sindicatura, la amistad entre mecanógrafas y delincuentes seguía fortaleciéndose. Después de reunión tan provechosa, saludable resultaba manosear empleadas, meterles la mano hasta los linderos de la procreación y saludar a Dios.

La vida es desabrida mierda y hay que tragar toda la suciedad posible antes de que la muerte nos convierta en porquería de universo. Sólo tú, cimiento de lujuria, torso de concupiscencia, justificas que la carne deba seguir viva.

Escucharon que la puerta se abrió y dejaron de palpar muchachas. Arquímedes Topacio dejó de chupar los pezones de las mecanógrafas y eso es grave si se toma en cuenta que ya pasaron dos segundos desde que despegó la boca de las tetas.

Las manos en las armas.

La Virgen entró tranquilamente, y los homicidas lo observaron.

No pedimos otra chica.

A menos que…

Nadie fantasee de los cojones porque el que entró no es chica. Tiene estampa de chamaca, pero mírenlo bien. Es un jotito, de esos jotitos que se desmayan cuando ven un arma. Tal vez se trate de un ciudadano que vino a pagar impuestos para que lo dejen jotear en la vía pública.

Cochino contribuyente, se merece dos tiros.

Arquímedes Topacio llamó a Filiberto, el síndico, y le ordenó que lo sacara. La fiesta se estaba poniendo muy bonita y el marica se las podía arruinar. Si no quiere salirse patéale los embriones, se quedará estéril.

—¡Espera! —dijo Arquímedes Topacio movido por la resequedad del ano que le causaba el escozor del momento.

Miró al intruso.

Sin haberlo visto jamás, logró reconocerlo. Se trataba de la Virgen. El Cartaginés, el gran capo de Tamaulipas, celoso del prestigio que había agarrado el chamaco, había ofrecido un millón de dólares por el cadáver.

Pero había prometido entregarle los restos al gobernador.

¿Qué haré? ¡Ilumíname, Dios mío!

La ley de las probabilidades lo favorecía porque estaba frente a un homosexual. Los tiros disparados por maricas jamás podrán trasponer una víscera.

–¡Virgen! –gritó Arquímedes–. ¡Si me hubieras pedido permiso para entrar no te hubiera matado! ¡Pero entraste nada más así, como los burros!

La Virgen, ojos tan luminosos como el vidrio.

Acostumbrado a sobajar civiles, Arquímedes tomó la metralleta y se puso de pie con la idea de ultimar a la Virgen. Después de que lo mate envolveré el cadáver con actas ciudadanas. La boca y los párpados grapados. Los dedos flotando en un tintero. Sellos oficiales alrededor del culo.

Eso impresionará al Cartaginés y me dará dos millones.

Tengo que lucirme, deslumbrar a las muchachas.

El sicario alzó el arma con intenciones de ser el héroe de ese día, pero la Virgen había empezado a efectuar malabares con dos vasos. Arquímedes, que antes de ser reclutado por el crimen efectuaba cabriolas en una esquina, se quedó embebido. Ese truco no lo veía desde que trabajó en el circo de las siamesas Rodríguez, en Victoria.

¡Oh, el circo de las siamesas Rodríguez! Único circo del mundo que en la mañana era escuela, a mediodía iglesia, en la tarde circo, y en la noche prostíbulo. ¡Los payasitos! ¡Los enanos! ¡Los trapecistas acribillados en el aire! ¡Las siamesas Rodríguez bailando descalzas en un comal ardiendo!

Se lo merecieron por abusivas.

Estaban pegadas por el vientre y compartían la misma vagina. Cuando le hacía el amor a la del lado izquierdo, que fue mi novia, la del lado derecho se sentía celosa y empezaba a resolver multiplicaciones en voz alta.

Arquímedes dejó de recordar porque el malabarista lanzó los vasos hasta el techo. Mientras el sicario se deleitaba con el truco, la Virgen realizó relampagueante movimiento. Sacó la escuadra y disparó. Guardó la pistola y atrapó los vasos.

Arquímedes Topacio recibió el tiro en las vías del excremento, pero estaba tan abstraído que no se dio cuenta que lo habían matado. Continuó de pie, aguardando otro truco.

Una de las mecanógrafas habría de contar luego que ése fue el momento en que Gabino Espejo brotó de la pared. No le prestaron atención porque parecía no pertenecer al tiroteo. Abrió fuego y volvió a matar a Arquímedes.

Cayetano Urías y Abundio Lupercio, dos chamacos de la banda, tenían mucho tiempo disparando desde una chimenea y nadie había tenido la precaución de cuidarse de los tiros. La balacera se generalizó y la sindicatura se llenó de humo. Los proyectiles pasaban entre los perfumados cabellos de las maquinistas sin causarles daño. Corrían con las tetas de fuera.

El vulgo, que seguía aguardando, se amontonó curioso con la esperanza de ver salir algún cadáver.

El homicida que venía con Arquímedes agonizaba arriba de unas cajas. El asistente del militar, presa del pánico, tiraba en todas direcciones.

Sólo el coronel, que no se había movido de la silla, no tiraba. La suciedad se le estaba saliendo y la dificultad de la excreción le había quitado todo dinamismo.

Hubo un remanso de disparos.

Otra de las mecanógrafas habría de afirmar que ése fue el momento en que Arquímedes Topacio, que no se sabía si andaba vivo o muerto, no podía conservar el equilibrio y empezó a bailar. Bailaba tan bonito que hasta pensaron que iba a tener una presentación y estaba practicando.

Todos a punto de aplaudir.

Si no aplaudieron fue porque la pérdida del excremento lo redujo de talla y el pantalón se le cayó. No traía ropa interior y mostró las áreas bíblicamente repudiadas. Pene sin prosapia. Nalgas rectangulares. El ano, apenas una raya.

Cayó al piso. La metralleta entre la mierda.

Los disparos se recrudecieron.

Filiberto, el síndico, que deambulaba perdido entre las balas, declaró al día siguiente que Crispín Balderas, el más joven de la banda, tiró en ese instante por una ventana. Ya no había cuerpos disponibles para lesionar y por eso volvió a inmolar a Arquímedes.

Sólo el coronel Santibáñez permanecía sin proyectiles. Nadie lo había asesinado porque la Virgen deseaba admirar el uniforme. Únicamente había contemplado insignias militares en cadáveres. Jamás en un vivo.

La Virgen empezó a incorporarse. Lo habían herido y había estado en el suelo largo rato. Llevaba un tiro en el hombro y sangraba en abundancia.

Gabino Espejo les apuntó a las mecanógrafas, pero como eran de nalgas amistosas no les disparó. Todos los traseros a un rincón.

La Virgen caminó hacia el oficial.

El hombre, de ser fuliginoso como obsidiana, quedó transparente como plástico. A pesar del rango, parecía labriego. La lengua suelta, las tripas surcadas por estrépitos.

El afeminado párvulo llegó hasta el coronel y observó el uniforme. Estuvo admirando los zurcidos. Acarició las medallas, la sedosa tela, las doradas borlas.

—¡Qué bonito! —dijo.

Luego empuñó la escuadra.

El militar, que jamás había sido motivo de admiración y que no creía que en los ramajes de Tamaulipas hubiera niños disparando, sintió que algo familiar le brotaba de nuevo por el estercolero. Un segundo raudal de suciedad. Mierda a deshoras que llegó a complicar más el momento. Aprovechó la amable conducta de la Virgen y alargó la temblorosa mano. Ofreció un portafolio.

Los dientes tan amarillos como elotes.

—Son trescientos mil dólares —dijo—, llévatelos. Soy tu amigo.

Pero la Virgen nunca fue aficionado a labrar amistades. Mucho menos simpatías compradas. El dedo en el gatillo.

Garza Valdés, legado del abandono. Apuntó bien la escuadra y el coronel perdió el control de los maxilares. Empezó a babear.

El resto de los chamacos había vuelto al ramaje.

El coronel no agregó más porque sonó un estruendo y dos tiros le hicieron garras la boca. El manantial de las palabras, acordeón en el lodo. Se derrumbó como bisonte. Mientras caía, se pegó con la esquina de la mesa y se arrancó un pómulo. El portafolio bien asido.

Después del tiroteo, el silencio se tornó sinfónico. Ancho y perfumado como beso de novia.

–¡No canten! –gritó de pronto Arquímedes Topacio.

¿No canten?

La Virgen y las mecanógrafas se miraron. Nadie cantaba. Era alucinación de moribundo.

Tirado entre inmundicias y con el pantalón abajo, el sicario, a pesar de haber fallecido varias veces no lograba desprenderse del oropel mundano y seguía vivo. La agonía lo había despojado de toda presunción y no parecía el reluciente Arquímedes de minutos atrás.

–Digan en Victoria que me mataron entre muchos –solicitó.

La Virgen, quien jamás reparó en los motivos que los cadáveres tenían para dejar de respirar y nunca profundizó en las indirectas de los difuntos, saltó por una ventana sin haber ahondado en la sugerencia.

Iba tinto en sangre.

Arquímedes Topacio tuvo que olvidarse de todos los proyectos que tenía porque la muerte es dimisión. Implícita renuncia.

Incomprendida entrega.

No le quedó otra expectativa que cerrar los ojos y permitir que todos los bienes que a punta de metralla les quitó a los civiles, le fueran arrebatados por un acto tan endeble como es el fallecimiento.

Después que la Virgen se fue, Abegnego Múzquiz y Segundo Malibrán, dos de los chamacos pistoleros, regresaron a la sindicatura. Entraron por una ventana.

Aspecto de dos niños perdidos.

–¿Vienen por el portafolio? –preguntó una de las mecanógrafas.

–No –contestaron.

–Porque si vinieron por el portafolio, ya cambió de dueño.
Ahora es de nosotras.

Los chamacos no explicaron más. Miraban a la maquinista con interés. La periferia de las ubres.

–Entonces, ¿por qué regresaron?

–Aquí, mi amigo –explicó Segundo– quiere ver de cerquita
las tetas de las mujeres.

La mecanógrafa los miró y dibujó una sonrisa. Atrevida y
hermosa, pasó sobre los cadáveres. Avecindó las tetas. Desa-
brochó la blusa y se destapó una ubre.

–Observen –les dijo a los chamacos.

Los ojos revisaron el encendido pecho. Tetas como para
matar de amor a un diputado.

–Si quieren tocar, toquen.

No se atrevían a manosear.

–Que toques –apuró Segundo a Abegnego.

Abegnego no se decidió y Segundo tuvo que hacerlo. Alargó la temblorosa mano y estuvo reconociendo el área con los
dedos. La maquinista empezó a carraspear.

–Si quieren chupar –dijo entre suspiros–, pues chupen.

Segundo, que no sabía que en las relaciones amatorias que
se suscitan entre hombres y mujeres las tetas desempeñan car-
gos de succión, sufrió un deslumbramiento.

–¿Chupar? –dijo–. Ni que estuviera loco.

Ambos chamacos se resistieron a meterse en la boca los
hermosos pezones y se echaron para atrás. Regresaron sobre
charcos de sangre y dejaron a la maquinista hecha un manojo
de jadeos. Saltaron por la ventana.

Luego de que los párvulos salieron, el Agorero, que continuaba tras la Virgen, arribó al sitio de la balacera. Dijo que
estaba ahí a fin de solicitar el perdón divino para los nuevos
fallecidos. Llegaron también dos encopetados a rearmar el
escenario del tiroteo.

En tanto los fedatarios escribían y una vez que los cadáveres estuvieron en condiciones de recibir la absolución, el Agorero, cubierto por su enorme capucha, rezó por el alma de los extintos.

Aparte de predicar, el misionero fue famoso en los ramajes de Tamaulipas porque contaba cuentos y andanzas por los caminos. Andariegos y sujetos sin dirección gustaban de escucharlo. Todas las limosnas que llegaban a sus manos las cedía a la Enfermería de Dios Niño, asilo infantil ubicado al noroeste de la fronda.

También llegaron dos franceses que dijeron pertenecer a Periodismo Libre. Tomaron muchas fotos. Película.

La sindicatura apestaba a pólvora y a sangre. Párvulos pequeños jugando entre los muertos.

Todo en orden.

Sólo la Virgen erraba en infortunios. Luego habría de saberse que tiró casi toda la sangre y en unas vegas cercanas al pueblo de Mainero perdió el conocimiento. Todo se le oscureció.

Tendido sobre la hierba.

4

Búrlate ahora que todavía respiras, remedo de mujer, bosquejo de hombre. Indefinida flor que nunca dará fruto.

El diablo quiere hacerte un dibujito.

Tamaulipas es juguete dispendioso para un pobre marica como tú. Te conviene convertirte en cadáver.

Preferible ser difunto feliz a vivo desdichado.

La muerte y tú bailando en una nube.

Lenguas en gran intimidad. Carnaval de salivas.

Entonces nos burlaremos nosotros y hasta haremos verbena. Nos pondremos corbata y beberemos licores relumbrosos. Traeremos a los dos millones de travestis que laboran en el noreste de México para que orinen sobre tu cadáver.

Buenos días, montón de tierra, ¿cómo amaneciste?, te diremos. ¿Te agrada el cajón que te compramos?

No podrás contestar. El paladar, madriguera de insectos. Carne de pudridero.

Muy en el fondo nos caes bien y hasta teníamos planes para que trabajaras con nosotros. Pero tuviste erratas.

Primera: mataste a Graciano Casasola, que aunque tenía estiércol en lugar de masa encefálica, conseguía buenas víctimas, saldaba algunas cuentas, señalaba traidores.

Segunda: mandaste al infierno a Arquímedes Topacio y a ése lo íbamos a desnucar nosotros. Fue de nuestros mejores hombres, pero brillaba mucho. Y los que brillan mucho deslumbran a los otros. Mejor apagarlos.

Tercera: mataste al coronel Santibáñez, que aunque no nos caía bien, tampoco nos caía mal. De sangre pesada pero ligero para las infamias. No despertaba afectos pero tampoco inquietudes. Pensábamos degollarlo después.

Lo que nos molestó es que al matar a Arquímedes Topacio avergonzaste a la pandilla de La Dalia. Son sicarios de muy alto nivel y los hiciste quedar como pendejos dobles. Ha sido nuestra mejor banda. La fundamos para quedarnos con la riqueza de toda la parte central de Tamaulipas y tenía una imagen muy bonita. En lo que va del año había matado a más de tres mil civiles y arrebatado más de doscientas propiedades.

Y ahora todos saben que son perros comemierda, cerdos palabreros. Más suciedad que sesos en el cuerpo. No faltará quien se atreva a tirarles.

Aparte, estás deshonrando el sublime oficio de sicario y eso es una afrenta contra los talentos. Vamos a cercenarte el nervio de las vocaciones. Agonizar es tu verdadero oficio.

–¿O ustedes qué opinan, compañeros?

El Cartaginés guardó silencio, la sala de juntas, corral de incertidumbre. Personajes con pantalón de casimir. Prójimos bebiendo en copa. Mucho humo. Todos los capos de Tamaulipas en congreso.

En las paredes de la sala, fotografías de una mujer desnuda en diferentes posiciones. En algunos retratos aparecía boca arriba y abierta de piernas. En otras empinada y mostrando el ano. Acercamiento de las tetas. La vagina llenando todo un cuadro.

Se trataba de África Bretones, novia del Cartaginés.

Treinta y seis sicarios sirviendo las bebidas.

–Es cierto –opinó un barrigón descomunal que respiraba penosamente al otro lado de la mesa–, ¿dónde se había visto un afeminado con pistola? A menos que nos dispare con las nalgas y nos mate a pedos. En Tamaulipas somos la Constitución y nadie dispara sin que nosotros lo ordenemos. Que se dedique a empinarse, que es lo suyo. Se vería muy bien con una falda de florecitas, calzón de seda, un avión tatuado en una nalga, un cocodrilo en la otra.

—Así es —secundó un criminal más flaco que un horcón—. Las pistolas son para los que sabemos dispararlas y él es un jotito con escuadra, putito de a centavo, invertido que lo único que sabe es ofrecerse. Debía de dedicarse a andar joteando en lugar de meter el trasero en vericuetos de hombres. Así sí triunfaría.

—Pero no vamos a perder el tiempo pensando en un desviado —terció el Cartaginés—. Los maricas son asunto vacío, propósito sin tiempo. Que lo mate la policía, por eso tenemos un arreglo. Y que ya no agarre más popularidad porque va a terminar por ser más famoso que yo. Adviértanles a los reporteros que de hoy en adelante queda prohibido volver a sacar notas de él.

—Pero si no han sacado notas de él —se atrevió a opinar un sicario—, agarró fama solo.

El Cartaginés oyó que lo contradijeron y se puso tan amarillo como arcada de perro. Los ojos fuera de las cuencas. La papada bailado sin compás. La placa de la frente manchada por sudoraciones.

Flemas como para llenar un lavamanos.

—¡Dije que sí han sacado! —gritó.

El asesino que arrojó el comentario supo que acababa de dar un trago de caca. Enconchó el cuerpo. Chiquito como rata.

—¡Repite conmigo!: ¡Sí han sacado notas de él! —ordenó el Cartaginés.

—Sí han sacado notas de él —repitió el sicario.

—¡Otra vez!

—Sí han sacado notas de él.

—¡Otra vez!

—Sí han sacado notas de él.

—¡Otra vez!

—Sí han sacado notas de él.

—¡Otra vez!

—Sí han sacado notas de él.

—¡Más fuerte!

—¡Sí han sacado notas de él!

—¡Más fuerte! ¿Que no tiene cojones?

—¡Sí han sacado notas de él!

—¿Y por qué dijiste que no habían sacado?

—Es que...

—¡Es que qué!

El sicario, maxilares que cuelgan. Sabía que el tipo de indiscreción que cometió, el Cartaginés lo castigaba con el empalamiento. Echó mano de todos los recursos.

—¡Los perros...!

—¿Cuáles perros...?

—Los callejeros...

El Cartaginés reflexionó dos segundos. ¿Los perros callejeros? ¿A qué perros callejeros se referirá éste...? ¡Oh, no...!

Un aluvión de suciedad se le atoró en las tripas. Los intestinos a punto de explotar.

—¡No me digas que has estado matando perros callejeros!

El criminal no contestaba y el capo agarró un flamante color de extractos digestivos. Lo tomó por el degolladero.

—¡Sabes que todos los perros callejeros que hay en Reynosa me pertenecen! ¡Con ellos practico tiro al blanco!

El sicario había perdido el habla. El cuerpo tan flojo como trapo. Logró hacer una seña.

—Afuera... —balbuceó.

Uno de los asesinos se asomó al patio. Vio a varios perros que yacían atados. Entendió.

—Le trajo perros callejeros para que practicara tiro al blanco, señor. Están atados en el patio.

El Cartaginés escuchó la buena noticia y hasta miró colores. Salió de la racha de mal humor que lo aquejaba. Recuperó la lozanía. Balacear perros callejeros lo dotaba de paz espiritual.

—¿Trajiste perros? —preguntó con extraña dulzura.

—Sí —contestó el sicario.

Pasaron segundos. Hubo una cavilación.

—¡Esperen! —gritó el Cartaginés—. ¡Los perros que están

atados en el patio me los robé ayer de la perrera municipal!
¡Son para practicar tiro al blanco mañana en la mañana!

El capo sufrió un acceso al parecer de rabia porque no podía ser de otra cosa. Miró al sicario.

–¡Saquen a este gusano mentiroso! ¡Pónganlo de rodillas en el sol con un ladrillo en cada mano y no lo quiten hasta que se haya ensuciado varias veces! ¡Luego enciérrenlo en el almacén de secuestrados y no le llevan agua hasta que se haya llenado de larvas!

El sicario fue extraído a cachazos del recinto. El cráneo roto, la boca ensangrentada. Todos los asesinos bien callados.

–¿De qué estábamos hablando?–preguntó el Cartaginés.

Cierto. ¿De qué estaban hablando? ¿De la Virgen, de los perros o de los periodistas? Un equívoco y el capo les lanzaría una granada.

–¡De que sí habían sacado notas de él! –contestó la reunión en coro.

–¡De cual él!

–De la Virgen.

El Cartaginés se realizó un escaneo rápido y se dio cuenta del engaño. Jamás habían estado hablando de la Virgen. Estos cerdos me quieren aporcinar, pero beberán cochinada. No tuvo tiempo de dispararles porque fue succionado por un remolino de demencia.

Camina muy lejos de la plática.

Se encuentra frente a la cama de África Bretones y no tiene erección. Ha batallado muchas horas y no ha logrado inseminarla.

La mujer aguarda.

En la sala de juntas, todos los homicidas miran al Cartaginés. El recinto lleno de jadeos.

Mucosidades del hampa.

Cuando por fin el capo habló, no era su voz. Se trataba de una locución que no correspondía a la descomunal anchura de su cuerpo. La fonética, tan opaca que parecía brotar de una letrina.

–No recuerdo que hayamos estado hablando de la Virgen.

Temerosos de ser ametrallados, todos los asesinos apoyaron la moción. Es cierto, nuestro jefe jamás pierde el tiempo hablando suciedades.

–Y no lo recuerdo porque aquí no se habla de afeminados.

La sala de juntas, jaula de asombrados pájaros. Lenguaje de las tripas.

La reunión, porqueriza de la incertidumbre.

África Bretones continuaba empinada en la mente del Cartaginés, aguardando una inseminación. En tanto los homicidas lo veían, el capo estiró la temblorosa mano. Arribó hasta un frasco de alcohol que aguardaba arriba de la mesa. Le agregó un chorro de láudano. Está bebiendo.

Coctel milagroso.

Se recuperó en segundos y ha tomado una coloración amoratada. Emergió de la enajenación. Dejó a su novia empinada al borde de la cama y arribó a la realidad.

Recuperó el sadismo.

–¡Pero ya que estamos hablando de la Virgen, hay que pescarlo vivo y entregarlo a los salvadoreños! ¡Que hagan una misa negra y lo despellejen! ¡Quiero su piel para adornar el escusado! ¡Ningún matapendejos va a tener más popularidad que yo! ¡Y díganles a los periodistas que si llegan a publicar más notas, les ametrallaremos las instalaciones como las otras veces! ¡La publicidad es exclusivamente para mí! ¡Bien que lo saben, pero les encanta bañarse en porquería!

El capo dio unos pasos por la sala. León enjaulado en oficina.

–¡Ponme en la línea a Arquímedes Topacio!

–Arquímedes Topacio está muerto, jefe, lo mataron hace dos días.

–Entonces a Rufino Téllez.

–Lo acribillaron la semana pasada.

–¡Por la mierda del alcalde! ¡Pónganme a un cabrón vivo en la aborrecida línea!

–Lo vamos a contactar con Leandro Espiricueta, que es el nuevo líder de La Dalia.

–¿Ese impedido es el nuevo líder?

–Usted mismo lo nombró hace rato.

–No pude haberlo nombrado.

–¿Verdad que sí lo nombró, muchachos?

–Sí lo nombró –contestaron los sicarios en coro.

–¿Y por qué lo nombré?

–Es el que lleva más muertos.

–¡Pues pónganlo en la línea antes de que lo conviertan en bolsa de excremento!

Leandro Espiricueta contestó desde La Dalia. Carne temblorosa, testículos agazapados. Voz de difunto.

–Dígame, Siciliano.

–¡No soy Siciliano, pendejo!

–Disculpe, Andaluz.

–¡Tampoco Andaluz, bola de mierda! ¡Soy el Cartaginés!

–Perdóneme, Cartaginés. No recordaba su raza.

–¡Escucha bien! ¡Sube a toda la gente a las camionetas y métete a los ramajes! ¡Quiero que hoy mismo aniquiles a esos piojosos que ya se sienten hombres y al maricón que los capitanea!

Leandro Espiricueta se tragó varios segundos antes de contestar. Engulló un largo segmento de minuto. Habló con gárgara.

–Dicen que esos chamacos son sobrevivientes de los niños de Cadalso.

–¡Que te calles!

–Sí, jefe...

–¡Que te calles!, ¿qué no entiendes...?

–...

–¿Quién dice que son sobrevivientes de los niños de Cadalso?

–Las autoridades.

–¡Las autoridades son unos lameculos! ¡Cómo te pones a abrirles el trasero! ¡Hablan porquerías! ¡Los niños de Cadalso son vómito de periodistas! ¡No existieron! ¡Por eso introdujimos el veto a la expresión, para que nadie se hiciera masturbaciones gráficas! ¿Qué funcionario dijo que esos mugrosos son el último remanente de los niños de Cadalso?

–El alcalde de...

–¿Y por qué no lo dejaste con la lengua echa tiras? ¡Anda y mátalo para que no vuelva a gargajear en su propio fondillo! ¡Y quiero también el cadáver de la Virgen y de todos los chamacos que lo siguen!

–Sí...

–¡Que te calles, pendejo!

–...

–¡Que niños de Cadalso ni que la mierda del procurador! ¡Los niños de Cadalso se convirtieron en bazofia y tenemos asuntos más importantes en qué invertir el tiempo! ¡Hay que traficar, matar, raptar, extorsionar! ¡Más de diez mil marines gringos están apostados entre Laredo y Brownsville! ¡Hemos mandado a la fosa a muchos ciudadanos norteamericanos y andan molestos! ¡Están esperando la autorización de su Congreso para cruzar la frontera! ¡Y tú comiendo mierda con los niños de Cadalso!

Hubo un mutismo luminoso. Flemas atoradas en ignorados conductos.

–¡Porque si esos mal nacidos son un sobrante de los niños de Cadalso, habrá que liquidarlos! ¡Pueden revelar lo que hemos ocultado y el pueblo se nos echaría encima!

Los ojos del capo empezaron a reverberar. Cayó en un precipicio de silencio y carga imágenes en las pupilas. Está recordando los campos de concentración.

Hay suspiros.

–¡Oh, los gallineros de Cadalso! ¡Nunca se había visto algo más progresista! ¡Los niños eran arrojados vivos a los barriles de ácido, ja, ja, ja! ¡Los fierros al rojo vivo, ja, ja, ja! ¿Fierros? ¡No recuerdo que haya habido fierros! ¡Pero sí había, ja, ja, ja!

Las carcajadas no lograron abrirse paso entre las flemas y vino otro silencio. El cuerpo del criminal pareció volverse más inmenso. Retornó al presente. Los asesinos observando.

–Para evitar sorpresas, hay que entrar al ramaje y... y...

El Cartaginés fue jalado por una inesperada reflexión.

Medita hacia lo profundo. Respiración sanguinolenta. Ojos muy hundidos.

¡Claro, el ramaje! ¡Cómo no se me había ocurrido!

El bandido flota en una burbuja azul. Los sicarios, esculpidos en piedra. Leandro Espiricueta abandonado en la línea.

–¡El experimento de los niños de Cadalso nos falló porque nos aborregamos! ¡Pero si la pandilla de La Dalia no ha logrado hallar a la Virgen y a los cerditos que lo siguen es porque el cerrado chaparral y la cantidad de espinos no permiten ningún tipo de búsqueda! ¡Más de quince mil kilómetros cuadrados de aguijones! ¡El futuro de la delincuencia está ahí, y no en las ciudades como todos piensan! ¡Es el sitio que he estado buscando! ¡Hay que empezar a construir un búnker a la mitad del ramaje para guarecernos en caso de que los gringos crucen la frontera!

–Eee... –trató de decir Leandro Espiricueta.

–¡Cierra ese hocico de porquería!

–Sí...

–¡Que te calles, pedazo de perro!

–...

–¡Quiero el ramaje para nosotros solos!

–...

–¿Entendiste?

–Hicimos unas mantas...

–¡Que te calles, animal pendejo! ¡Métete las mantas por el pasadizo donde te brota la suciedad! ¡Cuando se te ordene que cierres el tragadero, lo tienes que cerrar!

–Sí, jefe...

El Cartaginés solicitaba la muerte de la Virgen sin saber que el chamaco estaba en ese momento a punto de morir. El tiro que recibió fue de ésos que no exoneran. Las rémoras del alma, muy adoloridas. La conciencia flota en vaporosos mares. Fiebre intensa.

Las jaurías rondando.

Pasaron fugaces tramos de eternidad y cuando por suerte pudo abrir los ojos, estaba oscureciendo. Hacía frío. Habían pasado varias horas del tiroteo y se oían advertencias de lechuzas. Gabino Espejo lo cuidaba.

Aunque en la banda se rumoró que en un principio Gabino, seducido por las ovaladas nalgas de la Virgen quiso convertirlo en objeto de favores sexuales, tenía fama de ser custodio fiel.

Amigo en holguras y aprietos.

—¿Dónde estamos? —preguntó la Virgen.

—En la Cara del Caído.

La Cara del Caído es un risco célebre ubicado en la fronda de Tamaulipas, junto a la Sierra Madre. Alto y extenso, tiene la forma de una descomunal cara de piedra que mira hacia el espacio.

Baluarte de bandidos famosos. Fortín de las infamias.

La Banda de los Corazones lo llegó a utilizar con frecuencia para guarecerse del crimen y la policía. Había en la cima una letrina y un cobertizo de ramas. Alimentos enlatados ocultos en rajaduras. Harapos y frazadas. Muchas auras.

Fieras camufladas. Águilas y serpientes.

—¿Cómo me subiste?

—Subiste tú solo. No te acuerdas porque venías desvanecido.

—¿Y los chamacos?

—Vagando en el ramaje.

La Virgen miró a Gabino y un brillo extraño fulguró en sus ojos. Traslúcidas imágenes. ¿Qué le quiso decir? Demostrar sentimientos entre piedras no es sencillo.

Además, se encontraba herido y aunque ya no sangraba, se había agravado. La herida echada a perder. Los huesos, armazón de castigo. Estaba tirado sobre las piedras y se quejaba de cargar dolencias hondas. El cobertizo atajando una lluvia repentina.

A mortificaciones pudo hablar.

—Moriré de fiebre.

Gabino Espejo quiso apartar la ropa de la Virgen para mirar la herida, pero el pistolero interpuso la mano. No le agradaba que indagaran bajo su indumentaria. Él mismo se apartó la camisola y mostró el hombro.

Gabino intentó mirar la herida.

Imposible analizar lesiones cuando hay hombros tan bellos que distraen. Partes bien esculpidas. Piel aterciopelada. Delicada textura.

—Quítame la ringlera.

Acerca de la sexualidad de la Virgen se habían tejido infinidad de fábulas, y mientras Gabino desabrochaba la faja donde el chamaco enfundaba la escuadra, trajinó entre dudas. Recordó que Crispín Balderas le había contado una vez que la Virgen tenía tetas.

Retiró la ringlera.

¿Tetas?

La Virgen estaba muy enfermo, pero el deseo sexual es inclemente y no sabe de altruismos. Gabino aprovechó para mirar hacia lo hondo de la ropa.

Fue quizá un desvarío, quizá un ensueño. Tal vez ganas de fornicar, impulsos de vaciarse. Tropezón de la luna. Allá, en las profundidades de la camisola, Gabino creyó ver un montículo. Elevación de carne tierna y delicada.

Una ubre.

Recordó a los travestis que conseguían clientela en las calles de Victoria. No eran mujeres, pero parecían. Y no se debía a los vestidos luminosos ni al maquillaje de luces. Tampoco a las dudosas curvas, efervescencia de clientela. Se inyectaban aceite en el pecho para abultar las tetas. Secreto comercial.

Gabino Espejo meditó.

¡Oh, Virgen!, sólo pensé que eras marica. Pero eres un muchacho confundido que en su desventurada búsqueda de amor se inyectó aceite en el pecho y se fabricó senos. ¡Con razón me gustabas!

¿Me gustabas? ¡Pero qué barrabasadas digo! ¡Claro que no me gustabas! Cómo me ibas a gustar si no soy invertido.

Aquella vez que te sorprendí durmiendo boca abajo y te coloqué la verga en el trasero fue nada más de broma. Sólo estaba jugando.

Pero ya decía yo, Virgen tonto. Siempre tuviste un airecito de niña. Algo de ti excitaba, y era eso: las tetas. Estar bajo la jefatura de alguien con tetas no será lo mismo.

—Voy a Mainero. Te traeré medicinas.

Abajo, en la floresta, a varios kilómetros del risco, el pueblo de Mainero, cimbrado por el asalto a Garza Valdés, permanecía desierto. Varias patrullas del crimen surcaban la penumbra. Oscuridad y cantos de reptiles. Ruidos de lejanas bestias.

Acababan de sonar las diez de la noche cuando bajo una llovizna impertinente Gabino regresó al risco. La Virgen temblaba como codorniz.

Su boca, beso del despeñadero.

La Cara del Caído tenía fama de ser buen albergue para fugitivos y Gabino encendió unas resinas. Alimentó una fogata. Primero una gran bocanada de aromático humo. Después luz y calor. Luego esa sensación de compañía que las llamas les dan a los que están muy solos.

—Voy a inyectarte.

La Virgen lo miró con ojos erráticos. Gabino no tenía antecedentes médicos y preferible desconfiar.

—Bájate el pantalón y voltéate.

La ocasión no estaba para pensar mucho. La muerte es impetuosa y no hay que darle ociosos asideros. Inyéctate o dejarás de ser civil. Ya te veo en mortaja de tablas.

Pero...

Recordó la tarde aquella en que dormía sobre la hierba. La relumbrosa cabeza del pene de Gabino pretendiendo irrumpir.

Mejor no recordar. Las condiciones son ahora distintas.

La Virgen se desfajó el pantalón y se tiró boca abajo.

Gabino sacó una bolsa de plástico. De ella sacó una jeringa que un médico de Mainero le había preparado. Se acercó al enfermo y bajó el pantalón un poco más.

Resplandeció la fogata y las delicadas nalgas de la Virgen fueron visibles. Atracadero de la desolación, consuelo de los caminos. No son librito de oro, tampoco lamparita. Pero son las únicas nalgas que hay.

Ante tal visión, Gabino Espejo retrocedió tres años en el tiempo y se acordó de una imagen que deseaba olvidar. Estampa que por treinta y seis meses le había ocupado la mente. ¡Ah!, cómo olvidarse de eso. Tenía entonces trece años.

Trajo a la memoria al pueblo de La Dalia, el verano del año 2002, el ano redondito de Manuela Solís. Más redondito a causa de los muslos blancos. El abrevadero del pubis. ¡Ah!, Manuela.

Había pasado tiempo de la experiencia que vivió con ella y no lograba arrancarse de la mente aquel frondoso culo. Santuario de los afligidos. Rajadura difícil de olvidar, abra perfumada de cedro.

Las nalgas de la Virgen eran nalgas del ramaje, frágiles como flores. El trasero de Manuela Solís, sólido risco.

Empezó a desinfectar con alcohol. Tiró el piquete con gran tino y enterró la aguja. Suministró la medicina y le ordenó a la Virgen que volviera a fajarse el pantalón. Después lo jaló de la mano y lo sentó. Le dio a tragar varias pastillas.

—No puedes dormir sobre las piedras frías.

Hubo un silencio de enmohecidas lajas. La llovizna humedeciendo troncos. La fiebre ahí, aprisionando el cráneo.

—Tengo frío. Envuélveme con algo.

Gabino acercó una frazada que yacía en la ladera y cobijó al enfermo. Se tumbó cerca a él. Puso una piel de res sobre ambos cuerpos.

La Virgen sintió el calor amigo y ya no habló. Fue arrebatado por una pesadez incolora. Murmuró algunas frases en el camino al sueño. Frases que tenían la apariencia de inútiles tablones. Afirmaciones piedra, reflexiones peñasco.

La oscuridad, descomunal pabellón. A Gabino se le había espantado el deseo de dormir y trajo a la memoria a Manuela Solís. Sus callados zapatitos de ángel, sus sensuales rezos.

Besos tan anchos como palanganas. Tetas azules como barcos.

Encartada de árabe.

Musulmana de las sinuosidades para arriba, veracruzana del encuarte para abajo. Nalgas para erradicar melancolías muy hondas. Ojos de mujer pretendida, sonrisa para adornar palacios.

Impartía la doctrina y fue integrante de Las Hermanas del Cirio Bendito. Se acababa de casar con Belisario Duarte, el telegrafista de La Dalia. Muy seria.

—Acércate a mí, Gabino. Rezaremos juntos.

¡No, Gabino! ¡No te acuerdes de eso! Estás en la Cara del Caído y Manuela no está. La ausencia es perra brava y terminarás con las talegas muy hinchadas.

Un trueno estremeció las piedras y Gabino dejó de recordar. A pesar de la soledad del peñasco sintió el aterciopelado aliento de Manuela Solís envolver la cúspide del pene. Experimentó la necesidad de una descarga, pero Manuela no se encontraba ahí para recibir fluidos. Sólo estaban las piedras y los agrios barrancos.

Soledad para aplastar al mundo.

El risco, sin embargo, bajo ciertas circunstancias suele ser traicionero. La mente gusta de elucubrar. El trasero de Manuela Solís introduciendo dudas.

La medicina había surtido efecto y la Virgen se encontraba hundido en ensoñaciones. Había dejado de llover y Gabino Espejo lo veía.

Los femeninos párpados cerrados. La voluptuosa boca de varón y hembra que despertaba el inexplicable deseo de ser besada. El cabello se le había desatado y parecía chamaca.

Lo miró un rato más y ya no quiso verlo.

No voy a verlo más, claro que no. Por qué he de verlo si ya lo miré mucho. Además, aquella vez que le coloqué la tranca en el trasero ya no cuenta. Sus ovaladas nalgas ya no me interesan.

Mejor acordarse de Manuela Solís.

Pero... ¡Ah!, Virgen...

Aparte de que eres muy hermoso, tienes dos bellas ubres. Eres un loco por haberte inyectado aceite, pero hay que admitir que son dos tetas. Y dos tetas, en estos peñascales, es como comprar dos lunas. Arpas estrellas. Jarrones de la vida eterna.

La Vía Láctea debajo de la blusa.

Lo tenía entre los brazos y aprovechó para volver a analizarlo. Lo admiró mucho rato y la noche era tan amplia que resultaba fácil treparse en fantasías. Las dulces elevaciones que la Virgen tenía bajo la camisola no lo dejaron embarcarse en el sueño. Esos delicados cerros que hacen que parezcas muchacha.

¿Se trató de la inclemencia de la noche? ¿De la austeridad de aquel mundo de piedra? Lo que haya sido, pero sintió unas locas ganas de abrazarlo. Inseminar su cuerpo.

A otro hombre, sin embargo, no se le puede inseminar. Por eso lo estrechó muy suavecito, tan suavecito como abrazar un cántaro, tan tenue como ceñir una guitarra. No se hizo de resabios porque besos y abrazos son balsas de infortunio para transponer noches dolorosas como aquélla.

Madrugada de afanes y vacilaciones.

Y claro que no voy a besarlo. No soy marica para besar hombres. Soy varón. Individuo del sexo masculino. Macho, como se dice. Semental.

Algo se había puesto muy duro debajo de la bragueta de Gabino y no existía motivo. Es que la Virgen huele a... Qué extraño. Lo olió un momento. Huele a lo mismo que olía Manuela Solís.

Hedor ligero, sudor femenino. Sí. La Virgen despide aroma de mujer.

Aquello introdujo un elemento femenino en la difícil noche y Gabino Espejo, mamífero sediento, no pudo evitar acariciarse el miembro. Comenzó a sobárselo. Y ni cómo reprenderlo. El pene le pertenecía y podía maniobrarlo en el momento que lo dispusiera. La cuestión era arrojar el agua del tormento.

Es harto divulgado que las manos de uno mismo son sobrado aburridas.

Analizó el contorno y supo que no eran las únicas manos disponibles. Estaban las manos de la Virgen, que aunque no tenían las virtudes de una mano de mujer, eran manos de marica. Mejor eso a utilizar las propias.

Hubo un vacío de imágenes de diez segundos.

Cuando los astros volvieron a brillar, había acercado la boca a la boca de la Virgen y respiraba el delicado aliento.

Lo besó suavemente en los labios.

¿La Virgen fue consciente del impulso?

Nunca se sabrá porque no hubo reacciones. Ni siquiera cuando Gabino Espejo cubrió de besos el hermoso rostro hubo respuesta. El enardecido pene pegado a la cadera.

La ropa interceptando todo tocamiento.

La única experiencia homosexual que Gabino había tenido fue en la Correccional de Victoria. Práctica por cierto no deseada.

Una noche en que dormía, Prudencio, el marica de la granja, le estuvo manipulando el miembro. Cuando despertó fue tarde para retirarlo. Aguardó a culminar y luego lo alejó de un puntapié. Supo desde entonces que el deleite de una eyaculación, sean cual fueren los hechos que la causan, no sufre variaciones.

Guiado por aquel lastimero testimonio, volvió a pegar los labios a los labios de la Virgen y permitió que el beso se alargara. Que agarrara el tamaño suficiente para sobrevivir a noches difíciles de amanecer. No esbozó incertidumbres porque eran ósculos para surcar rompientes y atracar victoriosos en los estuarios del alba.

El problema con los besos es que sólo incrementan densidades. Principio de hinchazones. Carnes que de ser enjutas, se tornan excesivamente gruesas.

Lo que deseo es vaciarme.

Pensó meter la mano al cuerpo de la Virgen y arribar a las ubres, y aunque se tratara de dos falsos montículos aumentados con aceite, beber de ellos hasta aligerar el espesor del glande.

¡No!, está enfermo. Aparte, es mi amigo y debo respetar-
lo. De aquí en adelante dormiremos separados.

Por hoy, usaré mi mano.

Ya la está utilizando. La felicidad a punto de llegar.

5

Hasta antes de caer acribillado en Reynosa, el Cartaginés había llegado a ser uno de los más desquiciados ejecutores que existió en Tamaulipas.

Perro matacabras, parásito voraz. Larva retorcida.

Sanguijuela que jamás se hartaba.

Homicida, despojador, y practicante de todas las variantes del delito, luego que en el año 2003 su antecesor había sido apresado y sometido a juicio de extradición, ocupó el liderazgo del noreste con el olfato suficiente para vislumbrar que si se deseaba seguir controlando los grandes negocios del hampa y saqueando a los civiles, se tenía que experimentar una transformación.

Los nuevos asesinos, animales zampones, exigían más inmundicia y ya no permitían concentrar el botín y la autoridad en un solo hombre. O nos llenas la palangana a todos o no consentiremos que atiborres la tuya.

Danos a beber de tu gran bacinica.

Varios tragos de mierda y todo en paz.

El Cartaginés realizó una semblanza de la situación, hizo un arqueo de todos los elementos que rodeaban a la industria del crimen, sumó el caudal ciudadano, acumuló el presupuesto oficial, y se dio cuenta que aún faltaban muchos millones por escamotear.

La gran letrina de Tamaulipas aún tenía excremento.

Dividió el noreste de México en pequeños feudos criminales y compartió diminutos trozos de poder con los capos menores. Involucró a políticos. Enchiqueró cerdos que andaban sueltos y apersogó mulas que pastaban por su propia cuenta logrando así someter y liderar a todas las pandillas.

Santo señor del hampa.

Pero le gustaba dárselas de campanudo y al igual que los capos que lo antecedieron, moraba en barrios esponjosos a un lado y otro de la frontera. Desde ahí ordenaba masacres y desaparecía funcionarios. Inventaba leyes y derogaba las que ya existían. Prohibía a alcaldes entrar en sus distritos. A una orden de él se movilizaba delincuencia y policía, regidores y ministerios públicos. El gobernador mismo.

Aunque cada año la agencia antidrogas y el departamento del tesoro de Estados Unidos le entregaba al gobierno nacional una relación actualizada de capos regionales con domicilios de sus residencias, ubicación y monto de cuentas bancarias, suma de los capitales lavados y todo su historial delictivo, el Cartaginés, al igual que otros hampones peligrosos establecidos en la frontera norte de México, desarrollaba la vida de una persona común sin ser amonestado.

Paseaba con su novia por la calle, compraba golosinas en lugares públicos, entraba en restaurantes fastuosos, descansaba en las bancas de la plaza, iba a la lucha libre y hasta se orinaba en las esquinas.

La gente se asombraba al verlo.

Y no se asombraban por el sanguinolento chorro de orines que le brotaba del escuálido pene ni por su tenebrosa carrera delictiva, sino porque tenía la frente de oro.

Sobreviviente de muchos tiroteos, en marzo de 1999, cuando desertó del ejército de la república para afiliarse al crimen, le habían taladrado la cabeza de un disparo. Por el orificio de la bala se le chorreó el cerebro. Con la poca masa encefálica que logró conservar, se arrastró agónico hasta un barrizal y se tapó el agujero de la frente con un puñado de lodo.

Pudo controlar la fuga de neuronas.

Gracias a eso consiguió sobrevivir y tratando de enmendar no sólo el inconveniente de los menguados sesos sino todos los desarreglos causados por el triste recuerdo de que una vez bajo el efecto de las drogas había violado a su madre, se mandó colocar un casco de oro.

Se rumoraba que para dormir tenía que quitarse el armazón y la raquítica masa cerebral quedaba al descubierto. Cada mañana, antes de salir a la calle, se atornillaba la placa metálica a las sienes. Cuando se estaba cerca de él, había ocasiones en que se oía un zumbido adentro de su cabeza, como si se hubieran quedado varias moscas atrapadas adentro del cráneo y anduvieran volando. Aquello no era descabellado porque perdía con frecuencia el rumbo de la conversación y terminaba diciendo lo que nadie le había solicitado que dijera. Hondas lagunas.

A pesar de ser criminal muy enfermo, su deseo más grande fue tener un hijo con África Bretones. Imposibilitado, sin embargo, para tener relaciones amorosas, ya que desde el año dos mil le tirotearon los genitales, buscó en vano y durante mucho tiempo la forma de convertirse en padre. Desesperado, se injertó unos testículos de cerdo para poder procrear. Aunque se rumoró que pudo hacerse de algunas erecciones, no se atrevió a fecundar a la mujer por temor a engendrar un puerco.

Se vivía el otoño del 2005 y las redes criminales en el noreste se habían perfeccionado. Una coordinación y un sistema de funcionamiento tan bien organizados que habrían sido de gran utilidad si los hubiera adoptado el Congreso de la república.

En la cúspide de la delincuencia, más arriba del Cartaginés, estaban los chivos del mal, los zopilotes grandes, los todopoderosos, ésos que no se veían porque permanecían ocultos tras las cortinas del poder. Eran los grandes beneficiarios del delito y como dueños de la infraestructura criminal regían sobre todos los hampones. Poseían las fortunas más inmensas de México y aunque se trataba de riquezas viciadas, dinero estancado que no le acarreaba beneficios a nadie y que causaba más pobreza, les confería un mando desmedido. Algunos de ellos, hombres públicos, se mostraban ante las cámaras vestidos de corbata. Nunca fueron objeto de persecución.

El segundo nivel era ocupado por los capos, los buitres medianos, las hienas asesinas. Reinaban entre podredumbre y daban la cara por los todopoderosos. Movían el fichero de la delincuencia y su poder llegó a ser tanto que podían paralizar ciudades, obstruir vías de comunicación, amotinarse como cualquier grupo social, callar a los medios, convenir con partidos, impartirles órdenes a gobernadores, mediar con el ejército, pactar con candidatos, escarnecer al presidente, excretar sobre cualquiera. Sólo si los todopoderosos lo ordenaban eran procesados.

El tercer nivel lo ejercían los sicarios. Los que mataban por la espalda, asesinos de mujeres y niños. Homicidas de tiempo completo que a cambio de un módico salario obedecían a ciegas a los capos y que, agrupados en pandillas, ejecutaban industriales, políticos, militares, artistas, munícipes, religiosos, ganaderos, comerciantes, turistas y civiles. Temerosos de ser acribillados siempre estaban bajo el efecto de narcóticos. Cuando eventualmente se les llegaba a procesar, como pago a sus arteros crímenes recibían durante todo el tiempo que duraba su reclusión, techo, cobijo y sustento con dineros del mismo pueblo que vilipendiaron. Hacia el 2005, por lo menos el treinta por ciento de los sicarios del noreste habían dejado de ser de origen mexicano.

El cuarto nivel lo desempeñaba la delincuencia vinculada. Los inmensos oportunistas. Los grandes vividores. Pandillas inmigrantes de El Salvador, Rusia, China, Guatemala y Colombia que el crimen organizado infiltraba en México, o bandas de los mismos países que camufladas en la migración regular cruzaban las fronteras por su propia cuenta atraídas por el rumor de que podían enriquecerse en media hora matando civiles y quedándose con sus propiedades. Estos últimos se hacían pasar por células del crimen organizado y delinquían tanto como las pandillas del hampa. Asaltaban ciudades, incendiaban pueblos, se adueñaban de carreteras y asesinaban viajeros. Encubiertos en el terrorismo reinante llegaron a ser los más beneficiados de la ingobernabilidad que privaba en Tamaulipas. Cuando eran descubiertos por la delincuencia, se veían en la necesidad de afiliarse al crimen y pagar una mensualidad. La Banda de los Corazones, aunque no atacaba civiles y era oriunda de la zona, pertenecía a esta clasificación.

El quinto nivel lo ocupaban los roedores, los ratones, los colmillos cortos. Ladones en pequeño y delincuentes tradicionales que no competían con las agrupaciones asesinas y que a cambio de una cuota se les permitía delinquir. Se quedaban con las sobras del hampa. Desechos de las pandillas.

El sexto peldaño lo tenía la criminalidad de diversión. Los padrotes, los chulos, los hijos de papi. Grupos de muchachos de clase media y alta que forjados en una civilización malograda salían a asesinar buscando esparcimiento. Generación triste que trataba de esa forma ser reconocida. Arrojaban granadas en fiestas familiares. Entraban en centros de diversión y accionaban metralletas.

Aparte de todas estas categorías estaban los otros criminales, los de toda la vida, los cacas grandes, las bestias oficiales, los parásitos del presupuesto, los que delinquían desde las instituciones republicanas. Magistrados que subieron al poder y a la par que gobernaron sin misericordia, saquearon el erario. Líderes que jamás mostraron un rasgo de piedad.

Malhechores elegidos en sufragios.

Impunidad y corrupción.

Todo sopesado por una gran indolencia ciudadana, semilla que le dio vida a los más aberrantes especímenes. En el fondo, delincuencia también.

Criminalidad de omisión.

Sonaron las cinco de la tarde y el aire de Reynosa, eructo del demonio. Brisa ardiente, asfalto derretido. Enjutos rostros reflejados en vidrieras. Pobreza y perdición. Manos endebles que se estiran.

En una residencia de la colonia Obrera, África Bretones tiene prisa. Muy nerviosa. Está en situación comprometida y ha arrojado todo lo que traía en la mano. El Cartaginés está por llegar y ella no está empinada.

¿Empinada? Empinada ya no. Al capo ya no le agrada complacerse así. Inventó una posición más ventajosa que inclusive quiere patentar.

La mujer ni siquiera se ha quitado las ligas. Puede despertar la ira del criminal y recibir proyectiles. Sobacos tiroteados. Hace dos meses perdió un trozo de nalga. Puede perder otro.

Mejor deshacerse de la ropa.

Se quedó sin trapos y se tumbó boca arriba. Ya se está acomodando. Enconchó el cuerpo hacia delante hasta que colocó los pies atrás de la nuca. Completamente doblada. La cabeza entre los muslos. Los tres orificios femeninos en el mismo ángulo de tiro. Se trataba de una posición ridícula, pero se le tenía por buena porque reducía en mucho los esfuerzos del varón. Se podía fornicar durante horas sin gastar energía. El Cartaginés la adoptó como su pose favorita debido a que acentuaba la imagen de indefensión de las mujeres.

Se escucha una respiración de tísico.

Es el capo. Está colocado arriba de ella. ¿A qué horas se acopló al cuerpo de la mujer que nadie se dio cuenta? No se sabe. Pero tiene largo rato ahí.

No ha perdido la esperanza de ser padre y realiza operaciones de fertilidad.

Embelesado hipopótamo.

Elabora al descendiente que lo suplirá en el liderazgo del crimen y está muy concentrado. No es labor sencilla construir humanos. Por favor, no lo distraigan.

¡Oh! Algo está sucediendo.

Creo que hay un tropiezo.

¡Aborrecido miembro! ¡De nuevo no responde!

Extraño en el Cartaginés, que puede realizar todo. Ha logrado la obediencia del gobernador, arrodilló a los alcaldes, amedrentó a millones de civiles, y helo ahí, batallando para que un mísero segmento de carne se subordine.

El pene obedece sólo actos involuntarios y el capo no ha descubierto aún la forma de sobornar al subconsciente. Si algún culpable hay, es ella: África Bretones.

–¡Inútil! –le gritó y la levantó de la cama–. ¡Tú tienes la culpa de que el miembro no se solidarice! ¡Conspiras con tus nalgas de recamarera!

Le puso un manotazo en la nariz y varios golpazos en la nuca. Eran por fortuna manotazos planos, de ésos que sacan sangre pero que no duelen. Y que si acaso duelen, son de esos golpes que se olvidan rápido.

África Bretones cayó al piso.

El capo salió de la casa habiendo dejado a la mujer sin sentido.

Todavía de la calle le gritó:

–¡Si cuando regrese no estás acomodada como me gusta, te meteré un tiro!

El Cartaginés caminó en el terrorífico verano entre espejismos que se derretían y pordioseros que pedían socorro. Iba renegando.

Había, sin embargo, que elaborar un hijo.

El capo necesitaba un heredero para endosarle los miles de fincas incautadas. Transmitirle el emporio del delito más inhumano de Latinoamérica. Treinta mil seiscientos millones de dólares que ha logrado lavar. Un ejército de sicarios.

Estar presente en el parto y sacarlo del vientre de la madre. Llenarlo de cursis besos. Quererlo como un estúpido padre. Regalarle una metralleta a los cinco días de nacido. Un convertible de oro luego de su primer asesinato.

Antes de llegar al edificio del crimen pareció hallar la solución.

¡Cómo no lo pensé antes!

El Cartaginés ya sabe cómo perpetuarse. Tendrá montones de hijos. Dominó la técnica para procrear decenas de bastardos.

De ahí en adelante, todos los días a las cinco de la tarde

llamaba a África Bretones y le explicaba que por fin había logrado sojuzgar al miembro. Le ordenaba que se desnudara y se vendara los ojos. Debía aguardarlo en la posición que le satisfacía, porque si llegaba y ella estaba colocada de otra forma, acribillaría a sus padres.

Una vez que África Bretones entendía, el Cartaginés llamaba a uno de los sicarios. El homicida se acercaba y el capo le decía que lo había seleccionado para preñar a África Bretones. La operación debía de realizarse con la más absoluta reserva a manera que la ciudad no se enterara. La mujer debía de creer que era él quien la fertilizaba.

Fecundante y fecundador llegaban a la casa de la futura madre del rey del hampa, y ella, que ya tenía los pies atrás de la nuca, dilataba el órgano sexual. A una señal del Cartaginés, el sicario eyaculaba adentro de ella. El capo le preguntaba a la mujer si deseaba ser penetrada por segunda vez.

Ella, ojos vendados, decía sí.

Otra señal del Cartaginés y el sicario volvía a descargar su furia genital dentro de la mujer.

El capo sentía el deseo de que África Bretones fuera complacida por tercera vez, pero los celos empezaban a corroerlo. La mujer jadeaba pidiendo más felicidad. El capo le indicaba al sicario que los trabajos de concepción habían finalizado. Mientras fecundante y fecundador salían del aposento, la mujer recibía la orden de permanecer en la misma posición hasta nuevo aviso.

Ya en el patio, el capo tomaba la escuadra y le metía al sicario un tiro en el paladar. Había que borrar todo rastro de la paternidad. El difunto moría despreocupado sabiendo que había logrado concebir al hombre que eternizaría al crimen en Latinoamérica. Cerdo de enorme panza. El gran quema ciudades.

El Cartaginés llevó a la habitación de África Bretones a más de cien sicarios, que luego asesinó para que no pesaran sobre su honor. África Bretones jamás mostró síntomas de preñez.

Ha pasado tiempo. Innumerables coitos. Muchos sicarios muertos. Reynosa, ciudad infernal.

En el edificio del crimen, el Cartaginés pasa lista de personalidades sometidas.

–¿Y qué noticias me dan del procurador?

–Sentado en la bacinica. Es un pusilánime.

–¿Y los alcaldes?

–De rodillas. Son unos lamehuevos.

–¿Y los diputados?

–¿Los muertos o los vivos?

–¡Los vivos, pendejo! ¡Los muertos que le cuenten los pedos al diablo!

–Los diputados cooperando.

–¿Y los concejales?

–No salen del escusado.

–¿Y el partido político que nos está ayudando en la despenalización de las drogas?

–Empujando la iniciativa.

–¡Pregúntenles si no podrán despenalizar también el homicidio y el secuestro! ¡Apoyaremos todas sus candidaturas!

–Claro que sí.

–¡Ya me aburrió esta tonta plática! –tronó el Cartaginés–. ¡Si por lo menos habláramos de putas! ¡Pero estamos hablando de políticos! ¡Y hablar de políticos es… es… claro! ¡Hablar de políticos es como hablar de putas! ¡Por eso, que quede claro que ningún atarantado funcionario de Tamaulipas meterá las manos en el gobierno! ¡Los recursos que antes eran utilizados para la educación y la salud, los quiero aquí, arriba de la mesa!

–…

–¡Se les prohíbe a los civiles emprender cualquier tipo de negocio! ¡Y quien se atreva a iniciar transacciones sin permiso, sólo tendrá dos disyuntivas: o nos pagará el ochenta por ciento de sus ganancias o amanecerá muerto! ¡Todo aquel que cobre sueldo, por más pequeño que sea, tendrá que pagar cuota de piso! ¡Y los que no cobren, también! ¡Respirar es muy caro!

–…

–¡Quien haga el intento por desobedecer este mandato, que no se le olvide que los tiros descosen intestinos! ¡Las dagas saludan a la mierda! ¡Verán sus gases huir por los boquetes!

–...

El Cartaginés siguió con el interrogatorio.

–¿Y los incendios forestales?

–Incendiamos la Sierra Madre. Bosques milenarios se consumieron en dos días. El gobernador se arrodilló.

–¿Y los ductos de petróleo?

–Los estamos ordeñando. Miles de barriles diarios.

–¿Y qué me dicen de mercancías y cargamentos?

–Todo vehículo de carga que pasa por Tamaulipas es expropiado con todo y producto. Los conductores cercenados de pies y manos.

–¿Cuántas mujeres llevan muertas?

–En lo que va del mes hemos matado a más de diez. Hemos filmado muchas películas.

El capo oyó sin creer. Ojos muy abiertos.

–¿Y por qué tan poquitas mujeres muertas? ¡La demanda de películas es mucha! ¡Además, tenemos que superar en femenicidios al Estado de México y a Ciudad Juárez!

–Apenas es día cuatro, señor –explicó el sicario–. Le faltan veintisiete días al mes.

El Cartaginés saca cuentas.

–¿Y los centroamericanos?

–Acabamos de situar a más de un millar de salvadoreños en las carreteras 85 y 101. Están asesinando a muchos viajeros.

El Cartaginés gargajeó. Disparó la saliva con rumbo desconocido.

–¡Esas pandillas de salvadoreños son un dolor de riñones! –dijo entre flemas–. ¡Los traje, pero ya me arrepentí! ¡Holgazanes como la madre del diablo! ¡Traidores! ¡A ver en qué momento se vuelven contra nosotros! ¿Y qué noticias me dan del jotito?

–¿De cuál jo...?

–¡Del único jotito que hay, pendejo!

Un sicario se dio cuenta que el Cartaginés se estaba refiriendo a la Virgen y se apresuró a intervenir.

–La Virgen fue herido en el tiroteo de Garza Valdés. Se repuso ya de la lesión y anda de nuevo al frente de la banda. Se sospecha que van a atacar a la pandilla de La Dalia, en Galnárez, porque los han visto rondar el pueblo. Andan pidiendo información.

El Cartaginés se infló como puercoespín.

–¡No me digan que les tienen miedo a esos gaseosos! –gritó–. ¡Son cerditos ladradores! ¡Becerritos que quieren relinchar, pero que muy apenas sabrán tirarse pedos! ¡Con un buen disparo orinarán mierda! ¡Suplicarán por el trasero!

6

Las cuotas de la delincuencia son de lo más sencillo de cubrir. Fáciles de pagar. Ligeras de cargar en el lomo.

Muy ágiles.

No hay que llenar aburridos formularios ni hacer filas. Tampoco hay que perder el tiempo pidiendo información. No repugnantes reglamentos. Cero contabilidad. No auditorías, no recargos.

Se realizan de la forma siguiente:

El homicida llega frente a ti y te cobra.

Los billetes salen de tu mano y entran a la de él. El criminal siente la tersura del papel y se queda muy serio, como imaginándose muchas prostitutas. Cuenta el dinero. Queda satisfecho y se retira.

Tú te quedas ahí.

Cubriste otra mensualidad y podrás conservar brazos y piernas, tener pies, contar con intestinos. Manos para limpiarte, garganta para hablar. Boca para besar muchachas.

Sí, ya se sabe, son cuotas asquerosas.

Hay que reconocer, sin embargo, que también alcanzan objetivos. Causan sufrimiento, pero de la misma forma pueden enraizar dichas. El que paga se queda sin comer y los que cobran retacan las barrigas. Unos se hunden entre la suciedad y otros acumulan emporios. No son muy onerosas. Sólo el ochenta por ciento de lo que generes.

De lo que generes, desde luego, antes de cargar los otros gravámenes, los que imponen las otras pandillas.

Son pandillas diferentes de la que te cobra la cuota y no hay que confundirlas. No saben que pagaste. Te ven como causante virgen. Venero de dóciles billetes. Se acercan y te cobran.

Les explicas que acabas de pagar y ellos aclaran que no les has pagado. Que si acaso pagaste no les pagaste a ellos.

Tú quieres explicar que ya no traes dinero, pero te advierten que si quieres seguir tirándote alegres pedos, tendrás que amortizar. Te bajan el pantalón y ordenan que toques el suelo con las manos.

Meten el cañón de la escuadra por el recto.

Sientes el acero en el orificio y saboreas el metal. Un gusto a pólvora te ilumina el intestino.

Sacas los últimos billetes y vuelves a pagar.

Los homicidas sienten la tersura del papel y se quedan calladitos, como figurándose muchas mujeres empinadas. Cuentan los billetes. Sonríen. Se retiran y tú permaneces ahí, preguntándote cómo le vas a hacer para pagar las otras cuotas.

¿Más cuotas?

Sí, las que impone el resto de la delincuencia.

Son decenas de pandillas las que controlan el territorio y todas exigen cuota. Costumbres de los nuevos tiempos y hay que acoplarse a la modernidad. ¿Te interesa que tus pulmones sigan aspirando hedores? Respirar tiene un costo y hay que saldarlo. Estabas acostumbrado a respirar gratuitamente: corpulento error. Pon en venta todo tu patrimonio, remata todos los bienes que tenías programados para solventar tu vejez. Se vienen acercando más pandillas.

No te arriesgues y págales a todas.

¿Ya pagaste? Qué bueno.

Mas no porque pagaste te consideres emperador de la letrina. Lograste salir momentáneamente de la fila de los que mañana amanecerán estrangulados, pero las cuotas siguen. Faltan todavía los otros recaudadores, los furtivos, los que llegan después de las pandillas. Cobradores solitarios que no parecen pertenecer al hampa, pero que vienen y te cobran. Colectores de paso que te exigen dinero una sola vez y que no vuelven a aparecer. Sujetos que estiran la mano y ordenan que les pagues. Patrullas de la policía que vienen por la tajada que les corresponde. Gente que recibe tu dinero y que no sabe cómo proceder. Tal vez no eran cobradores, pero estás tan asustado que le vas pagando a toda la gente que encuentras por la calle.

¿No te sientes más ligero ahora? Eres hombre sin deudas. Asno sin apuros. Sólo espero que hayas guardado el dinero suficiente para cuando te apliquen los otros gravámenes.

¿Más gravámenes?

Sí, los pantanosos impuestos que impone el gobierno.

Mientras las cuotas del hampa tienen una simpleza de operación que asombra, los impuestos del gobierno son complicados de pagar. Pegajosos como mierda de perro.

Resbaladizos.

Laberinto de estiércol donde una vez cautivo no se puede salir.

El fisco es más sanguinario que el crimen organizado y acostumbra desatar olas de terrorismo. Te intimidan por radio y televisión. Encarcelan y dejan en la ruina a actores célebres y los exhiben en pantalla para asustar al pueblo. Hay pánico en las calles y muchos causantes se estrangulan. Suicidios colectivos.

Estás horrorizado y quieres pagar antes de que te embarguen. Todos los contribuyentes, candidatos a purgar condena.

Te revelaron el monto del adeudo. Eres depositario nervioso, oyes la cantidad y corres a vomitar. Regresas del evacuatorio. Sacas el dinero y lo colocas en la ventanilla.

No puedes pagar. Hay muchos obstáculos.

Tienes que llenar formatos complicadísimos. Trámites sin fin. Además, los recaudadores están ocupados platicando y no atienden a ningún deudor. Tendrás que regresar mañana.

Luego de muchas semanas de fallidos intentos, ya que lograste entender tan complicada forma de recaudación, viene lo peor: no sólo tendrás que pagar, sino que habrá que pagar para pagar. Tendrás que contratar personal especializado en declarar impuestos y sufragarle sueldos.

Tan complicados de abonar son los gravámenes del gobierno que es mucho más fácil y seguro evadirlos.

Las cuotas del hampa y los impuestos del gobierno son de todos modos parecidos. Se trata de capitales cuyo origen se sabe, pero cuya desembocadura se ignora. Fortunas que se usan para enjoyar putas y armar a criminales. El pueblo con el estómago vacío. El bolsillo más solitario que una carretera. No se observan mejoras ni se ven resultados. Perpetua decadencia. Pobreza hasta el final del tiempo.

Y lo increíble: a pesar que los causantes sostienen la nómina de la nación, la ley no los ampara. Ser evasor es mucho más confiable. El ladrón triunfa y el contribuyente se hunde en el descrédito. Se paga toda una vida sin recibir un beneficio. Cada día que amanece el peligro se incrementa porque a los ojos del fisco siempre se es un evasor y los reglamentos que improvisa se tornan cada vez más perversos. Un error en el llenado de documentos y te echan encima toda la fuerza del Estado. Los verdaderos defraudadores viven protegidos por la ley. Plagiarios gozando de más privilegios que contribuyentes.

Las cuotas del hampa tienen la ventaja de fenecer con el estrangulamiento del insolvente. Las cuotas del gobierno no tienen caducidad y el procesado agoniza sin derechos. Auditores fiscales van hasta su cama de moribundo y lo acusan de defraudador. Es sentenciado en tanto fallece. Le amargan el deceso con multas y recargos. Aun después de muerto es perseguido.

Reo de lesa eternidad.

Si no quieres complicarte la vida, lo mejor es liquidar todas las cuotas que te impongan. No es un proceso complicado. Sólo relaja el cuerpo, despeja la mente. Adopta la actitud de un causante virtuoso. Déjate llevar.

Saca el dinero y paga. Vuelve a pagar.

Paga otra vez.

Paga de nuevo. Así. Otra vez.

Sí. Sigue pagando.

Amortiza. Solventa.

Paga muchas veces.

¿Ves? Muy en el fondo resulta divertido.

Por cierto, hoy es día 15, fecha de aportación. Las doce en punto. Guarden silencio que ahí viene la pandilla. Son los de La Dalia. Matones inhumanos.

No sé qué vamos a hacer. No tenemos dinero.

Galnárez, Tamaulipas.

Según testimonios de las cantineras, luego de varios alegatos la pandilla de La Dalia vio que había dificultades para recabar la cuota y tomó la radio. Le informó en ese mismo instante al Cartaginés de la situación que privaba. El hampón tenía la boca repleta de comida. Baba y légamos escurriendo por las comisuras.

–¡Que paguen! –contestó a través del huevo con chorizo.

Las caras de los sicarios que estaban frente a él, salpicadas de baba y masilla.

–¡Denles de plazo hasta las cuatro! –gritó–. ¡Si no pagan, incendien el pueblo!

La pandilla, que no compareció completa, había entrado en cinco camionetas de modelo reciente. Más de treinta elementos. Casi todos de origen salvadoreño. Sólo siete homicidas mexicanos. Leandro Espiricueta, nativo de Ciudad Juárez, venía dirigiendo las operaciones.

Después de aquel primer altercado, los vehículos de los criminales avanzaron y se detuvieron en el centro del caserío. Leandro Espiricueta descendió de una de las cabinas y se orinó a media calle. Escupió un gargajo de color ambarino. Les ordenó a sus secuaces que aguardaran y entró en el Club Nacional, el prostíbulo más importante de Galnárez. Pidió un tequila y empezó a beberlo.

Iba apenas a la mitad de la copa cuando una chamaca apareció en la puerta y solicitó entrevistarse con el cantinero. Se le franqueó la entrada. La chiquilla entró sin saludar, depositó en la barra un sobre que llevaba oculto y salió del antro habiendo dejado en el aire su perfume de párvula.

El cantinero abrió la carta y leyó. Se quedó sorprendido.

Era un recado de la Banda de los Corazones. Estaba firmado por la Virgen y Gabino Espejo. Volvió a leerlo.

Se le advertía a la pandilla de La Dalia que si no salía de Galnárez para las cuatro de la tarde, todos sus integrantes serían masacrados. Un grupo grande de chamacos del ramaje se encontraba en el pueblo.

—Es una carta de la Banda de los Corazones. Está firmada por la Virgen y por Gabino Espejo —dijo el cantinero, y le dio el recado al sicario—, saben que está usted aquí.

Leandro Espiricueta oyó sin creer y puso cara de dame otro tequila. A pesar de ser casi negro, agarró una pigmentación tornasolada. Se demoró un poco, pero habló.

—La Virgen nada tienen que ver en esto.

—Es lo que yo digo, pero está firmado por él.

—Es una trampa —opinó el sicario nervioso.

—¿De quién?

—Del pueblo. No quieren pagar y quieren asustarnos.

El cantinero miró al asesino y vio que las quijadas habían empezado a oscilarle.

—La gente de Galnárez es gente pacífica. Incapaz de tener un enfrentamiento con ustedes.

—¿Qué es lo que intenta decirme?

—Que el recado lo mandó la Virgen.

Leandro Espiricueta escuchó y pasó saliva. Aunque la Virgen era pistolero nuevo no se trataba de un matón común. Y luego el tal Gabino Espejo, que jamás había oído hablar de él, pero que si se había atrevido a firmar el recado, a algo se atenía. Enfrentarse con ellos y con el resto de la banda iba a resultar peliagudo.

—Los chamacos del ramaje ensayan tiro al blanco con gorriones volando —reforzó el cantinero—. No fallan un tiro.

Leandro Espiricueta oyó y puso una sonrisa lánguida. Las quijadas angulosas como láminas.

–Nosotros traemos ametralladoras –dijo con la cara de lado–. Hacemos misas negras. Eso nos da poder.

Entró en un territorio de dudas y se quedó serio, analizando lo que había asegurado. Quiso remediar el temor y bebió de golpe el resto del tequila.

Leandro Espiricueta ya no argumentó más porque hasta entonces profundizó en que si los ritos satánicos, traídos a México por las pandillas de salvadoreños, lo dotaban de supremacía, nunca se había balaceado con alguien de peligro. Se había dedicado a matar niños y señoras, a acribillar civiles indefensos.

–La Virgen es un afeminado.

De nada le servía a Leandro Espiricueta culpar a la Virgen de su sexualidad difusa y de la que todo Tamaulipas estaba al tanto. Pero necesitaba creer en algo, aferrarse a una esperanza. Esconderse del problema.

–Olvídese de cobrarle la cuota a la gente de Galnárez.

–Si no cobro la cuota, me matará el Cartaginés.

El sicario dijo aquello con la cara tan amarilla como papel de envolver.

Leandro Espiricueta contaba con veintiocho años de edad y había engendrado dos hijos con una mujer de Ciudad Juárez a quien por seguridad conservaba en el anonimato. Siete años de no verlos.

Procreó diecinueve hijos con chamacas de Tamaulipas.

Siempre fue buen tirador y nunca le habían temblado las manos cuando mató inocentes. Ni siquiera le temblaron cuando le disparó a aquella embarazada que se robó un pollo asado en una fiesta que hubo en el casino, a las afueras de La Dalia.

Después de aquel crimen y durante mucho tiempo, no supo lo que era un temblor de manos. Pero ahora, cosa extraña, no sólo las manos le bailaban, sino que se le sacudía todo el cuerpo.

Aunque el cantinero no le preguntó nada, Leandro Espiricueta arguyó con las quijadas sueltas que no le tenía miedo a nadie porque juró ante una imagen diabólica en un barrial de Reynosa temerle sólo al dios del mal. Aseguró en seguida que mataría a los chamacos del ramaje porque eran sobrevivientes de los campos de concentración de Cadalso y había que borrar todo vestigio. Y los mataría no tanto porque tuviera ganas de matarlos, sino porque de una forma o de otra había que correrlos de la fronda. El Cartaginés iba a construir un búnker. El ejército de Estados Unidos podía entrar en México y urgía un sitio para resguardarse.

El sicario volvió a leer el recado y miró al cantinero. Iba a preguntar algo, pero no lo hizo porque iban a dar las dos de la tarde y el cuerpo se le seguía estremeciendo.

La saliva tan espesa como goma de mascar.

Salió de la cantina con intenciones de ir a informarle a su gente de la situación.

Los integrantes de la pandilla se acumularon a media calle y mientras Leandro Espiricueta les hablaba, a todos los atacó un raro escalofrío.

Habían ido a Galnárez a asustar señoras. Cuando mucho a golpear niños y, si la ocasión lo ameritaba, a asesinar a algún civil. La noticia de que iban a tirotearse con la Banda de los Corazones los incomodó un poco. Enfrentarse con aquella agrupación en la plaza de Galnárez, delante de chamacos que iban a la panadería, frente a novios que se besaban y entre señoras que venían de misa, no ofrecía ninguna seguridad.

Leandro Espiricueta sentía que la gente lo observaba y prefirió meterse de nuevo en el Club Nacional para pensar cómo resolver la situación sin caer masacrado. Por momentos sentía el impulso de salir del pueblo e informarle al Cartaginés que había decidido no batirse para no exponer a terceros. Pero no se atrevió a hacerlo porque hasta se imaginó al capo gritando: ¡No te preocupes mucho por los terceros! ¡Son los más sencillos de matar! ¡Ábreles otro ombligo a la orilla del que ya tienen!

Además, no le convenía renunciar al tiroteo porque se encontraba hundido hasta el cuello en el negocio del crimen y utilizarían a su esposa y a sus hijos para ensayar tiro al blanco. Sería suficiente una llamada telefónica y la misma policía de Ciudad Juárez iría a ejecutarlos. A él lo ahogarían en un barril de suciedad.

Tenía miedo y seguía temblando.

La temblorina, empero, bien podía ser falsa y nada tenía que ver con la balacera. Se estaba quizá convulsionando porque alrededor de la Banda de los Corazones se habían tejido muchas leyendas y la pandilla de La Dalia no tenía antecedentes en el ambiente de las fábulas. Seguramente se trataba de eso.

Pidió otro tequila para cerciorarse.

Después de varios tequilas más, se le aclararon las ideas y confiado en aquella renovación mental se dio cuenta de que ya no temblaba. Sí, se trataba de eso. No tenía ningún mito que lo patrocinara y por eso traía enlodada la confianza.

Determinó que habría enfrentamiento. Asesinar a una persona después de todo no es difícil. La carne es carne y es muy sencillo perforarla. El momento más laborioso es cuando se dispara el primer tiro. Una vez que se abrió fuego, los siguientes impactos brotan solos. Se sabe que hay proyectiles porque se ven los destellos.

Se oyen lamentos.

Bebió otro vaso de tequila y varias oleadas de bravura le rejuvenecieron el cuerpo. Está ungido y hasta se siente otra persona. Sin saber por qué, le vino a la memoria la tarde aquella cuando mató a la embarazada de La Dalia. No lo hizo por mala voluntad, que fue la idea que prevaleció entre los civiles, sino porque era su deber. Recordó que había fiesta grande y estaban de visita algunos oficiales de Reynosa.

Amenizaban los músicos de Burgos y a él le habían encargado la seguridad. Estaba bebiendo mucho y traía la vejiga muy hinchada. Se vino hacia los árboles que había atrás del casino con intenciones de tirar el agua.

Estaba orinando cuando escuchó un portazo.

Volvió la cara y vio a Martina Ruiz, la madre soltera más joven de La Dalia. Dos hijos, y estaba encinta de nuevo. Acababa de salir por la puerta trasera de la mansión y llevaba un pollo asado envuelto en un periódico. Iba corriendo.

Aún no había sido nombrado jefe de la pandilla, pero todos rumoraban que tenía aptitudes para serlo, y aunque alguna vez Martina Ruiz fue su amante, consideró su obligación matarla. Aparte de que podía perder la oportunidad de ser el siguiente jefe del grupo criminal, se corría el riesgo de que los civiles se sintieran superiores a los sicarios.

Pero un pollo asado es solamente un pollo, pensó Leandro Espiricueta, carne que entra por la boca y en el estómago agarra formas estrambóticas. ¿Para qué le disparo? Mejor más tarde la saco de su casa, me la llevo y la tiro entre la hierba como le hacía antes.

Andaba, empero, muy borracho para amar mujeres. Los órganos sexuales flácidos a causa del alcohol. No hallaría la senda del antojo.

Sacó la treinta y ocho. La accionó.

Los tiros salieron tan facilito que ni siquiera parecían mortales y tan sólo por eso no sintió ningún remordimiento. Tampoco se arrepintió de aquel impulso porque en el fondo del corazón no le disparó por el asunto del pollo, sino porque tenía ganas de matar. Había consumido mucho whisky y cuando uno bebe, pregúntenle a los criminales, se antoja acribillar personas.

La mujer recibió los disparos, pero llevaba tanta velocidad que no cayó de inmediato. Tenía tal premura por llevar el pollo que no se dio cuenta que había sido sacrificada. Urgida por la necesidad de acercarles alimento a sus hijos, siguió corriendo. Mientras corría, miraba incrédula el chorro de sangre que le brotaba con persistencia desde el pecho. Cayó veinte metros más allá, arriba de una criba.

Pero para qué se acordaba de eso si Martina Ruiz estaba más a gusto muerta y él sólo cumplió con su trabajo. Además, estaba feliz en el Club Nacional y ese mismo día iba a acabar con la Banda de los Corazones.

Después de once tequilas solicitó la asistencia de una cantinera. Se encerraría con ella un buen rato y le haría el amor como se lo hacía a la difunta Martina Ruiz: amordazada. Las quejas agarran así más voluptuosidad. Sentiría su cálido interior y miraría su cabello chorrear por la piel, la irrigaría con sus semillas de varón y se sentiría dichoso. La golpearía en el momento culminante para ahondar el placer.

Pasó un rato y la cantinera no llegaba.

Leandro Espiricueta volvió a solicitar la presencia de una muchacha de ésas que se menean bonito, pero el cantinero le informó que ninguna mujer del Club Nacional deseaba bailar con alguien que ese día iba a morir.

—No la quiero para bailar —aclaró el homicida.

—Para lo que sea —dijo el hombre—, pero no quieren alternar con un muerto.

El asesino hizo una mueca de disgusto y si no acribilló al cantinero fue porque no hallaría quién le siguiera sirviendo más tequila. Murmuró algo inteligible. De seguro dijo pirujas pendejas, yo sí soy hombre de verdad y las hubiera hecho gozar mucho, y no como ese desviado de la Virgen que es maricón probado.

Pidió más tequila para olvidarse del desprecio.

Diez minutos antes de las cuatro abandonó la cantina. Ya para entonces iba muy borracho, que es como a los pandilleros de Tamaulipas les gusta tirotearse. Se plantó frente a sus hombres. No sabía en qué parte del pueblo se iba a realizar la balacera, pero dedujo que la plaza sería el lugar idóneo.

—¡A la plaza! —ordenó.

Aunque Galnárez se veía solitario, en verdad no lo estaba. La noticia del desafío había corrido rápido y habían llegado reporteros de Texas y de Monterrey. Se observaban corresponsales de Periodismo Libre venidos de París que tenían tiempo rondando los pueblos del ramaje. Gente que espiaba por hoyos y ranuras. Cámaras de televisión y de cine. Visitantes de rancherías y villorrios. Niños y mujeres tirados en el suelo intentando eludir una bala perdida.

En el Club Nacional, varias cantineras armadas de pistolas y carabinas habían trepado al techo y estaban tiradas de panza. Se mostraban dispuestas a acabar con la pandilla.

Muchos civiles preparados para matar.

El comando de La Dalia, con sus cinco camionetas, se había apostado frente a la plaza obstruyendo la entrada de Galnárez, emulando los bloqueos carreteros que perpetraban otras ramas del crimen.

Leandro Espiricueta, cayéndose de borracho, descendió de uno de los vehículos y se orinó en una llanta. Volvió a sentir algo parecido al pánico y sacó una botella de tequila que tenía preparada para cuando las voluntades le fallaran. Bebió un largo trago y el temor se le disolvió en una bolita brillante.

Siguió orinando.

—No va a venir la Virgen —dijo, sugestionado por el alcohol—, se trata de una trampa de la población para no pagar.

—Sí va a venir —le contestó un secuaz—, ya le metieron un tiro a Horacio Bastos.

El sicario oyó.

—¡Suelten varias ráfagas! —dijo encolerizado—. ¡Péguenle a lo que sea!

Los criminales se aprestaban a disparar, cuando sin que se hubiera escuchado ninguna detonación, Leandro Espiricueta se dobló.

—¡Ah jijo —exclamó—, creo que me pegaron!

El dolor le inició arriba de los ijares. Se le trasladó luego para un testículo, pero realmente fue un dolor reflejo. Le habían pegado en la nuca y jamás se sabrá por qué la punzada se desplazó tan lejos. Dejó de elucubrar porque se precipitó de boca. Los barrios bajos de Ciudad Juárez impresos en los ojos. Hubiera estudiado para doctor, dijo ya cuando nadie lo escuchaba, cómo soy pendejo.

Se trató de una bala bien tirada y no tenía por qué estarse revolcando. Se convulsionó sobre sus propias excreciones. Tequila con sangre escurriendo de la nariz. La lengua atrapada entre los dientes.

Se desató la balacera. Reporteros de Periodismo Libre filmando entre los tiros.

La pandilla de La Dalia disparó en conjunto. Tiraba para todos rumbos intentando pegarle a lo que fuera, porque la Banda de los Corazones no se veía por ningún lado. Dispararon el lanzagranadas y la comisaría y otras construcciones recibieron los impactos.

El tiro que mató a Leandro Espiricueta fue disparado desde atrás y nadie se dio cuenta. Los chamacos del ramaje estaban apostados a las afueras del pueblo tirando desde matorrales. Muchas escuadras. Rifles. Habían sitiado el caserío. Aunque de forma más errática, disparaban también las putas del Club Nacional y otras carabinas desconocidas.

Las calles de Galnárez, confusión de disparos.

—¡Vamos a venir a colgar a todas las niñas de este pueblo! —gritó un homicida tratando de asustar.

Inservibles palabras. Las pandillas de Tamaulipas no estaban entrenadas para librar combates formales y todos lo sabían. Si hasta entonces habían sobrevivido se debía a la indolencia de la población. Proyectiles llegaban desde todas direcciones y el grupo delictivo empezó a debilitarse.

—Hay que irnos —opinaba angustiado un homicida.

Cuatro de las camionetas ya no pudieron rodar porque tenían las llantas tiroteadas y tuvieron que huir en el único vehículo que aún podía ser usado. Arrancaron a toda velocidad y dejaron tirados cuerpos de compañeros. Tomaron rumbo a La Dalia.

Alguien incendió los cuatro vehículos que se quedaron. Los cadáveres, directos a una zanja.

Las putas del Club Nacional festejando a carcajadas. Portones muy alegres. Las burlonas macetas.

La gente salió a la calle intentando celebrar aquel triunfo. Buscaron a la Banda de los Corazones, pero no la hallaron. Iban, dijo un testigo, ramaje adentro.

Esta vez la banda no se desbandó.

Y no se desbandó porque Crispín Balderas, el más joven de todos, llevaba un tiro en el estómago. Bala sin dirección que dio en el blanco. Había perdido el conocimiento y Gabino Espejo lo llevaba cargando.

Cayetano Urías a un lado. Abundio Lupercio en el otro. La Virgen y el resto de los chamacos, más atrás.

Corrían entre las ramas intentando llegar a la Enfermería de Dios Niño, que se ubicaba a más de cincuenta kilómetros y que tenía un botiquín profesional. Sabían de ese consultorio por pláticas.

Recurso inútil porque Crispín Balderas había dejado este mundo falaz.

Murió desde que salieron de Galnárez.

—Me hubiera gustado conocer a Modesta, tu hermana —le había dicho a Cayetano antes de morir—, para casarme con ella.

Gabino sintió que el alma de Crispín había dejado el arca corporal y dejó de correr. Avanzaron varias horas entre las ramas trémulas. Oscurecer rojizo. La tarde se apersonó con todos sus luceros. La luna también compareció.

Caminan sin proferir palabra.

—Habrá que enterrarlo en un lugar fácil de localizar, por si quisiéramos visitar la tumba.

—Sé dónde —dijo Gabino—, síganme.

Caminaron casi toda la noche. Rodearon las luces de Victoria y dejaron atrás destellos de atribulados pueblos. Antes del amanecer se detuvieron en un sitio adonde siempre podrían retornar: el monumento al Trópico de Cáncer. Monolito erigido a la mitad en un ramaje olvidado. Obelisco por donde pasa esa línea imaginaria de la Tierra. Acostaron a Crispín en el pasto y volvieron a confirmar que ya no tenía espíritu.

No luz del solio de los ángeles.

A oscuras el faro de la obstinación.

Somos vivos y en tiroteos andamos. Hoy vivos mañana muertos. Peleamos contra un mundo que mucho nos hirió.

Hoy partió el más pequeño.

—¡Miren! —dijo Honorio Grado, pistolero de nueve años.

Todos miraron: una paloma luminosa acababa de brotar del vientre de Crispín y voló sobre la banda. Luego de raudos aleteos se elevó hacia lo desconocido.

Antes de formar parte de la agrupación, Crispín Balderas fue sobreviviente del genocidio de Cadalso y recibió un tiro en la fuga. Fue dado por muerto, pero revivió. Su historia alcanzó a llegar hasta los oídos de Mila Stravinski, misionera de la Enfermería de Dios Niño. La mujer fue por él hasta Nueve Luces y lo recogió del marco de una puerta. Lo alojó. Le dio vestido y sustento.

Fue ahí, en la enfermería, donde Crispín pudo reiniciar la vida. Cuando en el 2005 la Virgen empezó a organizar a los sobrevivientes de Cadalso, Crispín fue uno de los elementos más fieles de la banda.

Y este amanecer...

Nunca más jugaremos con puñados de tierra. Jamás con las gotas que escurren de las ramas.

El agua formará ondas en todos los estanques y la lluvia preguntará por ti. Cuando visitemos el Olmo de la Emperatriz te recordaremos.

La luz del sol se había anunciado y le cavaron un sepulcro en el ramaje detrás del monolito. Muchos espinos para que ningún extraño pudiera descubrirlo. Echaron el cuerpo y lo cubrieron de hojas y pétalos.

El alma de Crispín Balderas es ahora brisa elemental. Emanación embrionaria. La carne ha descendido y al sufrimiento le fue quitada la caja de resonancia.

El cosmos juzgará con su balanza eterna.

Una vez que el cuerpo de Crispín se halló tapado de flores, lo cubrieron con tierra para que la carne se pulverizara lo más pronto posible. Más arriba echaron grava para que ni animales ni pandilleros pudieran disponer de los restos.

Formaron un túmulo con peñascos y enterraron una cruz de cedro en la cabecera. Crispín Balderas, Amigo primero, estaba grabado en el tronco.

Sembraron un madroño.

Lo que pasó en las horas siguientes no es usufructo ni de escritores ni de reporteros.

Es jurisdicción del ramaje.

Patrimonio de voladeros y dote de peñascales.

Legado de abismos y angosturas y de todos los olvidados pueblos que se encuentran entre Cadalso y Nueve Luces.

Testamento del Trópico de Cáncer.

Coyote de impenetrable noche.

Es por siempre feudo de las parvadas y sólo el Agorero quedará autorizado para divulgarlo por caminos y sendas. Los pájaros de la fronda lo cantarán durante dos milenios.

Copla letrilla que vivirá hasta que al cielo se le borren los dibujos.

Y lo inmaterial señoree sobre las cosas que existen.

Y el mundo deje de ser pilar de encono.

Y el barco del lamento parta para jamás volver. Nunca más el estruendo de un tiro. Ni manchones de sangre sobre los portones.

Espéranos dos lágrimas, amigo Crispín, deja que nuestro reloj de arena se vacíe. Iremos tras de ti para entonar una canción en ese despeñadero de astros.

Te aseguro que volveremos a reír quedito. A correr, volar, tornando sobre la mañana.

Dos lunas por si faltara luz.

Un caballo de vidrio para remontar el firmamento.

7

El tiroteo de Galnárez cimbró al gobernador, asustó a los políticos, estremeció las alcaldías, hizo enojar al crimen, resucitó el comercio y llenó de alegría al pueblo.

Las cantinas, santuarios de la concordia.

El Cartaginés, incrédulo porque alguien se hubiera atrevido a emboscar a uno de sus grupos más sanguinarios, hizo una rabieta que le restó cantidades importantes de neuronas. Perdió el habla durante muchos días. Aunque movía los maxilares, las palabras no se condensaban. Andaba como teorizando.

Espuma en las comisuras.

Cuando por fin le regresó el sonido, convocó a una rueda de prensa y declaró entre gargajos que el ataque de la Banda de los Corazones en Galnárez fue raspón chiquito. Porrazo que saca sangre, pero que no duele.

Moretón breve.

Diez y ocho sicarios muertos pero nada más. Se trataba, inclusive, de un evento dichoso.

Era benéfico perder homicidas para liberar presión, porque cuando uno de ellos sobrevivía más de dos semanas, comenzaba a generar derechos y le daba por sentirse jefe. Empezaba a gritarles a todos.

Al perder miembros, el equipo del crimen se renovaba. Las pandillas estaban integradas perpetuamente por homicidas frescos. Ojalá siempre perdiéramos sicarios. Quiero dar las gracias a ésos que nos agarraron a traición, agregó para finalizar, no saben el bien que nos hicieron.

Cuando los reporteros se dispersaron, empezó a expulsar toda la porquería que transportaba en la boca.

—¡Lángaros piojosos! ¡Matalotes enclenques! —gritó—. ¡Si por lo menos vinieran a pelear a las ciudades! ¡Pero se esconden entre matorrales como las gallinas! ¡Ojalá se saquen los ojos con las ramas!

Empuñó la escuadra. Quiere disparar para sofocar el enojo, pero no sabe para dónde. Si por lo menos hubiera perros callejeros, pero no hay. A los treinta y cuatro que tenía atados en el patio los mató ayer.

Hubiera dejado algunos para acribillar hoy, murmuró. Pero no lo pensé.

¿Para dónde tiro?

Ya sabe para dónde disparar.

—¡A ti te voy a llenar de plomo, maldita verigera!

Le está disparando a África Bretones. Escogió el retrato donde aparece de frente y con las piernas abiertas. Aproximación de la vagina. Todos los tiros dieron en el blanco.

Vulva tiroteada.

La sala llena de humo.

—¡Hay que traer a esos desarrapados a las ciudades! —gritó—. ¡Sacarlos de la fronda! ¡Tirotearnos con ellos sobre el pavimento!

Todos los asesinos escuchando.

—No van a venir a pelear a las ciudades, jefe —contestó un sicario—. No son tontos. Saben que en los ramajes son fuertes.

El Cartaginés analizó la frase y el nivel de azufre se le disparó. Cambió violentamente de color. Tan morado como caca de perico. Sintió una tirantez y está convulsionándose. Nadie se alarmó porque eran calambres rítmicos, de ésos que les dan a los tamborileros.

Parecía que sandungueaba.

Las frases no conseguían cocinarse bien y volvió a perder el don de la palabra. Los sicarios, entretenidos viéndolo.

A pesar de que el Cartaginés no hablaba, empezó a impartir órdenes a señas. Ademanes y muecas. Enunciados dictados por el diablo.

Aunque ya no estaba Arquímedes Topacio, que era el que conocía los gustos de los difuntos, el hampón realizó gestos con los que prometía entregar no sólo el cadáver de la Virgen, sino los cuerpos de todos los integrantes de la Banda de los Corazones.

—¡Qué bueno! —opinó un sicario.

El Cartaginés oyó que lo interrumpieron y el color se le intensificó. Sacó la escuadra y le propinó un cachazo en los dientes al que usó la lengua. En tanto el criminal se iba al suelo con la dentadura rota, el capo realizó otras mímicas donde hacía hincapié en que si alguien más lo interrumpía, iba a zurcirlo a tiros.

Los sicarios entendieron.

El hampón siguió impartiendo órdenes y realizó otros ademanes donde decretaba que una vez que la Virgen estuviera maniatado, antes de proceder con el empalamiento le fueran cortados nervios y tendones. Y como un adelanto a tan acertados decretos, ordenó que dos docenas de amas de casa escogidas al azar en Reynosa fueran sustraídas de sus hogares y colgadas en la vía pública como represalia por el tiroteo.

Todas las ciudades fronterizas, área de quejidos.

¡Y todo es culpa de los hediondos del ramaje! ¡Sórdidos oficiosos! ¡Cómo se ponen a picarle el trasero al diablo! Ni el gobernador lo hace. Dejen de alborotar el avispero y hagan lo mismo que hace la gente ante los desvergonzados de la delincuencia. Agachen la cabeza y háganse pendejos.

—No vuelvan a disparar sus mierdas de pistolas. El pueblo necesita una tregua.

Las cantineras del ramaje habían de contar luego que después del tiroteo de Galnárez, la Banda de los Corazones no se dispersó. El deceso de Crispín Balderas fue búcaro de penas. Lágrimas de varias tardes. Su recuerdo no los dejaba separarse.

Muchos agrupamientos tras ellos.

Caminaron hacia la nada buscando lo imposible porque morir se presentaba como su opción más viable. Lo hondo de los chaparrales, horizonte amigo.

Luego de varios días de camino dejaron atrás la zona de pandillas y arribaron a la fronda umbría. Anduvieron un día más y se acantonaron en Cadalso, lugar remoto e inaccesible para los grupos del crimen.

Decepción de helicópteros.

Cadalso fue, hasta antes de la matanza que lo volvió famoso, paraíso encantador y apacible. Perfumes de benévolos ramajes. Jardín donde los siglos acostumbran reunirse. Después de la carnicería que tres años atrás ahí se cometió, habría de irradiar para siempre una belleza triste.

Aún podían verse entre las ramas despojos de los campos de concentración que el crimen organizado mandó construir. Rastros de los célebres gallineros. Vestigios de las fosas que fungieron como escusados. Restos de la fuente de agua. Barricas arrumbadas en zanjas. Los caminos borrados por la hierba.

Ahora todo es sosiego. Simpatía de árbol.

Verdes retazos de apatía.

La Banda de los Corazones tumbada a la sombra de los callados sauces.

Los chamacos más grandes estaban complacidos por los decesos causados en Galnárez y no paraban de celebrarlo. Querían más tiroteos. Oír quejidos y contemplar lesiones. Los cuerpos humanos no son tan sólidos como aparentan y es cosa de meterles un tiro para que suenen como chirimbolos, decían. Los hombres se ven mucho mejor cuando se arquean. Rechonchos agujeros.

¿Cuándo es la siguiente balacera?

Mientras eso se decide, hay que grabar corazones en los troncos. Ánimo de distracción. Los chamacos dibujan en tallos y Cayetano describe la belleza de su hermana Modesta.

Ya pasó una semana y no hay tiroteos planeados. Tampoco matazones. Dejaron de hablar de asesinatos. Hay un hilo de tranquilidad.

No es tranquilidad, es hambre. Las panzas muy vacías.

El tiempo, monstruo de eternidad, transcurriendo implacable. Los días, grandes trozos de luz. Las noches, ventanas hacia lo incomprensible.

La Virgen y Gabino observaron el decaimiento. Oyeron el clamor de los intestinos. Saben que hay protestas de estómagos. Les pidieron a los párvulos permanecer ocultos mientras ellos iban a recolectar frutos. Algún animal, tal vez. Quizás un ave.

Nadie se opuso.

Los dos cabecillas tomaron un costal y se internaron en los ramajes buscando algo para llenar barrigas. Irresponsable estómago, siempre solicitando viandas para volverlas bazofia. Si no fuera por la insulsa necesidad de retacar panzas, este mundo sería lo más perfecto.

Hacía calor y caminaron sin hacer preguntas. No era tiempo de frutos y erraron entre ramas. Ni siquiera pájaros. La fronda exhalaba un amplio aliento de amistosas hierbas.

Las once de la mañana.

Gabino recordando.

Extraño en él que lo único que traía a la memoria era el trasero magistral de Manuela Solís. Sexo atrapado entre los años, amoríos de otro tiempo. Ahora, empero, se estaba acordando de sí mismo.

Nunca supo con exactitud dónde vio la luz primera, pero los recuerdos más antiguos de su existencia lo remontaban a Victoria. Callejones sin nombre, rameras disputándose a los clientes.

Pleitos de borrachos.

Fue hijo de una mujer llamada Alfonsina Espejo, prostituta que murió víctima de tuberculosis cuando él tenía cinco años y la poca memoria que de ella conservaba era difusa. A los diez años de edad hirió a otro chamaco en una pelea callejera y padeció encarcelamiento en la Correccional de Victoria, de donde escapó. Fue copado en las calles de Padilla por una patrulla del crimen y como nadie podía pagar un rescate por él, se le condujo al campo de concentración de Cadalso. Varios meses después de permanecer cautivo, organizó a los niños presos y empezó a planear la escandalosa fuga que terminó en matanza. Luego del escape logró ocultarse en los ramajes de la Cuenca. Se allegó al pueblo de La Dalia y fue empleado en la sacristía donde Manuela Solís, señora respetable que impartía la doctrina, acostumbraba llevarlo a su casa para rezar juntos. La pandilla de La Dalia había visto cualidades en él y quiso incorporarlo, pero no aceptó. Después de los fugaces amoríos que sostuvo con Manuela Solís, escapó de La Dalia. Se juntó con chamacos sobrevivientes del campo de concentración que deambulaban en los ramajes y se convirtió en líder.

Demasiada vida para tan raquíticos diez y seis años.

Y ahora, después de tantas gloriosas aventuras, tocó fondo y se halla enamorado de un marica.

¿De un marica? Sí, de la Virgen. ¿Acaso no es marica?

Enamorado no.

¡Cállate, Gabino! ¡Claro que estás enamorado!

Basta con que se te acerque para que tus porciones agarren corpulencia. Las pelotas no se ponen así nada más por ponerse. Luego que se aleja de ti, trajinas buscando rajaduras.

Algo hay.

Asustado de sus propias ideas, Gabino salió de la abstracción. Una ola de calor le subía desde la comarca de los genitales. Tanta soledad y tanto ramaje lo habían hecho sentirse lujurioso. La sangre, tan cordial como el hedor de la hierba.

La Virgen caminaba adelante meciendo su feminidad. Imagen que entraba por los ojos de Gabino y se robustecía en las arterias. Se compactaba en las regiones bajas.

¡Qué bueno que sus meneos ya no me sugestionan!, se dijo en tanto seguía con la vista la cadencia de las redondas caderas. Cuando uno gusta de señalados traseros es harto notorio. Si esas ancas fueran de mi agrado yo me daría cuenta.

Pero dejaron de gustarme.

Y como no me gustan ni para qué mirar. Si miro es porque no hay otras curvaturas donde posar la vista. Péndulos que acaparan la atención. Pacíficos meneos.

–A menos que sea cierto lo que dicen de ti –dijo de pronto.

¿Por qué dijo eso? La frase no encajaba. A lo mejor se debió a que se sentía libidinoso y habló con alguno de los dos testículos.

No pudo, sin embargo, haber hablado con las glándulas porque la carne miente y él parafraseó verdades. Las ovaladas nalgas de la Virgen ya no le interesaban. Tampoco lo ilusionaban las dos tetas. Dios, en su infinita comprensión, le regaló dos manos para arreglarse solo y no andar solicitando lúbricos favores.

–¿Qué dicen? –preguntó la Virgen y se detuvo.

Gabino no supo contestar. Se sintió como sabandija adentro de una jaula. La Virgen lo miraba.

–¿Qué dicen?

Gabino dejó de caminar y buscó una rama para esconder la vista. Un poco avergonzado. Lo que ocurre es que hay momentos que parece que me gusta y hay otros en que no. El olor del monte me confunde y a pesar que es varón lo veo como mujer. En este momento parece una muchacha. Putita de ésas de anillos y arracadas. Loca de colorete. Ha de ser porque ando acalorado.

Tan caliente como un comal chiquito.

Creo que ha llegado la hora de que esta nena sepa quién es el semental. Él ocupa el papel femenino y tendrá que ejercerlo.

Le ordenaré que se quite la blusa. Que exhiba las dos ociosidades que le cuelgan del pecho para burlarme de ellas. Irrisorias ubres. Cumbres de la desilusión.

–¿Que qué dicen?

–Que no eres hombre.

La Virgen, labios húmedos, semblante reseco por el sol. Ojos de inhóspitos ramajes. No se inmutó y sonrió como una chamaca.

–¿Quién lo dice?

–Lo dicen.

Ambos callaron y se están mirando. La luna, enraizada en el vacío. Gabino, sonrisa mordaz. La Virgen, envuelto en vegetales brisas. Aunque mostraba apariencia de muchacha, tenía el desamparado aspecto de los que han habitado lugares tenebrosos.

–Tú eres el que lo dice.

–Lo dice el pueblo. Todo Tamaulipas.

–Que digan lo que quieran. Tú y yo sabemos que soy hombre.

Gabino quiso decirle: «Estás mintiendo, regalona tonta. Naciste varón, pero no soportaste traer artefactos colgando. Te los fajas para que no se noten y hace varias semanas hasta te vi las tetas, que por cierto son tan chuscas como las ubres de las perras. Triangulares. Picudas como horquetas. Ni loco las utilizaría».

No hay nada más reparador que las manos de uno mismo.

–No lo eres.

–Soy hombre. Lo sabes bien.

–No lo sé.

–Lo sabes. No te hagas el burro.

La Virgen y Gabino habían llegado casualmente junto a un papayo inmenso. Miraron hacia arriba. Muchos frutos.

Se quitaron las armas para maniobrar.

Gabino tuvo que subir a la Virgen sobre los hombros y ayudarlo a trepar. El chamaco se abrazó del tallo y avanzó hasta la cúspide. Empezó a arrojar frutos. Gabino atiborrando el costal.

Cuando la operación terminó, la Virgen se dio cuenta de que sería difícil descender. No podría deslizarse porque el tronco tenía protuberancias afiladas. El suelo le quedaba lejos. Si saltaba podría lastimarse.

Gabino, cuya sangre continuaba rijosa, le sugirió que se arrojara hacia abajo. Aseguró ser tan fuerte como un mulo y que recibiría el cuerpo.

La Virgen se deslizó un poco sobre el tallo y se lanzó al vacío. Gabino lo recibió en el aire, pero se dobló con el peso. Los dos en el suelo. Muchas risas.

La Virgen montado sobre Gabino.

Disposición de ubres. El torneado talle. Olores de hierba con sudor. Pospuesta adolescencia.

La Virgen quiso incorporarse, pero Gabino se lo impidió. Lo inmovilizó de las caderas. Al hacerlo, introdujo al dulce nene en amplio adoratorio. Doce catedrales y un lucero ambarino. La Virgen, chiquilla de los bosques. Pájara de muchas ramas.

Es puta y todo se le volvió de oro. Es ofrecida y urge que la jineteen.

El cabello se le había desatado y le escurría hasta el hombro. Apariencia de párvula rogona.

Gabino lo miraba con ardor. Pasaron diminutos siglos y reconoció que la Virgen le gustaba. Pero le atraía como mujer y no como varón. ¡Qué agradable sería quitarle la envoltura como a un plátano, meterlo en un oasis de peces luminosos, hender la enorme ancla que la naturaleza le colocó en el vientre!

Inundarle rajaduras y sobacos.

—Suéltame —pidió la Virgen.

Y ya no dijo más porque sintió que algo muy duro perteneciente al cuerpo de Gabino se volvía más grande. Pitón despatarrado. Animal sin orejas.

Estaba montado sobre él. Bestia con movimiento propio.

Los ojos de la Virgen, iluminados por tiernas garantías.

—Que me sueltes...

La boca, astro que prefirió callar.

Nunca se sabrá qué habría sucedido si no se hubieran escuchado los ruidos que se oyeron. Sonidos infaustos, de ésos que llegan dispersando energías. La Virgen montado en recia tranca. Tuvo que descender del trono que lo subyugaba.

El garrote de Gabino, sediento de aberturas.

Ya están los dos de pie y sería difícil que un momento igual volviera a repetirse.

¿Quién hacia ruido? Nadie. El indolente bosque.

La Virgen observa hacia la nada. Beata de insatisfecho altar. Entrañas muy hambrientas.

Gabino se echó a la espalda el costal de papayas. Aunque la soledad de los ramajes, el hedor de la hierba y la voluptuosidad de la Virgen incitaban, no tenía intenciones de relacionarse sexualmente con otro varón por más afeminado que fuera.

Juró no volver a fantasear con el ondulado talle de la Virgen.

8

Las cantineras, legas del desenredo, se adueñaron de la historia de la Banda de los Corazones y aún hoy la utilizan para alumbrar borrachos.

Iluminan cerebros apagados.

Curiosos que vienen desde lejos a escuchar sus cálidas historias. Poetas buscando lucidez.

Bocas que charlan, bullicio de botellas.

Ellas aseguran que el grupo de chamacos revolucionó la historia del hampa en el noreste como no logró hacerlo ninguna otra organización. Y lo hizo no porque estuviera integrado por menores, sino porque fue la primera sociedad delictiva que actuó públicamente fuera del control del crimen.

Anuncios de una gran deserción.

Nadie hasta entonces había logrado evadir la autoridad de los capos. Ni el gobierno mismo. Pero el pueblo necesitaba héroes y las costumbres habían empezado a transformarse. Las nuevas generaciones traían otras ideas.

Según las cantineras, el hampa, celosa de la nombradía que el grupo de párvulos empezaba a tomar, prohibió al vulgo difundir sus hazañas. Quien lo hiciera tragaría calibres.

Difícil, sin embargo, contener el delirio popular.

Los niños pistoleros estaban destinados a embarrarse de brillo.

Tiroteo de Galnárez, enfrentamiento que se volvió famoso.

A pesar de que los medios nacionales de información jamás lo divulgaron, el suceso saltó a las agencias de noticias y ocupó primeras planas en diarios de ínclitos países.

Blondas notas.

Reporteros de Periodismo Libre estaban desde París detrás de los artículos. Se lamentaban de la sonada incapacidad de las autoridades mexicanas y de la aviesa saña de las pandillas.

Terrorismo y negligencia, combinación idónea para hacer estallar una comarca. Inmigración delictiva y delincuencia local. Pésimo gobierno. Mezcla que hacía de aquella zona cáustico tumor.

México, a un paso de la insurrección, se leía.

El ejército estadounidense con un pie en la frontera.

Acostumbrados a vivir entre tiros, en Tamaulipas el agarrón de Galnárez no intranquilizó. Demasiados verdugones sociales para darle cabida a otro. No más úlceras colectivas.

Por eso, cuando después de varias semanas de ocurrida la masacre, reporteros de varias nacionalidades pertenecientes a Periodismo Libre bajaron del avión en Victoria con la intención de llegar hasta Garza Valdés para seguir el rastro de la Banda de los Corazones, a nadie le importó.

Indolentes miradas.

Los periodistas informaron que venían de París, pero como nadie sabía donde quedaba París, ni los maleteros se maravillaron. Dijeron también que estaban ahí porque no podían estar en otro lado. Aquel era el lugar idóneo para tan claros objetivos. Deseaban fotografiar a un grupo de chamacos pistoleros que habitaba el bosque. En Europa estaban causando sensación y muchas organizaciones los habían tomado como símbolo. Las ciudades del Viejo Mundo, ávidas de noticias.

El vulgo, temeroso de las represalias del hampa, se montó en escurridizo penco y no generó informes. Palabras atropelladas cuando mucho. Frases huidizas. Negaciones.

Luego de varios días de suplicio bajo el sol y de navegar entre nubes de moscos, los periodistas se toparon con el Agorero. Intercesor de culpables, redentor de cadáveres. Ánima de los caminos.

Espejismo que hablaba.

Lo hallaron en una vereda junto a la carretera 85. Les contaba relatos a un grupo de indigentes y tenía el aspecto de saberlo todo. Los reporteros se acercaron.

El Agorero, frente sudorosa, presintió sucesos y despidió a los sujetos que lo oían. Miró a los periodistas con recelo.

–¿Ha oído hablar de la banda de chamacos pistoleros que vive en el ramaje?

El religioso trastabilló un poco. Miró hacia la lejana Cara del Caído como haciendo una consulta. Depuró barruntos.

Ya está utilizando la lengua.

–Los conozco.

Los corresponsales escucharon las palabras y tienen barroca fantasía. Se imaginan en el Festival del Cine de Berlín. La presea en las manos. Espérame ahí, peñasco del renombre. La fama es ramera cotizada, pero me voy a refocilar con ella.

–Queremos tomarles película y entrevistarlos. Les regalaremos ropa y golosinas.

–Los llevaré con ellos. Están en Cadalso.

El religioso caminó entre hoscos matorrales y los periodistas lo siguieron. Los matorrales se volvieron espinos traicioneros. Impenetrables chaparrales.

Se internaron en atajos.

Los periodistas, caras rasgadas por repentinas púas, llevaban una recua donde conducían el equipo.

Al día siguiente, cuando el Agorero le hizo saber a la banda que unos reporteros buscaban entrevistarlos y tomarles fotografías, la Virgen puso gran condición.

–Que salga Crispín en los retratos.

–Los muertos no salen en retratos –explicó el Agorero.

–Pero su tumba sí.

–¿Dónde está su tumba?

–En el monumento al Trópico de Cáncer.

Gabino tuvo un vislumbre y se metió en la charla.

–Deja que los periodistas tomen primero fotos del campo de concentración. Que retraten los gallineros. Luego iremos hacia la tumba de Crispín.

Fue ahí, en las ruinas de Cadalso, que Periodismo Libre descubrió lo que desde un principio había sospechado y que fue lo que realmente lo había llevado a Tamaulipas: la Banda de los Corazones estaba integrada por sobrevivientes del genocidio. Salvo la Virgen, la agrupación fue integrada por los últimos de ellos.

Es el día siguiente en el monumento al Trópico de Cáncer. Once de la mañana. Gorriones que bostezan entre ramas.

Sedimentos de un amanecer pajizo.

Única entrevista de medios que se le efectuó a la Banda de los Corazones. Periodistas europeos y menores delincuentes en plena componenda. Habían surcado los ramajes de noche hasta llegar al monolito.

Empezó la charla y vinieron raudales de preguntas. Muchas de ellas preguntadas un día antes. Olores de orégano y anís. Las respuestas no variaron.

–¿Quién es el jefe? –preguntó un reportero.

–Él –dijeron, y señalaron a la Virgen.

Los periodistas observaron el aspecto femenino. Más hembra que varón. No le quitan la vista.

–¿Y por qué te nombraron jefe?

–Quizá por esto –dijo la Virgen y sacó la escuadra.

Cerró los ojos, apuntó hacia atrás y disparó. Reventó una naranja lejana que colgaba de una rama.

Los reporteros estupefactos.

–Entonces podrás contestar lo que te preguntaremos.

–Ellos son los que tienen sucesos importantes que contar –dijo la Virgen y señaló hacia la banda–. Yo no.

Los corresponsales se dirigieron al grupo de chamacos.

–¿Y por qué los llaman la Banda de los Corazones?

—Por esto —explicó un chiquillo y mostró un corazón grabado en un tallo—. Todo el ramaje está lleno de corazones.

Un periodista observaba con atención el antebrazo de Cayetano.

—Y esa marca —dijo y señaló el brazo—, ¿qué es?

—Es marca comercial.

—Háblanos de eso.

—Todos los que estuvimos presos en Cadalso tenemos una marca —aseguró el párvulo—. A los que servían para prostitución infantil, se les grababa un círculo. Trata de personas, un triángulo. Pornografía, un cuadrado. Venta de órganos, comercio de sangre y mercado de córneas, una cruz.

—¿Y con qué los marcaban?

—Con fierros ardiendo.

—¿Luego de marcarlos los vendían?

—Sí.

—¿Cómo le hacían para venderlos?

—Se llevaban a más de doscientos niños por semana. Los conducían en un vehículo cerrado hasta la Barra del Tordo. Ahí se les trepaba a un barco.

—¿Y cómo lograron ustedes escapar a la venta?

—Porque aceptamos formar parte de los Niños de San Carlos.

—¿Quiénes son los Niños de San Carlos?

—Niños sicarios que son entrenados en un campo de concentración en el municipio de San Carlos. Los incorporan a las pandillas.

—¿Por qué no formaron parte de los Niños de San Carlos?

—Porque escapamos.

—Cuéntenos del escape.

—Él fue quien nos abrió el alambre —dijeron varios niños y señalaron a Gabino.

—¿Cómo te llamas?

—Gabino Espejo.

—Háblanos de la fuga.

—Cayetano, Abundio y yo habíamos abierto una grieta en la malla. La noche del escape, los asesinos se hallaban en el bosque abusando de algunas menores y sólo se había quedado un guardia. Congregamos a los internos en el dormitorio. A las diez de la noche nos acercamos a donde el guardia bebía cerveza distraído. Tenía el pantalón a la rodilla y eso le restaba movilidad.

–¿Por qué tenía el pantalón a la rodilla?

–Una menor le practicaba sexo.

Gabino siguió narrando.

–Llevábamos una pica de acero que habíamos robado del mismo corralón. Apuntamos a la gordinflona espalda y entre los tres empujamos. El pico penetró en la grasa y taladró pulmones. El guardia pujó como elefante y dio unos pasos. Se manganeó con su propio pantalón. Las quijadas dieron contra una piedra. En tanto yo apartaba la malla, Abundio y Cayetano entraron a los dormitorios y ordenaron la huida. Casi novecientos chamacos.

Gabino guardó silencio. Se le veía consternado, como si estuviera presenciando el suceso. Las bocas de los reporteros bien abiertas.

–Hubiera resultado una fuga perfecta –continuó Abundio–, pero el guardia que tenía el cuerpo traspasado por el lanzón dejo escapar bufidos de agonía. Los resoplidos alertaron al resto de los criminales. Dejaron a las párvulas agredidas y se trasladaron hacia el corralón. Encendieron reflectores y la huida se iluminó. Cientos de niños corrían en la hondonada. Las ametralladoras, emplazadas a lo largo del inmenso gallinero y que eran para ser usadas en momentos así, abrieron fuego. A pesar del tiroteo, mantuvimos abierta la rotura del alambre hasta que el último de los niños logró escapar. Luego nos echamos a correr.

Abundio guardó silencio. Todos se miraban.

–¿Cuántos muertos hubo?

–Aunque al día siguiente se rescataron poco más de trescientos cuerpos –aseguró Cayetano–, hay pruebas que decenas de niños fueron a morir kilómetros más allá y durante meses fue común hallar restos entre zacatales. Los cadáveres no recibieron sepultura en Cadalso y se cavaron muchas fosas a través del ramaje. Los cuerpos fueron repartidos en distintas áreas y aún permanecen ahí.

−¿Y los sobrevivientes?

−Se supone que aparte de nosotros, doscientos infantes por lo menos lograron sobrevivir a la metralla y se quedaron a vagar en la fronda. Muchos se incorporaron a los Niños de San Carlos.

−¿Se intentó hacer justicia?

−La matanza se disfrazó y fue considerada una mentira.

−¿Para qué vender niños? ¿No resulta más productivo secuestrarlos?

−El pueblo sufre una constante crisis financiera. No tiene forma de pagar rescates.

Después de conversar del campo de concentración, se abordaron una variedad de temas. Se habló de los constantes tiroteos que la banda sostenía y de la enemistad con las pandillas. Choques con grupos policiacos. La difícil vida en el ramaje.

La entrevista se alargó todo el día. Se preguntó todo lo que tenía que preguntarse. El sol se ocultaba entre ramas.

Se miraban cansados.

Oscurecía cuando la charla terminó.

−¡Acomódense para retratarlos junto al monolito! ¡Todos con la pistola en la mano y con el sombrero puesto!

La banda se colocó teniendo como fondo el gran monumento al Trópico de Cáncer. La majestuosa Sierra Madre. Una indecisa luna. Decenas de fotografías.

La Virgen, con sus ojos de párvula, al centro.

Gabino Espejo, con su sombrero de padrote, a un lado.

Cayetano Urías, tan triste como un indio, junto a Gabino.

Abundio Lupercio, con el cabello al hombro, junto a la Virgen.

Abegnego Múzquiz, Segundo Malibrán, Cándido Alabastro y Honorio Grado, sentados en el suelo. La tumba de Crispín Balderas al centro del grupo. El resto de los párvulos rodeándolos. Cincuenta y tres menores de edad.

Una bruma sombría parecía envolverlos. Niebla de los olvidos. Lamentable descuido de Dios. Escombros de un huerto devastado.

Las luces de las cámaras, asombro de polluelos.

—¿Qué es lo que más desean? —preguntó uno de los entrevistadores al final de la jornada.

—Ir al cine —contestó un párvulo.

—Tener una familia —contestó otro.

Las solicitudes brotaban de las bocas como pájaros tristes y se perdían entre desolaciones. Ruegos impregnados de apremios de la carne. Lágrimas implícitas rememorando afectos que se fueron.

Ya había oscurecido cuando los periodistas hicieron una pregunta insólita:

—¿No les gustaría ir a vivir Francia? En Francia podrían ir al cine. Tener una familia.

—¿Se puede ir a Francia? —preguntaron los chamacos.

—Ayúdenos a salir de aquí.

Los reporteros hicieron la firme promesa de que harían todos los trámites posibles para que la república de Francia les brindara asilo. Ellos se comunicarían después.

Frases y promesas dejaron de tener importancia cuando de la recua que los reporteros traían y que el Agorero manejaba, empezaron a ser bajados varios bultos. Zapatos y sombreros. Camisas y pantalones. Ropa para toda la banda. Golosinas. Los niños se formaron y el religioso empezó a repartir.

Cuando a la Virgen le tocó el turno de recibir los trapos, el Agorero le dijo despacio:

—Mila Stravinski quiere hablar contigo.

—¿Quién es ella?

—La misionera de la Enfermería de Dios Niño. Vayan ahí. Treinta kilómetros al oeste de Burgos.

—¿Qué quiere?

—No sé. Pero si van, les va a gustar. Tenemos comida y ropa. Juguetes. Hasta tenemos armas. Mucho parque.

La Virgen miró al religioso y se retiró.

Las nuevas prendas ya están colocadas y la agrupación apesta a ropa nueva. Presumen atavíos.

La noche se había puesto muy oscura y como recuerdo de aquella reunión, se le entregó a cada chamaco una fotografía de todo el grupo. Párvulos y entrevistadores se dijeron adiós con la promesa de reencontrarse pronto.

Los periodistas emprendieron el regreso por una vía asfaltada que corría en las inmediaciones del monolito y la banda retornó al ramaje. A lo lejos, como perdido resplandor, brillaban las luces de Victoria. El bosque, tumba de callados ruidos.

A las nueve de la noche se recibió el informe de que un destacamento grande de la policía montada había salido de Llera de Canales con dirección al norte de la Cuenca. La banda decidió fragmentarse en pequeños grupos y perderse en las sombras.

Se dispersaron en todas direcciones.

Por seguridad de la agrupación, Cayetano Urías, que junto con Gabino Espejo y la Virgen se había tornado prioridad de la procuraduría estatal y que tenía tiempo guareciéndose en el pueblo de Las Lajas, hacia allá se dirigió. Se juntaba con la banda sólo en los eventos importantes y en los tiroteos.

La Virgen y Gabino, hacia la Cara del Caído.

Aseguran las cantineras que luego que la banda se retiró del monolito, cuatro hombres de a caballo y fuertemente armados llegaron al monumento del Trópico de Cáncer. No eran rurales ni gente del crimen. Tampoco militares. Mostraban aspecto de asesinos a sueldo y tenían tiempo buscando al Niño Asesino del Cajón de Mansalva. Eso decían por los caminos.

Encendieron linternas y observaron los vestigios de la reunión.

—El afeminado escapó —dijo uno de ellos—. Pero no será por mucho tiempo. Pronto lo hallaremos.

9

Si el desgobierno en Tamaulipas continuaba como iba y la delincuencia seguía ejerciendo las funciones que debían ejecutar personas elegidas en comicios, podía darse como un hecho que toda esa tierra se convertiría en franja de muladares.

Vendrían amplios desequilibrios. Basura y desaseos.

El noreste, pasadizo del hampa.

El crimen organizado internacional estaba introduciendo toda su infraestructura en México.

Las condiciones eran excelentes. Magno libertinaje.

La maquinaria estatal andaba disputándose el poder en elecciones locales y no le prestaba atención a otros ruidos que no fueran los de sus propias tripas. Que el pueblo se defienda solo. Era más urgente regatear votos para apoderarse de la presidencia de la república en los siguientes comicios.

Maletón de riquezas.

En tanto Tamaulipas se convertía en el baluarte más firme de la delincuencia, varios estados de México empezaban a ser ocupados por el crimen y transformados en chiqueros.

Líderes civiles arrojados a alcantarillas ardiendo.

El delito patrocina votaciones. Capos y dirigentes de partidos eructan entre putas.

Además de los homicidas del noreste, los grandes delincuentes nacionales que habían crecido al amparo de corporaciones y cobrado tanta importancia que ahora eran bandidos cosmopolitas, habían logrado infiltrar al país a más de cien mil pandilleros de origen salvadoreño, colombiano, guatemalteco, ruso y chino, que sumados a los sicarios locales superaban en número, equipo y astucia al ejército de la república.

Cero piedad, hondo resentimiento.

Vino entonces lo que el gobierno se ha negado a ver.

Las ametralladoras apuntaban y poblaciones enteras eran abandonadas en masa. Grandes muchedumbres emigrando hacia ninguna parte porque a cualquier sitio que se arribara gobernaba el crimen.

Todas las ramas del comercio a pique. El hambre exhibía su afilada guadaña.

Y ésta es la canción que narra la deshonra de treinta mil pueblos.

Hordas colosales cruzan la frontera intentando guarecerse en Estados Unidos.

Contemporáneo Medievo.

Hacia noviembre del 2005 había en México barrios completos de ciudades en total abandono. Más de cincuenta mil residencias de civiles confiscadas por el hampa. Muchos miles de predios incautados. Despojos que aún permanecen en total privilegio y que aguardan por justicia.

Se hablaba también de más de cien mil homicidios dolosos perpetrados en los últimos tres años y que se quedaron impunes. Crímenes contra la humanidad. Armas mortíferas que fueron utilizadas contra la población.

Había que reconocer de todos modos que si bien la delincuencia organizada había tomado las riendas de la república, tampoco eran dueños absolutos del poder. Si el hampa deseaba alcanzar la categoría de Estado tendría que enfrentarse a dos posibles guerras. La primera, y que por cuestiones territoriales quedaba sólo en probabilidad, contra el ejército de Estados Unidos, si es que el Congreso de ese país autorizaba cruzar la frontera.

La otra, más factible pero también improbable, contra el ejército de México.

Corrieron rumores al respecto.

Entre lo que se dijo, se aseguró que todas las policías de la república estaban asociadas con el hampa y que el ejército nacional, buscando restablecer el orden, podía emerger de su eterna modorra y saldría a combatir a las calles. Habría tiros y ajusticiamientos. Muchos charcos de sangre.

¿Contra quién pelearía?

Los políticos, temerosos de perder la seguridad que proporciona un nombramiento, no hicieron comentarios y siguieron navegando en falso palabrerío. Los medios, temerosos de provocar al hampa y al gobierno, prefirieron taponarse la boca.

Aquí no pasa ni pasará nada, opinaron ambos.

Y tal vez tenían razón. No pasaba nada.

A pesar del palpable desequilibrio, delincuencia, gobierno, pueblo y hambre se balanceaban en armonía perfecta. Mujeres forradas de diamantes junto a esqueléticos chiquillos. Prostíbulos y escuelas en el mismo edificio. Oficinas de sicarios adentro de alcaldías. Niños que jugaban futbol con viejos cráneos. Ninguna oportunidad de empleo para las nuevas generaciones.

El presidente de la república sentado en la silla del exceso.

Las fuerzas armadas dormidas en el lodazal de la inercia. La policía, ave de rapiña.

Millones de nuevos pobres engrosan el padrón de estómagos vacíos. Los males aumentando y los bienes disminuyendo.

En el fondo, el mismo despiporre de siempre.

Nadie protestó porque México estaba acostumbrado a vivir entre contrastes. Tierra donde habitaban los más ricos y los más pobres del mundo. Los más apocados y los más siniestros. Pueblo hambriento, gobierno acaudalado. Demasiadas leyes y muy poca justicia.

Más putas que en Francia.

Puras mermas.

Entre tanto despropósito, sólo los grandes capos parecían tener cerebro.

Las noticias adquieren gran velocidad y más en una tierra gobernada por hampones. Fieras de colosal olfato. En menos de veinticuatro horas, el Cartaginés sabía de la entrevista que Periodismo Libre le había efectuado a la Banda de los Corazones y convocó a reunión urgente.

El grupo criminal de Reynosa ya está congregado. Tan afanosos como prostitutas.

Reproches de enfadados intestinos. Consternados eructos. Tripas inconformes. Asmáticos jadeos. De vez en cuando, alguna flatulencia anónima.

El Cartaginés, quien más angustiado resoplaba, arrojó un gelatinoso escupitajo. La flema surcó por encima de la reunión y quedó pegada en una lámpara.

El moco empezó a escurrir. Estalactita humana.

—¡Que no saben esos repugnantes periodistas que en Tamaulipas está prohibido sacar notas!

Nadie contestó.

Y como nadie contestó, el capo se montó en agrio berrinche. Hizo pataleta. Jinetea sobre gran perra.

Traía la boca llena de mucosidades y volvió a escupir. El gargajo brotó de la boca a gran velocidad y se estampó en la cara de un sicario. Nadie intentó limpiar la gárgara porque el que desconfiaba de un escupitajo del Cartaginés era cadáver confirmado.

—¡Tenemos a todo el noreste de México de rodillas! —gritó—. ¡Los civiles nos entregan toda su porquería! ¡Gobernadores y políticos sobándonos el miembro! ¡Sólo esos mequetrefes nos embarran la cara de suciedad!

El enojo se le multiplicó y no sabe qué hacer con el berrinche. Sacó la escuadra y apuntó. ¡Oh!, qué alivio, ya está disparando. Son tiros terapéuticos. Volvió a acribillar las partes íntimas de África Bretones.

Pidió más cargadores.

—No haga coraje que pronto morirán —aconsejó uno de los asesinos.

El Cartaginés lo miró.

—¿Quién morirá?

—Los chamacos de esa banda.

El capo dejó de disparar y puso atención en el delincuente que hablaba.

—¡Ponte de pie!

El sicario está de pie.

—¿Por qué dijiste eso?

—Porque pronto morirán.

—¿Tú los vas a matar?

—Si usted lo ordena, sí.

Hubo un silencio sin color. Varios mutismos. Imágenes sin forma en la mente del capo.

—¡Está bien! ¡Anda al ramaje y mata a… a…!

El Cartaginés detuvo el habla. La memoria astillada. No hay ideas. La falta de alcohol con láudano le causaba ese efecto y la mente es bacinica oscura.

El sicario aguardando.

—¿A quién mato, jefe?

El capo, morral de ineptitudes.

—¡Mata a todos los que me caigan mal…! —dijo para salir del paso.

Cuando el sicario lo urgió a que le revelara quién le caía mal, el Cartaginés no supo responder. Recuperó, sin embargo, pedazos de recuerdos y se realizó un análisis urgente. En sólo dos segundos supo que odiaba a toda la humanidad. No había niveles en aquella repulsión y el rencor era generalizado. Desde luego que a la Virgen era a quien más odiaba. ¡Maldito afeminado! ¡Hijo de depravada madre! ¡Lagartijo rastrero, cerebro de jumento, rata sin honor!

—¡Acaba con el alcalde de San Fernando! —ordenó.

El sicario quedó desconcertado.

—Pensé iba a ordenarme que matara a la Virgen.

—¡Pues eso te ordené, animal! —gritó—. ¿Que no oíste? ¡Pendejo, orejas tapadas, sesos de piojo! ¡Debías de bañarte más seguido para que escuches mejor! ¡Ésos de la Banda de los Corazones son una piedra en los testículos y urge agusanarlos! ¡Y ya que tengas al alcalde en el suelo, no lo mates luego! ¡Arráncale primero los dedos de los pies! ¡Virgen maldito! ¿Estás seguro de que los entrevistaron?

Los cambios de tema eran tan bruscos que causaban boquetes en la mente de toda la asamblea. Los ojos daban vueltas. Los maxilares, zona de rechinidos.

–Sí.

–¿De dónde dicen que vienen esos periodistas?

–De Francia.

Los sicarios muy callados. El Cartaginés siguió increpando.

–¡Este mundo está cada vez más mal! ¡Venir de tan lejos para fotografiar a esos derrengados! ¿Y dónde queda Francia?

–No sé. Lo único que sabemos de Francia es lo que todos saben. Que las francesas son muy cálidas.

–¿En qué países van a aparecer los reportajes?

–En Europa y Estados Unidos. Creo que hasta van a hacer una película.

¿Película? El Cartaginés oyó y ha tomado una coloración lechosa. Gargareó. Amasó las flemas en la boca. Se tragó el escupitajo.

–¡Periodistas pendejos! ¡Lángaros lamecu...!

Una nueva gárgara le obstruyó el lenguaje. Espumarajo en el hocico.

–Gurrfinggg... gurfing....

Las quijadas no tienen movimiento. La mesa llena de baba sanguinolenta. Hecho un mar de estertores llegó hasta la botella de alcohol con láudano. Tragó el veneno. ¡Oh!, qué alivio.

Ya está moviendo los maxilares.

–¡África Bretones es una puta! –gritó–. ¡Porque si lo que esos malditos periodistas quieren es filmar basura, allá ellos! ¡Pudiendo filmar películas de éxito prefieren tragar evacuación! ¡Si sale un hijo que se parezca a Leandro Espiricueta lo tendré que ahorcar! ¡Debían de llevar mi vida a la pantalla! ¡Los cines hervirán! ¡Con esos puerquitos no se juntarán ni los perros!

El Cartaginés cambió el tono de la voz. Grita más fuerte.

–¡Ah! ¡Entonces es por eso! ¡Como dicen que son un sobrante de los niños de Cadalso hasta los filman! ¿Por qué no los retrataron antes, cuando eran marranos cicateros? ¡Y ahora que se han alimentado de mi fama, que han bebido de mis cadáveres, vienen y les toman película! ¡Siempre tengo yo que comerme la porquería de otros! ¡Qué mundo más cochino!

10

No es fácil desaparecer doscientos kilos de sebo.

Mucho menos si es sebo viejo, reconcentrado y reforzado por siniestras comidas, compactado por sedentarismo y rematado por una vida de holgazanería. Barril de suciedad.

Se pueden desaparecer, sin embargo.

Por lo menos en el caso del Cartaginés se pudo.

Inmortal y todo pero ya era hora de que comiera caca. Lo tirotearon.

Nadie esperaba algo así porque andaba muy ocupado descuartizando gente. Además, había llamado a África Bretones para cerciorarse de que tuviera disponible el órgano de la reproducción. Ya no pudo ir a concebir bastardos. El fallecimiento se le atravesó.

¡Oh!, muerte desatenta, ¿por qué lo ungiste de porquería si debía el sueldo de diez mil sicarios? Muerte tonta que matas sin indagar en el historial crediticio de los fallecidos.

Muerte irresponsable.

Hay homicidas que reclaman pagos. Alegan que aún se les adeudan crímenes y quieren entablar una querella laboral. Quedaron asesinatos pendientes, secuestros no retribuidos.

Los gusanos, los únicos beneficiados.

Aunque trajeron al Cartaginés todo tieso y apestando a muerto nuevo, nadie podía creerlo. Había ido al restaurante Las Góndolas de Italia a recibir la felicitación de los todopoderosos y hasta se había puesto corbata. Los risibles tirantes.

Lo único que recibió fueron tiros.

Lo citaron a las nueve de la mañana. Cuando llegó, ya lo esperaban. Estaba ahí el Abogado, representante de los todopoderosos, y dos prójimos más. Muy emperifollados.

Empezaron a hablar de allanamientos.

Luego de un rato le reclamaron al Cartaginés por el tiroteo de Galnárez. ¿Cómo permites que unos mocosos traga mierda le disparen a nuestra gente?, argumentaron. El pueblo se puede levantar. Nos acabarían en un día.

Le exigieron que explicara. Se hizo el mentecato y no explicó.

Se acercó el mesero.

El Cartaginés ni siquiera se tomó la molestia de mirar el menú y pasando por alto que estaba en un restaurante de categoría, ordenó lo que siempre solicitaba a lo largo de su mugrienta vida: huevo con chorizo. Estaba desayunando cuando escuchó su nombre.

–Cartaginés –dijeron.

Indisciplinado como un chivo, no volteó.

Para qué voltear si de todos modos este mundo jamás dejará de ser un gran escupidero. Y luego el pene, guiñapo aborrecido. Hacía muchos años que no le daba la satisfacción de verlo levantado. Las nalgas de África Bretones, postre de sicarios.

Los hombres seguían aguardando una respuesta. El capo continuaba sin hablar.

Contaba chistes y se carcajeaba cuando, sin que se hubieran escuchado descargas, la boca se le llenó de sangre.

Todos pensaron que estaba masticando vidrio. Ha de haberse tragado una botella.

Pidió más café.

Los testigos habrían de contar luego que aguantó noventa tiros. Lo equivalente a diez cargadores bien repletos. No cualquiera resiste tanto plomo y es digno de admirarse. Sus propios escoltas lo acribillaron.

—Voy a construir un búnker en los ramajes —dijo ya muerto—. Ahí nos esconderemos de los gringos.

Perdió la trayectoria de la plática porque miró un cuervo muy oscuro. Los que hablaban con él agudizaron la atención ya que justo cuando se salía del tema decía las cosas importantes. Esta vez no dijo nada y la cabeza se le dobló sobre el plato. Los conductos de la respiración obstruidos por coagulaciones.

La placa de oro manchada de guisados.

Detestable egoísta. Tanta hambre que hay en Tamaulipas y dejó el plato lleno. El huevo con chorizo a medio devorar. Una tortilla enrollada entre los dedos. Decidieron llevárselo antes de que empezaran las especulaciones.

Intentaron sacarlo a rastras del restaurante, pero estaba tan gordo que no cabía por la puerta. La muerte le sentó tan bien que hasta aumentó de alzada.

Tomaron la ruta de la cocina, pero se les quedó atorado y tuvieron que sacarlo por el portón de carga. La gran panza ayudó a que la gente creyera que sólo iba borracho. Si no hubiera sido por el reguero de coágulos que iba dejando, habrían pensado que se iba haciendo el badulaque.

Hasta se iba pedorreando.

¿A dónde lo llevaremos para no llamar la atención? ¿Al edificio del crimen? No, es lugar incómodo para un difunto. ¿Al hospital civil? Tampoco. Es sitio insalubre para un muerto.

El templo pagano de los salvadoreños, donde sacrifican adolescentes, ¡claro!, es el lugar indicado.

Lo condujeron a La Cofradía, adoratorio negro ubicado a las afueras de Reynosa y entre catorce criminales lo acostaron en el altar. Los centroamericanos hicieron un ritual para que el demonio intercediera por él en los caminos del más allá. Se negaron, sin embargo, a beber la sangre.

—Fue un ser superior —alegaron—, no podemos dejarlo sin hemoglobina.

La verdad es que se trataba de un sujeto repugnante y le tuvieron asco. Hubo un momento en que quiso levantarse. Como estaba dado por muerto volvieron a acostarlo.

Acostumbrado a mandar, continuaba renegando. En ratitos daba órdenes. Nadie hacía caso porque los difuntos no hablan. «Díganle a África Bretones que si tiene un hijo, que diga que yo lo elaboré», dijo en una de esas.

Nadie obedeció porque se notaba que el muerto estaba delirando.

Uno de los rufianes que andaba en el mitote quiso cerciorarse si en verdad tenía testículos de cerdo y ordenó que le quitaran el suspensorio. Estaba tan barrigón que no le encontraron la zona erógena. Alguien opinó que no perdieran el tiempo buscando genitales porque también eran desmontables, como el cráneo. Nada más se los colocaba ciertos días de la semana.

Pasaron varias horas.

Le quisieron preparar un funeral, pero resultaba laborioso. No se sabía de alguien que lo quisiera y nada más de imaginarse la funeraria sola, daba escalofrío. Además, los regañaba mucho y no se lo merecía.

Hasta África Bretones renegó de él.

Nadie quiso quebrarse la cabeza con el cadáver y lo más probable es que lo hayan arrojado al drenaje. Había asuntos más primordiales en los que enfocar la atención que un funeral estúpido. El liderazgo del noreste, por ejemplo, había quedado vacante. ¿Quién iba a suplir al Cartaginés? Todos los asesinos se miraban.

Había dos homicidas que contaban con la brutalidad suficiente para ocupar aquel puesto: el Pianista y el Sardo. Asesinos muy sucios.

El nuevo líder de Tamaulipas, sin embargo, ya estaba nombrado. Los todopoderosos lo habían elegido cinco días antes que el Cartaginés pidiera sepultura.

Se trataba del Divino.

El Divino había egresado de las filas de la policía y se había hecho famoso en el hampa porque entendía las cosas hasta el día siguiente. Traía un desfase en el entendimiento de veinticuatro horas y se pensó que tal virtud podía servir de táctica.

Se ganó el puesto porque entre sus manías estaba la de comer carne humana. Eso, según dijeron, lo dotaba de mucha autoridad. Cuando le notificaron que sería el nuevo capo, se quedó maravillado todo un día. Dispuso que le llevaran a África Bretones.

La mujer se presentó en el edificio del crimen.

Sin que el Divino le hubiera preguntado nada, aceptó ser su novia. Y aceptó porque había sido novia de todos los capos anteriores. Tenía el raro don de otorgarles legitimidad a los bandidos. Arrojó la ropa, se acostó en un sofá y enconchó el cuerpo hacia adelante. Colocó los pies atrás de la cabeza, posición favorita de los que han acribillado a más de mil.

La segunda disposición del Divino fue que las más de tres mil residencias que el Cartaginés había incautado a civiles pasaran a ser de su propiedad.

Los notarios escribieron.

No hubo un tercer mandato.

Ya solo, el Divino se atragantó en delirios. No podía creer que hubiera llegado tan alto. No soy náusea, pero bien que me rozo con la mierda, decía. No soy cerdo, pero bien que regurgito lodo.

Dos años atrás era lechero. Luego fue policía.

Entró por invitación de un comandante en el negocio del crimen y soñaba sólo con ocupar el codiciado puesto de sicario. Y ahora estaba convertido en el jefe de las masacres, el encargado del terrorismo en el noreste de México.

Ya desde entonces el Sardo, capo menor salido de las columnas del ejército y que controlaba la plaza de Matamoros, reclamaba toda la región del Golfo para él solo. Los todopoderosos le aconsejaron que aguardara. Pronto matarán al Divino. Seguirás tú.

Es lo bueno de este negocio, que no hay que esperar mucho.

Aunque el Cartaginés se convirtió en pastura de gusanos, el negocio del hampa resistió bien su muerte. Crear difuntos siguió siendo de lo más rentable.

Luego de un análisis detallado, de desechar una probable intervención del ejército de Estados Unidos en Tamaulipas, y de considerar que el gobierno de México no tenía ningún interés en combatir al crimen, el Divino no se interesó por la fronda.

¿Construir un búnker en los ramajes? Ni loco. Me heredaron miles de residencias.

El deceso del Cartaginés trajo varias semanas sin masacres. Muy pocas muertes. Los criminales andaban ocupados y no tenían tiempo para acribillar.

Un mes sin destripar barrigas.

Macilento hastío.

El vulgo aprovechó el fastidio para asomarse a recibir el sol. Pies que surcan el polvo. Cuerpos que se desplazan, nalgatorios meneándose.

En los días siguientes a la defunción, el hampa se ocupó en reordenar territorios, nombrar cabecillas, volver a pactar con cuerpos policiacos, trazar nuevos acuerdos con las autoridades, complacer políticos, aflojar industriales.

Fracciones de las policías montada y ministerial, dedicadas desde siempre a complacer hampones, fueron acuarteladas en Victoria por cualquier eventualidad que se le presentara al crimen. Las pandillas que estuvieron bajo el mando del Cartaginés recibieron la orden de congregarse en la franja fronteriza. Los centroamericanos que deambulaban en la parte noroeste de la fronda debían regresar a los ramajes cercanos al mar.

Se saldaron cuentas. Se intercambiaron cadáveres.

Este reacomodamiento del hampa trajo un bien en el que nadie reparó: la Banda de los Corazones pasó a segundo término. Eran marranos loros y a nadie le importaban.

Ratas falderas.

El pleito personal que el Cartaginés traía con los chamacos fue sustancia de olvido. No estorbaban a los negocios del crimen y no eran importantes. Quedaron eliminados del nuevo orden de cosas. Volvieron a ser los mismos lángaras que fueron al principio. La Banda de los Corazones.

Las cantineras aseguran que después de la muerte del Cartaginés, un jueves por la madrugada en que los chamacos pistoleros tomaban el desayuno en el conventillo de Las Once Divinas, quedaron de reunirse el 17 de diciembre en la Cara del Caído para planear acciones. Estaban empeñados en buscar otro enfrentamiento con la pandilla de La Dalia. Se dieron cuenta de su ineptitud y querían aniquilarla.

Por precaución continuaban disgregados en grupos pequeños. Se reunían algunas horas, pero volvían a separarse.

Surcaban el ramaje umbrío.

Es 16 de diciembre en la Cara del Caído.

Un día más que se convierte en ceniza de estrella. Aerolito que surca el tabernáculo. Oscureció de nuevo.

Otra noche más que la Virgen y Gabino pasan en el peñasco. La Virgen, enredado en una frazada, reposa tirado junto a la ladera. Gabino, a varios metros de él, dormita sobre lajas. Penumbras se adueñaron de la fronda. La fogata languidece y ambos acostados.

Las bocas, norias sin palabras.

La ringlera y la escuadra de la Virgen, cerca de la cabecera. Las armas de Gabino Espejo, arriba de una piedra.

Oscuridad y frío. Ideas sin forma flotando sobre el abra.

Se deseaban y bien que lo sabían. Eran dos varones, pero en situaciones extremas de carencia de afectos, la sexualidad se mimetiza, toma insospechadas apariencias, se acopla a circunstancias. Llegado el momento de hacer el amor, la Virgen haría el papel de hembra.

Pasión enmarañada que acostumbraba intensificarse en las horas nocturnas. No se atrevían a hablarse claro y aguardaban el tiempo que es propiedad del sueño para acercar los cuerpos. Si algo ocurría, podían culpar a la modorra.

La Virgen, intentando cubrir el vacío de comunicación que se suscitó esa noche, expelió una frase:

—Hay una fisura en la ladera.

Gabino oyó y emitió reflexiones:

–Sí, donde guardamos medicinas y alimentos.

–Me refiero a otra fisura.

–¿Donde guardamos el parque?

–No, otra fisura.

–¿Otra? La única fisura que hay, aparte de las que ya dije, es ésa que está frente a nosotros. ¿Para qué puede servir?

–Para meter un cuerpo.

Gabino, acostado como estaba, se incorporó y contempló a la Virgen. Constelaciones en los ojos.

–Sepulté a Crispín Balderas porque lo quería como a un hermano menor, pero no tengo paciencia para soterrar gente.

–Me refiero a los cuerpos de nosotros.

Gabino escuchó y se precipitó en la nada. Los ojos, explícitas hoyancas.

–Te refieres a…

–Andamos entre balaceras. Alguna vez tendremos que morir.

Como Gabino se quedó sin palabras y la noche no hablaba, la Virgen siguió deliberando.

–El que quede vivo sepultará al otro. Lo meterá en esa fisura. Lo cubrirá con piedras y ramas perfumadas.

Pájaros nocturnos trinan desde ignorados nidos. El silencio, fehaciente libro. Ya no se habló más y hasta donde se sabe se durmieron. La noche avanzó con su costal de estrellas.

La madrugada, envoltorio de lunas.

Eran las cinco de la mañana y, a pesar del frío, Gabino dormía profundo. La boca, charca de lodazales. El acre sabor de la existencia.

–Ya acabé el Padre Nuestro, maestra.

–Acércate un poquito más.

¡Oh!, Gabino. ¡Qué tonto!

Sueña con Manuela Solís y no sabe que se encuentra en la Cara del Caído. Piensa que está en el doctrinario de La Dalia. Los alumnos ya se fueron. El locutorio solo. Tiene apenas trece años y acaba de rezar junto a Manuela.

El Padre Nuestro terminó.

–¿Qué rezo ahora, maestra?

–Síguele con el Credo.

En tanto el niño reza, una mano se desplaza en la tarde. Dedos blancos, uñas bien cuidadas. Belisario Duarte, el marido, está en la oficina de telégrafos enviando telegramas. Sale hasta las ocho. Hay tiempo.

La mujer indagó con la mano hasta que encontró la braqueta. Primero tocó por encima y cuando sintió el bulto, bajó el cierre. Encontró el miembro y empezó a manosearlo.

Lo sacó a la luz.

Guíame Virgen santa, no sé si hacerlo o no. Todas las Hermanas del Cirio Bendito ya lo realizaron. La mentora, a pesar de ser iluminada, se lo practicó una noche al hijo de don Ernesto Tobías adentro de un escusado. Además, el miembro viril es para insertarlo en otras partes y no para meterlo por la boca.

Recordó la voz de una de las hermanas de la congregación:

–¡Claro que puedes introducirlo por la boca, Manuela! ¡Que no has visto las películas que guarda el sacristán! Es, como te diré, un placer diferente. Estás besando a un caballo antes de galoparlo.

Gabino tenía más de un año de no bañarse formalmente. Había chapoteado en charcas pestilentes y eso lo había ensuciado más. Corvas y verijas llenas de viejas costras. Sarna en toda la región del ano. El pene apestaba a perro muerto.

Para no arriesgarse, Manuela Solís sólo chupó la punta. Tiene marido y entre menos tramo de músculo, menos remordimiento. Muy enrarecido que sabía y más que pecado parecía enmienda. Cató el áspero sabor. Resistió la hedentina.

Valientes que son las mujeres cuando se ponen voluptuosas.

Quiso identificar la emanación, pero nunca había paladeado algo parecido. No por eso dejó de libar y realizó otro ensayo. Estaba más seria que otras veces.

Palabras de amor tomando forma al calce de los testes.

El perfume de la saliva de Manuela Solís se mezcló con el hedor del miembro de Gabino y surgió un aroma más discreto. Perfume de hongo de las peñas. Ancho y moderado como el tamaño del ocaso.

Sabias de mis amigas. ¡Cuánta razón tenían!

Gabino estaba agarrotado. Manuela Solís era una señora para asuntos más angelicales y no para lo que estaba sucediendo. La amaba con pureza y la quería para un vestido de novia más allá de lo blanco. Un vals muy bello al otro lado de lo sublime. Velo transparente como vidrio. Dios al fondo.

Ajena a los remordimientos de Gabino, Manuela Solís saboreaba confiada. Las Hermanas del Cirio Bendito tuvieron razón, le encontró el chiste y en sólo minutos ejerció la actividad con pericia. Fue como si desde siempre hubiera dominado ese arte y sólo lo estuviera recordando. Qué estupidez, es un acto absurdo pero mucho que agrada.

–¿Esto es pecado, maestra?

–No, Gabino, no es pecado.

Como no era pecado, Gabino aflojó órganos y vísceras. Permitió ser manoseado a fondo. Que lo auscultaran bien.

El crepúsculo se desvistió de pájaros y Manuela estaba tan ensimismada que perdió todo contacto con la realidad. Cantaron las aves del oscurecer. Cuando recuperó la conciencia no estaban en el doctrinario, habían entrado en la alcoba nupcial y Belisario los veía desde los retratos de la boda reciente. El foco encendido.

¡Oh!, Belisario, no vayas a terminar tu turno. Si sales del telégrafo, demórate un rato en la cantina. Estoy muy ocupada.

La mujer, dueña del instrumento, se puso de pie, se abrió la blusa y arrojó el sostén. Olvidada de las Hermanas del Cirio Bendito y de que la hora en que llegaba Belisario se acercaba, ofreció los abundantes pechos. Gabino observó y se sintió recién nacido. Se llenó de antiguos apetitos. Costumbres aprendidas desde el nebuloso inicio de la vida.

Pero si crees que los senos de las mujeres son para llenar la panza estás mal informado, chamaco turulato. Desconoces las verdaderas funciones de las tetas femeninas. Piensas que son para calmar el apetito pero no, Gabino, no seas analfabeto. Las ubres de las muchachas son para trabajos más profundos.

Cansada de bregar con un pene en la tarde, Manuela Solís se tumbó boca arriba en la cama sin deshacerse del vestido. Subió la falda y mostró las magistrales piernas.

Las mustias bragas.

Agarró de las nalgas a Gabino y lo introdujo entre los muslos. La silenciosa tela del calzón lanzando sosegadas quejas.

Lo siento, Belisario, no lo hago de mala fe. Se trata sólo de la relegada dicha de introducirse en el cuerpo instrumentos distintos. A ver qué invento si me encuentras húmeda. Es que la carne es carne. La tentación mucha y poca la magnitud de la traición. En su momento entenderás.

Es sólo un niño y jamás competirá contigo.

Tenía cinco días de casada. Casi virgen. Se colocó el trozo de carne en la discreta abertura. ¡Oh!, Hermanas del Cirio Bendito, oren por mí para pasar este trago. No se entretuvo en precauciones y de un solo golpe se enterró a Gabino.

El enorme falo rasgó la carne intacta. Saltaron las lágrimas, pero Manuela resistió. Empezó a sangrar y se internó en un territorio de gemidos.

Gabino, embarcación de titubeos.

El chamaco vio hierbas doradas y quiso asirse de ellas. Experimentó un arrebatador placer y entró en un exquisito remolino. Dichas inéditas lo iluminaron cuando se derramó adentro de Manuela.

Después de la descarga se puso de pie. La sábana tenía dos manchones rojos y el aire de la habitación estaba cargado de aromas a sexo, sudor y sangre. El miembro seguía alborotado y Gabino no hallaba la forma de tranquilizarlo. Miró a la mujer como si apenas la estuviera descubriendo.

—Quiero casarme con usted —dijo, y no supo ni por qué.

Manuela Solís escuchó con sus tetas azules. Los anchos besos agarrando forma. No logró contestar porque estaba teniendo éxtasis diferidos.

Los ojos mojados por varias gratitudes.

Tomó de la mano al niño y sin poder evitarlo le acercó la boca. Le colocó un beso sin orillas. Ya había oscurecido y se acercaba una tormenta, los relámpagos entraban hasta el cuarto.

Inspirada por la lluvia cercana se quitó el vestido y lo arrojó lejos. Aventó el calzón y se quedó sin paños. Se colocó boca abajo y levantó las nalgas.

El trasero apuntando al firmamento.

Gabino, que había contemplado aviones y había visto catedrales, que vio también ríos desbordados, troncos y barrancos, pero que nunca, ni siquiera en los momentos más prósperos había visto un paisaje de tanta conmoción, se quedó anonadado.

Aunque la luz del foco era escuálida, la belleza de Manuela fue visible hasta en sus más recónditos detalles. El fulgor de un relámpago cercano entró hasta el cuarto y el ano pudo verse como fue creado por la naturaleza. Estrecho y perfecto. Matizado de color azul por la centelleante luz.

Más abajo, el caminito plateado que conducía a la vagina.

Había empezado a lloviznar y Manuela Solís le indicó a Gabino que avanzara. El chamaco, ataratado aún por el imponente panorama, se acordó de Prudencio, el marica de la Correccional de Victoria, de las tediosas tardes cuando los reclusos lo metían a la letrina para complacerse. Observó los dos conductos que la mujer tenía y no supo por cuál de los dos entrar. Acosado por las dudas, preguntó por cuál de los dos agujeros.

Ella explicó que lo más recomendable sería avanzar por el túnel de la procreación. Gabino se montó y entró exactamente por ahí.

Ya está jineteando.

El esfuerzo trajo resultados y volvió a irrigarla, la segunda vez en sólo cinco minutos. Mientras la noche se volvía más negra y Belisario aguardaba que la lluvia amainara para salir del telégrafo, la mujer fue irrigada tres veces. Cuatro veces. Todas las veces que declaró que le faltaban líquidos.

No fue hasta el séptimo coito que Manuela, flor inundada, comenzó a cantar.

Tarareo femenino. Entonación de abundancia.

Estaba tan contenta como la noche que Belisario se presentó en la sala de la casa para pedir su mano. Fue entonces que la jaló la alegría y aunque era colegiada de las Hermanas del Cirio Bendito y tenía prohibido reír, comenzó a carcajearse. Los maxilares descansaron de tantos años de insulsos juramentos.

—¡Qué bonito es reírse! —dijo. Luego agregó—: Si sonreír equivale a ser puta, no hay nada que alegar. Seré puta hasta que me devoren los gusanos.

Hablaban despacio como dos fugitivos.

—No podemos casarnos.

—¿Por qué?

—Porque ya estoy casada.

—¿Y eso qué?

—Tengo veintiocho años. Tú tienes doce.

—Tengo trece.

—Doce o trece, los que sean —aclaró Manuela Solís—, para una mujer de mi edad siempre serás un niño.

La mujer se puso de pie y se colocó el vestido. Caminó entre la pestilencia a sexo que saturaba el cuarto y sacó un estuche.

—De todos modos ten —le dijo.

—¿Qué es?

—Son las dos escuadras de Belisario. Van cuatro ringleras con cuatrocientos tiros. Vete de La Dalia. Supe que la pandilla quiso incorporarte y no quisiste. Te matarán.

El chamaco se quedó atrapado entre columnas de oro. Golondrinas de nacarados tonos. No sabía si llorar o reír.

Manuela volvió a hablar.

—Aunque te quedaras en La Dalia y no te mataran, Belisario y yo nos vamos a ir a radicar a Texas en dos semanas. Lo nuestro no tiene porvenir.

Gabino Espejo, que no tenía a nadie que lo quisiera y que andaba por estos caminos de Dios rodando como un perro, sintió que algo por dentro se le derrumbaba. Quiso llorar, pero no se encontró la ruta de las lágrimas. Tomó las escuadras.

Mientras se las colocaba, Manuela le dio un último beso.

–Que Dios te cuide, espejito –le dijo, y empezó a acariciarlo.

La mujer escarbaba en la bragueta tratando de tropezarse de nuevo con el instrumento.

Gabino no logró corresponder a aquellos anchos besos porque sintió el frío de la mañana y salió del sueño. Dejó de ilusionar. No se encontraba en La Dalia y la soledad calaba como daga. Estaba en la Cara del Caído.

El amanecer lleno de piedras blancas.

El sueño lo había excitado y el miembro le hacia mudas preguntas. Un soplo glacial bajó de los peñascos y el aroma de las hierbas acabó por provocarle enconos. Ausencia de cautelas.

Llegó a la conclusión de que no podría vaciarse en ningún cuerpo. De vaciarse, tendría que ser sobre sus manos aburridas. Manchar cobijas.

Mejor tranquilizar apetencias.

Se guareció bajo las frazadas y quiso llegar a un acuerdo con el miembro. Le ordenó que no se montara en espejismos porque no había mujeres para arrojar líquidos.

El pedazo de carne no entendía y a pesar de la austeridad buscaba complacencias. Gabino se destapó llevado por presagios y miró hacia un lado. Las redondas caderas de la Virgen dormidas a unos metros de él. La delicada espalda.

¡Oh!, niño tonto...

Había jurado no volver a acordarme que cuentas con un par de tetas, pero la carne tiene mala memoria. El pene, animal muy ciego. El recuerdo de Manuela Solís no es suficiente para disolver opresiones. Estamos tan aislados y las balaceras son tristes. La Cara del Caído, altar del pesimismo.

Gabino no tuvo voluntad y dejó que la impudicia lo arrastrara. Rodó sobre las piedras y se acercó a la Virgen. Levantó la cobija y se introdujo.

Miró la delicada espalda y resolvió hacer lo que por tanto tiempo había estado posponiendo. Metió la mano bajo la ancha camisola y palpó regiones. Buscó la forma de aliviar ansiedades.

Está revisando.

La Virgen, perdido en el sueño.

Acarició elevaciones y hondonadas. Buscó picachos altos. Los halló. Es la fruta prohibida que Lucifer uso al principio del mundo para tentar al hombre. Naufragio de la raza humana.

Sí, ya lo sé, no son dos tetas reales.

Se trata de dos ubres infladas con aceite, pero es mejor que nada. Fantasía de los que están muy solos y hasta han de saber bien. Jaló a la Virgen y lo colocó boca arriba. Abrió la camisola y acercó el aliento.

Entren en mi boca, naranjitas del amanecer.

Sin importarle la autonomía de aquellas ubres las chupó suavecito. Cuando el apetito se le ahondó, saltó por encima de cualquier escrúpulo y succionó con más hambre. Y lo hizo no tanto por ínfulas carnales, sino para confirmar la veracidad de aquel viejo refrán que establece: arriba de un voladero cualquier pellejo se convierte en teta.

La Virgen raramente dormido.

Gabino salió de la cobija y acercó la cara al rostro del chamaco. Se sintió avergonzado, pero el momento no estaba para contriciones. Se aguantó el bochorno y lo besó en la boca.

Que al cabo no tengo la culpa. Si algún culpable hay, eres tú, carne díscola. No debía besarlo y lo sabes muy bien. Es sólo un marica con dos tetas.

Se trataba de la segunda vez que besaba a la Virgen en la boca y debajo de la lujuria prevalecía una costra de fobia. Ya no lo besaré, prefiero el recuerdo de Manuela Solís. Sólo lo besaré un poquito más y luego despegaré la boca.

Sí, eso haré.

Lo besó por última vez y no logró retirar los labios a tiempo porque advirtió sutilmente la respuesta. Contestación llena de miedo. Fue una respuesta tan tenue que se prestaba a confusiones. Entre piedras es fácil construir desvaríos.

¿En verdad me besaría?

Sí, Gabino, la Virgen te besó. No fue ninguna ensoñación.

Órdenes del risco si se quiere, pero tu beso fue correspondido.

El pene, trozo de insolencia, se dio cuenta de la situación y exigió satisfacción legítima. Nunca más artificios de la mano.

Gabino volvió a rememorar la Correccional de Victoria, las aburridas tardes. Los internos haciendo fila para entrar a la letrina y complacerse con las nalgas de Prudencio. Supo lo que tenía que hacer.

Seré rápido.

Dirigió las manos al vientre de la Virgen y buscó la portezuela de los desamores. La bragueta.

Quiso desabrochar el huidizo pantalón, pero el dulce nene, dormido como estaba, se negó a ser despojado de la ropa.

—El pantaloncito, no —dijo, con un tono tan indefenso que más que reclamo, parecía una súplica para que lo siguieran desvistiendo.

Gabino comprobó entonces que ambos sabían lo que con tanto esmero habían estado ocultando. Sintió que algo se le reventaba y volvió a besarlo. La Virgen no antepuso nada porque hasta la triste tarde en que fue acorralado en Mainero, siempre se mostró vulnerable a ese tipo de mimos.

Gabino Espejo no pudo soportar más la angustia de los genitales y se trepó sobre la Virgen. Le abrió las piernas y lo atrajo con fuerza. Sacó su famélico garrote y lo colocó sobre el frágil y desnudo estómago. Empezó a jalar el pantaloncito con intenciones de alcanzar la fuente del descanso.

El sol pegó en la cumbre y el día se abrió como cortina de oro. Pájaros discutiendo.

La Virgen, con los ojos abiertos, demandaba sutilmente una piedad no clara. Nena hambrienta de mimos, carne trémula.

Gabino se dio cuenta de que todo se mostraba favorable y se apresuró a inseminarlo. El debatido pantalón empezó a ceder. La Virgen, resistiéndose.

—Te amo y no sé ni por qué —dijo Gabino Espejo con un extraño agobio—, nunca he querido a nadie más que a ti.

La frase fue demoledora y la Virgen, ojos muy brillantes, ya no se defendió. Se abandonó a los instintos de su amigo.

Sintió que el pantalón dejó de ser obstáculo y se volteó boca abajo avergonzado.

La prenda descendió hasta los muslos. También el ridículo calzón. Dos hermosas y ovaladas nalgas brillaron como sandías humanas. Gabino preparándose para insertar.

Se hallaban a pocos segundos de lograr la cópula cuando inesperados murmullos los hicieron desistir. Una hilera de niños avanzaba entre calladas peñas. Estaban a unos metros.

–¡Miren, Gabino se va a echar a la Virgen! –dijo una voz que rebotó entre piedras y buscó los cañones.

–¡Qué nalgas más tontas! –aseguró otra voz.

Gabino Espejo reconoció el timbre de las locuciones. Eran los chamacos de la banda. Sintió que se caía a un barranco.

¿Qué hacía la banda ahí? ¡Oh, es cierto! Hoy es 17 de diciembre, día de reunión. Íbamos a planear el asalto al pueblo de La Dalia.

Miedo mezclado con arrepentimiento.

Gabino se guardó precipitadamente todo el equipo sexual. El contrariado pene. Quedaría tildado de marica.

Intentando salvar su prestigio de varón, se puso de pie.

–¡No me andes ofreciendo tus nalgas que no soy como tú! –gritó.

La Virgen, que seguía boca abajo entre delirios amatorios, se dio cuenta que se acercaba toda la banda en pleno. Se acomodó el maltrecho pantalón y se incorporó.

Sonrojado como florecita.

Los chamacos lo rodearon. Esperaban una explicación amena. Querían que la Virgen hablara y les dijera, sí, soy marica, y qué. Gabino me gusta porque es macho, me manoseó toda la noche. Yo también le acaricié sus herramientas y hasta se las chupé. No vieron lo mejor.

El chamaco, empero, no explicó nada y realizó un ademán de qué me ven enjambre de pendejos.

–¿Quieres balacearte conmigo? –le preguntó a Gabino.

–¡Dejen de pelear! –gritaba Cayetano–. ¡Nadie sabrá lo que pasó!

–¡Nunca diremos que son maricas! –aseguró Segundo.

–¡Necios! –gritó la Virgen, y se apartó unos metros.

La banda despedía un tufo de profundo y arraigado monte. Inadvertidos destellos de melancolía. Sentimientos de amor caían perpetuamente en infinita zanja.

Gabino Espejo, el verraco, mulo, macho, semental, rememoró los delicados pezones adentro de la boca, las tímidas respuestas de los tiernos labios.

Aunque no era marica, sintió el impulso de tomar a la Virgen de la mano, perderse con él en el desfiladero y renunciar perpetuamente a la rancia civilización de la que provenían.

No encontró las puntas de su alma.

Amor, si es que existía, se trataba de un cajón de infortunio.

Vacilación de inmensidad, tristeza de barranco.

La Virgen, escuadra en la mano, cortó cartucho. Se habían burlado de sus nalgas y es nena furibunda.

–¡Desde hoy he dejado de pertenecer a la Banda de los Corazones! –advirtió, y empezó a disparar hacia los pies de los chamacos.

¿Te interesa volver a defecar en matorrales? Corre rápido.

Gabino apenas tuvo tiempo de recoger sus armas y ponerse a salvo. Todos huyeron de forma atropellada.

–¡Si los llego a encontrar en el ramaje, los voy a tirotear!

11

La Virgen fue el único elemento de la Banda de los Corazones que no procedía de los gallineros de Cadalso. Tampoco de los grandes centros urbanos.

No de los pueblos del ramaje y muchos menos de las hondas llanuras.

Su origen se quedó en derruidos caseríos. Veredas desvanecidas por los indolentes oficios del tiempo. Lejos de todo resplandor y de toda interferencia.

Distante del afán.

Las canciones que le escribieron aseguran que nació en la casa de baile de Ángeles Guardia. Los muchos libros que existen sobre él acaban por confirmarlo.

Ambigüedad cautela.

Contaban las cantineras que la casa de baile de Ángeles Guardia era un poco reducida, pero cabían muy bien cuatro parejas. Y si bailaban pegadas hasta podían caber más.

La dificultad se presentaba cuando los borrachos no traían monedas suficientes para bailar pegado y tenía que bailarse con el brazo extendido.

El espacio se reducía y el número de parejas menguaba.

En esos casos, había que mover los muebles, espantar a los perros, sacar la jaula de los pájaros, retirar el anafre, quitar la estatua de Maximiliano que les da muy buena suerte a las parturientas, y ocultar el tambo del agua.

Gracias a eso se conseguía más espacio y el regocijo se ampliaba. A las once de la noche aquello era un hervidero de indios. Demasiados para las cuatro bailadoras que había.

Todos querían bailar y atiborraban la sala hambrientos de caricias. Los cuerpos se apretujaban y el calor era tan infame que muchos padecían calambres.

Las parejas apenas lograban moverse y para las diez de la noche se había acabado el aire. Los que querían respirar tenían que salir a respirar afuera y luego volver a meterse.

Cuando regresaban, habían perdido a la bailadora.

Todos estaban al acecho esperando que alguien quisiera respirar para robarle a la muchacha.

Se vivía un tiempo de bailadoras escasas y resultaba más fácil navajear a alguien para quitarle la compañera, a esperar que alguna se desocupara.

Si se resolvía aguardar por una, había que pasar toda la noche de pie, aguantando los empujones, los insultos y las ganas de orinar, con el riesgo de agarrarse a puñaladas por la posesión de una chica.

Cuando se le arrebataba la bailadora a un indio, ya no se le soltaba. Si se acababa el aire, lo más recomendable era no respirar. Había inclusive que orinarse bailando.

Algunos defecaban.

Cuando eso sucedía, la bailadora sentía la evacuación y observaba al compañero tratando de adivinar si su sospecha era correcta. La mezcla de olores llegaba muy confusa y la deposición terminaba por quedar impune.

A las dos de la mañana, la sala se encontraba atiborrada de flatulencias y repugnantes ráfagas subían desde los pantalones.

Agréguesele a eso el humo del tabaco, la emanación del alcohol, el sabor de los eructos, el morbo de los escupitajos, la emisión de los perros que habían vuelto a meterse y el tufo de la indiada.

La única ventaja es que la pestilencia mantenía despiertas a las muchachas.

Ángeles Guardia, intentando serenar brotes y manifestaciones, echaba pedazos de copal a la lumbre para disfrazar la hedentina.

Afuera, como navío perdido, la Sierra de Ventanas.

Por un peso, el cliente podía bailar un turno de cinco melodías, colocar la mano en la cintura de la artista, danzar alejado y no mirarla en ningún momento, pues si era sorprendido viéndola le eran clausurados sus derechos de bailador.

Por dos pesos, el acompañante quedaba autorizado a mirar a la muchacha, pero en ningún momento hacerle guiños, pues si se le descubría en plena insinuación, se le aplicaba una penitencia de cincuenta centavos y se le solicitaba que abandonara el establecimiento.

Por tres pesos, el bailador se hacía merecedor a ciertas cortesías y se le permitía observar a la muchacha con agrado. Era libre de estrecharla hasta un punto en que el abrazo no se volviera indecente. Si se le descubría imaginándola desnuda se le aplicaba una multa, ya que las fantasías sexuales se cobraban aparte.

Por cuatro pesos, el bailador obtenía la licencia de platicar con la danzante, pero se le prohibía desviar la conversación y tratarle asuntos pasionales, pues si la bailarina lo acusaba, le eran cerradas las puertas de todas las casas de baile.

Por cinco pesos, la bailadora abría las puertas de su corazón y el cliente quedaba autorizado a preguntar eventos de su intimidad e indagar cuántos hombres la habían idolatrado. Si resultaba de provecho, podía sacarse un balance de sus principales amantes.

Por seis pesos, se obtenía el consentimiento de indagar en su caudal amoroso y se adquiría la facultad de ordenarle una breve rendición de cuentas. Tenía que manifestar si estaba comprometida y si pensaba volver a embarcarse en sábanas nupciales.

Por siete pesos, el bailador quedaba autorizado a pedirle explicaciones con el cuajo de un padrote y ella quedaba obligada a rendir declaración con la obediencia de una mantenida.

Si se deseaba que los ojitos se le pusieran brillosos, se le tenían que ofrecer ocho pesos. Y si se le ofrecían nueve, se podía juntar la cara con la de ella y sentir su tibia inhalación.

Por diez pesos recargaba la cabeza en el pecho del bailador y él se quedaba muy serio, pensando en cuánto dinero le quedaba para dar el paso siguiente.

Mientras decidía qué hacer, olía la fragancia de los listones rojos de la bailadora y veía un mar con gaviotas y varios navíos anclados. Aunque tenía mucho rato de no respirar, el pulmón se le llenaba de un viento luminoso.

Si el trasnochador resolvía subir al siguiente escalón del afecto y experimentar el amor en todos sus formatos, tenía que negociarlo con Ángeles Guardia.

Aparte de la sección de Divas, que era el nombre artístico de las bailadoras, la casa de baile Las Niñas Decentes contaba con un departamento de Animadoras, otro de Escuchantes y uno más de Risueñas.

Las Animadoras, que eran las que le seguían en categoría a las Divas, se acomodaban en el portal y cobraban un peso por animar media hora. Contaban cuentos, modernizaban mitos y actualizaban sucesos. Traían listones verdes en el cabello.

Las Escuchantes, que eran las que ocupaban el nivel intermedio, solamente oían y cobraban un peso por escuchar seis desgracias. Se distinguían del resto de las muchachas por sus listones blancos.

Las Risueñas, que eran las de categoría más baja, cobraban dos pesos por sonreír una noche, pero como la alegría aún no estaba integrada en los componentes de las pasiones, nadie se ocupaba de ellas. Traían ramitas de palma en el pelo.

Animadoras, Escuchantes y Risueñas tenían que ejercer sus oficios afuera de la casa. Si se les descubría bailando, besando, abrazando o efectuando labores amorosas ajenas a su especialidad, eran despedidas.

Cuando Ángeles Guardia sorprendía bostezando a cualquiera de sus empleadas, les imponía una multa de cinco pesos.

La casa de baile Las Niñas Decentes estaba integrada por cuatro Divas, dos Animadoras, una Escuchante y una Risueña.

Las Risueñas empezaban a sonreír a las seis, las Escuchantes a oír a las siete, las Animadoras a platicar a las ocho, las Divas a acariciar a las nueve. Si algún triste deseaba ser consolado más temprano, Ángeles Guardia le recomendaba que esperara hasta que las labores de afecto dieran inicio.

A las nueve de la noche, ya que las Divas estaban aptas para alegrar cristianos, Ángeles Guardia se sentaba en la puerta, declaraba abiertos los trabajos de amor y le cobraba un peso al indio que iba entrando.

Las chamacas no paraban de bailar, de hablar, de escuchar y de sonreír un instante, porque si la clientela se fastidiaba, les eran rebajados quince centavos del sueldo. A las que no lograban reunir tal cantidad, se la quitaban de futuros bailes.

La llegada de un trasnochador indicaba que la alegría había estallado. Ángeles Guardia agarraba su güiro, comenzaba a rasguearlo y empezaba a improvisar canciones para que los contertulios bailaran.

Conforme la anciana tarareaba, seguían llegando más perdidos, atraídos por las melancólicas canciones que ahí se cantaban.

Para la medianoche, la alegría se había convertido en juerga. Se divertían toda la madrugada o hasta que a los borrachos se les acabaran los centavos que traían.

Ángeles Guardia era una mujer de más de cien años que enviudó trece veces y que se volvió famosa porque en el verano de 1963 declinó una invitación a cenar que le hizo el presidente John F. Kennedy.

Se dice que el hombre de la Casa Blanca conocía sus dotes de improvisadora y que le ofreció cien mil dólares a cambio de que lo volviera inmortal. La cantinera, consciente de que con la casualidad no se juega, se negó a complacerlo.

John F. Kennedy, desesperado por el amor de Ángeles Guardia y habiendo despreciado a Marilyn Monroe, que lo aguardaba desnuda en Los Ángeles, la esperó varios días en el hotel Dos Naciones, en Laredo, México, tapado hasta la cabeza y complaciéndose solo.

Una botella de champán en el buró. Almohadas con aroma a sándalo. Sábanas carmesí. Lavamanos verde. Rosas en el escusado.

Ángeles Guardia, que ya sabía que iban a sacrificarlo, prefirió no copular con él para no engendrar hijos que luego anduvieran sueltos por el mundo. Además, no le gustaba facilitarle el vientre a sujetos que empezaban a apestar a difunto. Renunció a trasladarse a Laredo.

Una noche en la Sierra de Ventanas, improvisó una canción donde contaba la tragedia que le esperaba a John F. Kennedy. Le añadió una moraleja final donde aseguraba que después del atentado, Jacqueline Kennedy se volvería muy impúdica. Nadie le creyó porque la primera dama de Estados Unidos era la mujer más respetable de toda la ciudad de Washington.

Tres meses después, las predicciones de Ángeles Guardia se volvieron realidad y John F. Kennedy fue abatido en Dallas. Después del homicidio, Jacqueline Kennedy se despersonalizó y empezó a andar con uno y con otro. Salía con tantos, que Ángeles Guardia tuvo el deseo de traérsela a la Sierra de Ventanas para que complaciera a los arrieros.

Adelaida Caminos no lo podía hacer sola.

¿Adelaida Caminos? ¿Y ésa quién era?

Fue la Diva principal de la casa de baile de Ángeles Guardia. Experta en animar disolutos. Diplomada en jolgorio.

Ángeles Guardia y Adelaida Caminos fueron maestra y alumna. Casi madre e hija. Se emborrachaban de la misma botella y se tiraban a los mismos pelados. Se despachaban a los aborígenes recargadas en las puertas.

Las montaban a media calle.

Risueñas, Escuchantes, Animadoras y Divas guardaron una reseña muy clara de Adelaida Caminos. Una parte de estas versiones trató del nacimiento de la Virgen, como fue conocido en Tamaulipas.

¡Qué bueno que lo apodaron la Virgen porque su verdadero nombre sonaba repugnante! Se llamaba Sombra. Así le pusieron.

El nombre no lo ayudaba mucho y contaban las cantineras que a los tres años quisieron ultrajarlo. Todo pasó mientras jugaba en un patio.

−¿Quieres conocer la alcurnia? −le preguntaron unos licenciosos−. Lo primero que tienes que hacer es disciplinar la carne. Ponerte blandito como los canarios.

Nadie se acercó a ayudarlo porque su femenino aspecto causaba desvaríos. Civiles y militares padecían desmayos.

Los disolutos siguieron hablando.

−Te vamos a besar con estirpe para que te sientas ufano −le dijeron−. Haremos que mires las vanaglorias de Uganda.

Como parecía niño Dios, ni siquiera lo tocaron.

Sólo le causaron algunos moretones.

Lo glorioso aquí es que todos los relatos coinciden en que creció rodando entre los pies de las putas.

Agarrado de las naguas de las bailadoras.

Llorando junto a los catres donde las Divas se amancebaban con los indios. Pregunta por su madre.

Son las dos de la mañana.

Duerme entre escupitajos.

La quimera escrita de las Risueñas data de los principios de los años noventa y empieza diciendo que Adelaida Caminos fue reservada y trigueña como las crónicas de Luxemburgo.

Muchacha color de espiga, ligera como un dedal. Criolla pies terrenales, nativa de donde da vuelta el aire.

Novia de nadie, mujer de todos, compañera de quien le obsequie un cigarro.

Nació en Las Norias y fue bautizada con el nombre de Adelaida porque era nombre de reina.

Así se llamó la primera emperadora de Tamaulipas. Más virgencita que el océano Atlántico, decían los violinistas. Apasionada y hermosa como un archipiélago, contaban los borrachos.

Indiferente flor de sin igual aroma, escribían los poetas.

Putona demorada, se le oyó vociferar a Ángeles Guardia cuando le dijeron que uno de sus difuntos maridos, enamorado de Adelaida, se había salido de la tumba y había vuelto a ahorcarse enloquecido por ella.

Tiene vagina de beata, juraba Martiniano, el tamborilero, un día la vi orinando. Estaba agazapada entre la hierba y jamás escuché chorro de meados igual. La panocha le relampagueaba como flor de huracán, de ésas que iluminan los desfiladeros.

La controversia es que pasó algún tiempo y Adelaida, atormentada por remordimientos que jamás se supo de dónde le brotaron, un día dejó la vida jocosa y por respeto a la familia se convirtió en labriega.

Aseguran que se estableció en La Nube, pueblo perdido en lo más alto de la Sierra de Ventanas, donde vivió feliz con sus dos hijos. Ya para cuando esta parábola agarró credibilidad, tenía dos hijos. Eduviges, la más pequeña. Y Sombra, el afeminado.

Los dos párvulos eran descendientes del mismo militar que seguía a Adelaida por toda la Sierra de Ventanas nada más para andarla preñe y preñe. Eran años inciertos y no había trabajo. Comida, mucho menos.

Adelaida tenía que robar maíz de los graneros a fin de que sus hijos pudieran llevarse algo a la boca. Eduviges y Sombra, como niños que eran, vivían entregados al juego.

—Tampoco hoy me trajiste dulces, Sombra.

—Pronto te los traeré, Eduviges.

—Sólo dices que traes y traes y no traes nada.

—Pronto te los traeré, verás que sí.

La versión de las Risueñas agarra fuerza una tarde de los años noventas en que Adelaida Caminos le daba consejos a Sombra. Robustas recomendaciones. Aprende a leer, le decía, para que no seas tarambana, así como fui yo. Si alguna vez alguien te llegara a ver con ojos comerciales, corre y ponte a salvo.

Aunque los traficantes sólo robaban niñas, Adelaida tenía miedo del aspecto femenino de Sombra. Recelaba también que llamara la atención de los desviados. Alguien le dijo que los chamacos que parecen niñas despertaban infinidad de fantasías en los demás varones.

—Nunca te creas de los viciosos, Sombra, júramelo. Cuando te hagan ofertas no los oigas. Se encerrarán contigo en las letrinas. Te harán asuntos.

Naciste para triunfar en el estudio.

Terminarás una carrera y todos los pueblos de este lado del mar iremos a tu graduación. Platicarás con franceses y los gringos no te quitarán la vista. Personas renombradas escucharán de ti y se colgarán en los embarcaderos.

Gente famosa se disputará tus agrados. Te casarás con alguien importante y vivirás en un pueblo que en lugar de calles tiene ríos que se llama Venecia. A los veinte años comenzarás a pintar cuadros.

—¿Qué tanto ves?

El niño miraba un uniforme militar que colgaba en la pared del jacal. El atuendo tenía años ahí.

—¿Por qué miras tanto ese uniforme?

—Me gusta. ¿Puedo tocarlo?

—No.

—¿Por qué no?

—Porque fue de tu padre.

—¿Y eso qué tiene que ver?

—Tu padre jamás nos quiso. No podemos tener contacto con algo que haya sido suyo. Por eso no lo he bajado de la pared, para no tocarlo.

Una tarde discutieron. Muy enojados.

—¿Por qué le pegaste a Libradito Santos, Sombra?, ¿no sabes que es hijo de ricos?

—¡Dijo que te acuestas con todos los hombres de La Nube!

—¡Cállate, que si me metí de edecán, fue por culpa tuya! —le gritó y le puso una bofetada—. ¿Quieres morirte de hambre?

Sombra se puso rojo de coraje, pero no contestó. Fue la primera vez que discutieron y la única ocasión que Adelaida le puso la mano encima. El chamaco no devolvió el golpe.

Hasta donde se sabe, Sombra, el afeminado, jamás le levantó la mano a su madre. Era buen hijo. Obediente y sumiso como un caballo.

Y aquí termina la exégesis de las Risueñas.

La traducción de las Escuchantes asegura que pocos días después del alegato que tuvo con su madre, caminaba Sombra por una ladera. Un atado de leña a la espalda.

Tuvo la mala suerte de encontrarse con los primogénitos de los acaudalados. Eran cuatro y frisaban los dieciocho años. Universitarios todos. Graduados en Los Ángeles, Chicago, Houston, El Paso.

Estaban jugando a la baraja junto al Barranco de la Ensoñación cuando lo vieron. Lo estaban esperando para abusar de él. Parecía niña y se les antojaba. Al día siguiente habría de manifestar el juez de cargo que la legislación autorizaba los deseos de ese tipo. Estaba dentro de la ley que quisieran violarlo. Además, ya tenía doce años y lo asistía el derecho de conocer el bienestar. Tan deslumbrante que abría una trocha de luz por los atajos.

En cuanto se acercó, los cuatro chamacos dejaron de jugar y comenzaron a lisonjearlo.

—¡Oye, puto!, ¿a poco no sabes que se llevaron a tu madre?

—Fueron los escoltas del cuartelito.

—No te enojes, al cabo que tu madre es cusca.

—Y tú también lo eres.

Los cuatro muchachos le cerraron el camino y sacaron manoplas. Sombra soltó la leña.

—No llores, joto, las mujeres como Adelaida están acostumbradas a que se les trepen encima.

—Y tú también vas a acostumbrarte.

—Enséñanos el culo. Queremos ver si es cierto que no tienes órganos sexuales.

—Te la vamos a meter.

El chamaco, labios muy brillantes.

Ahora sí, niño tonto. Si tu destino es ser casquivano como lo fue tu madre, ahí lo tienes. Agárralo de la mano. Que al cabo eres basura, pura porquería de Tamaulipas.

Y si escuchas bien, el barranco te está hablando.

Ya se te vino encima Brígido, el hijo número quince de la familia Santos. Es el más grande y presumido de los cuatro y está por meterse de abogado. Se dedicará a despojar miserables.

Si vas a enfrentarlo, no le des garrote pero tampoco piedra. Usa la creatividad. Inspírate. No hagas que me avergüence más.

El afeminado tomó un madero del suelo.

Pero esa astilla está muy puntiaguda y hasta la muerte va a sentir hormigueo. Jamás te diviertas con el honor de los agonizantes, Sombra. Dicen que a los moribundos hay que matarlos de forma aristocrática para que fallezcan con protocolo.

Te recomiendo que tires esa astilla. Concéntrate bien. No te distraigas con los globos azules que van pasando.

¡Oh, eres un cretino, cómo te pones a hacer eso! Brígido te embistió y lo toreaste, se pasó de largo y acuérdate que ahí estaba el barranco que te estaba hablando.

¿Cómo te pones a oír los consejos de los barrancos? Son rajaduras sin entendimiento.

El pobre muchacho quiso evitar la caída, pero lo succionó el vacío, va haciéndose pedazos por el desfiladero. Fue buena cuchufleta, pero no hubo espectáculo. Mejor le hubieras enterrado la astilla.

Para otra vez pon atención. Échale corazón a tus actos. Y aprende que las chungas de enterrar astillas se hacen con donaire, para que se diviertan los recién llegados.

Pobre muchacho, ya está despedazado doscientos metros abajo, pero ni siquiera le dolió. La cosa es que sufriera, que pagara la difamación. Así ni el desagravio sabe.

Y aquí terminan los elogios de las Escuchantes.

La reseña de las Animadoras da principio después de que Brígido Santos se desbarrancó. Se partió la cabeza en diecisiete partes. Brazos y piernas en pequeños trozos. Los tres muchachos restantes huyeron asustados.

El afeminado abandonó la leña y corrió hacia la choza. Había visto cómo ahorcaban a los indios por robar gallinas y supuso que intentarían colgarlo. Empacó lo poco que pudo. Interrumpió a Eduviges que jugaba a medio patio y quiso traérsela. La niña no quería acompañarlo.

–Ven conmigo.

–Estoy jugando.

–En el monte hay una carreta llena de caramelos.

–No, Sombra. Siempre dices que va a haber muchos dulces y ni siquiera hay uno.

–Ahora es diferente, Eduviges. Es una carreta llena.

–No te creo.

–Y lo otro mejor ni te lo digo.

–¿Qué?

–La carreta viene jalada por un caballo de vidrio.

Los ojos de Eduviges brillaron como centenarios.

–¿De verdad?

–Sí.

La niña aceptó acompañar a Sombra y ya van derecho al cuartelito. Era un mustio 22 de octubre y una luna indolente vagaba entre las nubes. El viento, vacío de pláticas.

Desde los barrancos se escuchaba la música. Ramón, el violinista de La Nube, tocaba Cartas a Filemona. También se oían los llantos de Adelaida.

Había carcajadas de soldado y relinchos de caballo estremecían el desfiladero. Sombra escondió a Eduviges entre las ramas y le dijo que no llorara porque iba a traerle a Diosito para que jugara con ella.

La niña comprendió.

Estaba oscureciendo cuando Sombra se detuvo frente al cuartelito y tocó el portón. Liborio Lugo, el guardia, recorrió la aldaba y salió. Se caía de borracho.

En el patio interior estaba Ramón, con su violín manchado de mugre deleitando a los soldados. Adelaida, con la cara ensangrentada y encadenada a un palo, bailaba a la fuerza con el capitán Sendo López.

Cuando Adelaida vio a su hijo, abrazó con fuerza al militar y comenzó a besarlo. Le tapó ojos y oídos con las tetas. El violinista vio al chamaco y tuvo un presentimiento que lo hizo salir huyendo.

–¡Oh!, pero si es el afeminado. ¡Qué bueno que viniste, Sombra, con lo hermoso que estás! –dijo el centinela y quiso acariciarle el cabello.

El chamaco se echó para atrás.

–No seas tonto. Nunca desprecies a un soldado.

El centinela avanzó hacia el chamaco e hizo el intento de agarrarlo. No tuvo tiempo de llegar porque se escuchó un disparo y el silencio del monte se volvió muy hondo. ¿De dónde vino el tiro? Sombra no estaba armado.

Liborio Lugo, el guardia, pensó que era alucinación de borrachera cuando un pedazo de tripa se le salió por la perforación del impacto. Y siguió creyendo lo mismo cuando sintió que ya no tenía cuerpo.

No pudo con el peso de la carne y cayó de lado. Se arrancó un pedazo de oreja en el barandal.

El capitán Sendo López andaba completamente ebrio, y ensordecido por las ubres de Adelaida no se enteró de la muerte del guardia, pero el sargento Olimpo Sauceda, que defecaba en una letrina sin puerta afuera del cuartelito, fue testigo de cómo el centinela había sido ejecutado. Se levantó del retrete y se subió apresuradamente el pantalón. Volvió a bajárselo porque se dio cuenta que ni siquiera se había limpiado y es muy incómodo pelear con despojos de excremento en el ano.

Agarró unas piedras y se limpió. Se alzó el pantalón, se abrochó bien la hebilla y caminó hacia Sombra.

No quiso avisarle a Sendo López porque lo vio bien acaramelado con Adelaida y además podía alertar al chamaco. ¡Oh!, dulce bomboncito, nunca hubo nada más hermoso que tú en esta mugre de cordillera. Te tiraré en la hierba y te haré picardías. Bribonadas graciosas. Hasta vas a pedir más.

El afeminado sintió venir al recluta y se volvió hacia él. El militar intentó sujetarlo.

Sombra se agachó, cogió un puñado de tierra no sé de donde porque ahí no hay tierra. Únicamente piedras y mojones. A lo mejor era mierda. El caso es que se la aventó a los ojos y lo encegueció.

El militar sintió las retinas rotas y se retorció de dolor. Se escuchó un segundo tiro y el hombre se dobló. Las piernas se le volvieron de hule. Después de titubear unos segundos, cayó muerto sentado. Así se quedó, hecho bola como un contorsionista.

¿Quién tiraba?

Fue entonces que el capitán Sendo López se dio cuenta de lo que estaba sucediendo. Había dos soldados sin vida, pero no había criminal. Sólo estaba el hijo de la mujer que vejaba. Por la mañana habían ido por él a la choza para iniciarlo en las ciencias de la intimidad y al no encontrarlo se trajeron a Adelaida. Pero no cabe duda que la suerte es suerte. Cayó solito.

–¿Qué jodidos está pasando? –gritó.

Sombra no repuso nada porque estaba escuchando los llantos de Eduviges. La niña había empezado a caminar por el bosque y se había perdido.

Sendo López se acercó al chamaco y se le deshizo la concentración. Jamás había contemplado algo tan voluptuoso. Es Sombra. Mucho más erótico que como me lo contaron. Femenino hasta no poder más. Sería muy pendejo si lo dejara ir.

Quiso acariciarlo, pero Sombra lo esquivó.

¿Qué diablos hago permitiendo que este putito me amargue la saliva? Mejor lo acribillo. Le haré el amor ya balaceado. Recién muertos despiden un aroma embriagador y así me gustan más.

Muy manuables.

Sendo quiso sacar la pistola, pero no la encontró. Recordó que para abusar con comodidad de Adelaida había colocado el arma sobre un tambo.

Eso pensaba cuando se escuchó un tercer disparo.

El tiro abrió gran boquete en el pulmón derecho y Sendo López azotó contra el paredón. Se ahogó con sangre mientras caía. Adelaida, que era quién tiraba, le hacía señas al chamaco para que la soltara del palo.

La escuadra del militar en la mano.

—¡Huyamos, mi niño! —exclamó la mujer cuando el párvulo la libró de las cadenas.

Adelaida le había dicho «mi niño» y Sombra no lograba creer. Jamás había recibido una palabra de afecto de parte de ella y caminó desconcertado. La sangre agolpada en el cráneo.

—Espera un momento, madre.

El chamaco habló con tanta autoridad que la mujer se taponó la boca. Entró en el dormitorio y vio a Blas Hurtado, el único soldado que quedaba con vida de los cuatro que formaban la escolta del cuartelito. Estaba ahogado en alcohol. Se había quedado dormido con el cigarro encendido y las cobijas estaban empezando a arder.

—¡Apúrate!

Sombra salió del cuarto y dejó al militar a punto de quemarse. Caminó hacia su madre. Había empezado a oscurecer y Adelaida se venía desangrando.

—¡Ten! —dijo la mujer, y le entregó al chamaco la escuadra del capitán Sendo López. Un morral de tiros.

¡Muévete!

Sombra recibió el encargo y luego de colgarse el saco de municiones en un hombro, se encaminó por Eduviges que seguía llorando en la barranca. Encontró a la niña y a esa complicada hora emprendieron la huida. No sabían hacia dónde dirigirse, pero daba lo mismo, no hay caminos seguros en un mundo que no está diseñado para que quepa la justicia. Empezaron a caminar sin trayectoria.

—Vamos con los franciscanos, ahí nos esconderán.

—No, madre, lo más probable es que la cuadrilla se divida en varios grupos para seguirnos. Pero van a hacer lo que hacen cuando persiguen a los presos: se van a ir para lo más intrincado de la sierra, rumbo a los estados de Hidalgo y Veracruz. Nosotros caminaremos hacia los llanos de Tamaulipas.

–Nos alcanzarán de todos modos.

–No nos alcanzarán, irán en sentido contrario.

Adelaida escuchó la voz de su hijo y lo miró con sus ojos de india güera de la Sierra de Ventanas. La hemorragia que traía la obligó a reflexionar a fondo. Se dio cuenta de que había vivido junto a Sombra durante doce años y jamás lo quiso.

Pero a lo mejor sí lo quiso porque por causa de él acababa de matar a tres hombres.

Y aquí terminan las lisonjas de las Animadoras.

Los halagos de las Divas empiezan cuando la guarnición de La Nube salió con intenciones de prender a Sombra, el afeminado. Estaba acusado de homicidio. Arrojó a Brígido Santos a un barranco. Había testigos.

La noche, carpa de negrura.

Y más negra se puso cuando llegó la milicia de Miquihuana comandada por Graciano Casasola. Iba también el juez, los actuarios y los pistoleros de la familia Santos.

El contingente se detuvo precarios instantes en el Barranco de la Ensoñación para sacar los restos del niño Brígido. Luego se entretuvieron en el cuartelito nada más para sofocar el incendio.

Una sección de catorce estrategas se fue para las Diez Campanas, otra para Coroneles de Austria, una más para el Fortín de la Reina. Adelaida, Sombra y Eduviges avanzaban hacia el otro lado, rumbo a los inmensos llanos.

–No voy a llegar a ningún lado, Sombra. Déjenme tirada y huyan ustedes.

–Tendrás que caminar. Haz un esfuerzo.

A las diez de la noche, Adelaida ya no podía dar un paso. Llevaba los pies llenos de cuajarones. Los cuatro soldados del cuartelito habían abusado de ella durante muchas horas y traía una cortada de dos centímetros entre la vagina y el ano.

Había perdido casi toda la sangre y el feto se convulsionaba sediento. No sabía que estaba embarazada y no fue hasta que se quedó con las venas vacías que sintió la angustia del embrión.

Se desplazaba apoyada sobre el chamaco.

Eduviges caminaba más atrás, quejándose de sed y de hambre, reclamándole a Sombra por la carreta de dulces y el caballo de vidrio que jamás encontró. Avanzaron hasta más allá del cansancio y la Sierra de Ventanas se les volvía una monstruosa estructura de piedra. Varios días después arribaron a la Sierra de Otates y se internaron en ella.

Oscureció y amaneció muchas veces.

No detenían la marcha porque los informantes las mantenían al tanto. Graciano Casasola y la milicia de Miquihuana venían a una jornada de camino.

Los fugitivos avanzaban por el cañón hirviente bebiendo agua rancia de los arroyos. Comían ramillas tiernas, nopales y tunas. Las tripas, canalones vacíos. Congoja de los estómagos.

–Ya que haya muerto, llévate a Eduviges de aquí. Váyanse para la Frontera Chica, Sombra. Ahí circula mucho dinero.

–Usted no se va a morir, madre.

–Vengo casi muerta.

–Antes de llegar a donde sea que lleguemos, quiero que me prometas que nunca dispararás un arma.

Sombra, callado como una sombra.

Las palabras de Adelaida remontaban la penumbra como palomas blancas y tenían ese dejo brillante de los arrepentidos. Venía casi muerta y estaba delirando.

–Yo te estaré mirando desde alguna parte.

Es el amanecer número doce y el miedo los hizo trasladarse rápido. Habían remontado cumbres y voladeros y dejaron atrás la cordillera. Entraron en la Sierra de Tulipanes y siguieron en aquella escabrosa huida.

Sólo se detuvieron para sepultar a Eduviges.

Ángel chiquito que quiso ser estrella.

Lamparita de Dios que se apagó temprano.

Se quedó tirada en el camino con los ojos abiertos. Barriga muy hinchada. Los labios resecos por los rigurosos quehaceres de la muerte.

Adelaida le habló durante mucho rato con la esperanza de que se hallara en somnolencias. Fisuras de los que duermen hondo. Eduviges ya no contestó. Supieron que estaba muerta por las nubes de moscas.

Sombra se acercó a ella y se impresionó tanto que perdió el habla. No lograba coordinar el movimiento. Ni siquiera el consuelo del llanto. Eduviges se había tomado la muerte muy a pecho y ya no retornó a hacer vida pública.

Prefirió ser lucero.

Eduviges Caminos quedó enterrada al pie de un álamo, en lo más intrincado de la Sierra de Tulipanes. Descansará en paz por largas eternidades porque mejor amigo que un árbol no será hallado nunca. Luego de llorarle un día siguieron su camino.

Los perseguidores, a dos horas de distancia.

Es la noche número veinte de la huida y a lo lejos, como rajaduras de dolor y agonía, se miraron las abras del Cajón de Mansalva.

Adelaida cayó acostada entre la hierba y la conciencia se le tornó vidriosa. Descansó junto a un oasis de colores donde la incomodidad deja de causar molestias. Prólogo de la agonía. Cuando despertó, empezó a brotarle líquido caliente de entre las piernas. Abortó a una niña muerta a la que llamaron Evangelina.

El feto estaba consumido por la falta de sangre, pero mostraba las características de un cuerpo femenino. Carne que sucumbió antes de conocer vicisitudes. La enterraron junto a un peñasco con la idea de que nunca le faltara un fortín. Tampoco un apoyo para narrar cuitas y desventuras.

Adelaida volvió a caer en la inconsciencia y cuando por fin abrió los ojos habían pasado varios días. Estaba bajo un tejabán de ramas, acostada sobre trapos. Sombra le daba tragos de agua. Los recuerdos la habían abandonado.

—¿Y Eduviges?

—Murió la semana pasada.

—¿Y los que nos perseguían?

—Se desviaron. Están en Albricias.

Adelaida se recargó en un tronco y se quedó callada. No tenía ánimos para hablar y miraba hacia el ramaje. Sus labios de bailarina estructurando utopías. Diva y Animadora afamada, parecía contarse relatos ella misma.

–Tienes otra hermana –dijo entre quebrantos–, se llama Luz. Luz Caminos. Me la robaron los tratantes cuando tenía dos años. Ella era lo que más amaba y nunca pude superar el haberla perdido. La quise tanto que cuando naciste no quise saber nada de ti. En mi corazón, no podías competir con Luz. Por eso te llamé Sombra.

Hubo un silencio al parecer de comprensión.

–Nada de eso importa ya, madre.

Adelaida no había terminado de arrancarse frases.

–Para tu protección –dijo–, nunca vayas a revelar tus características sexuales.

El chamaco la observó sin proferir palabra.

La recién parida volvió a mirar hacia el ramaje y vio a dos niñas con ajuar luminoso. No las reconoció, pero eran Evangelina y Eduviges que le sonreían desde las hiedras.

Se escucharon ruidos de caballos y Adelaida y Sombra supieron que habrían de separarse. Momentos que la vida le presenta al alma. La mujer le ordenó al chamaco que se internara en un ramaje espeso. Escóndete bien, le dijo, y pase lo que pase con mi cuerpo no permitas que te localicen.

El párvulo obedeció y se metió en la fronda a través de un bosquecillo de jaras. Ahí dejó a su madre.

Luego de angustiosos minutos, Graciano Casasola y la milicia de Miquihuana llegaron a donde Adelaida fallecía. Pestilencia a caballo. El comandante descendió del animal y bebió aguardiente. Los esbirros mirando a la mujer.

–Queremos a Sombra –dijo Graciano Casasola–, lo venimos siguiendo por sensual, no por homicida.

Los más de veinte hombres consideraron que el chiste del comandante había sido bueno y se carcajearon.

Adelaida ni siquiera escuchó porque tenía dos minutos de haber roto las amarras carnales. Se murió tan hondo que nada de este mundo hubiera sido capaz de despertarla.

Graciano Casasola vio el semblante sin vida y se maldijo. Quería llevarse el honor de regresarla viva para que los ricos la colgaran. Lo hubieran recomendado con el gobernador. Se le acercó y la estuvo revisando. Muerta pero muy hermosa.

–El cuerpo está todavía tibio –dijo–, los que apetezcan mujer, aquí hay una.

Varios esbirros se acercaron.

La mañana cubierta por diademas opacas. Sombra mira desde umbríos ramajes.

–¿Y el afeminado, comandante?

–¿El afeminado? –preguntó con cierta decepción–. Ese pollito ya voló. Habrá que buscarlo en las ciudades. Carne de prostíbulo.

La milicia de Miquihuana se retiró del Cajón de Mansalva y ahí dejó a Adelaida. No le dieron sepulcro. Es madre de un asesino, aclararon, no merece tierra. Que la devoren los animales.

Regresaron a La Nube.

Las Divas aseguran en sus pláticas que horas después de que los uniformados se fueron, Sombra regresó a donde había dejado el cuerpo de su madre. Metió los restos en un resquicio del camino y les echó tierra. Cobija de piedras.

Después de haber derramado varias lagrimitas, el párvulo desapareció. Se volvió olor de trementina, caparazón de árbol.

Corría el verano del año 2000.

Los bosques siguieron siendo bosques y no se volvieron a tener noticias del afeminado. Se ausentó durante varios años. Fue rastreado por la policía y perseguido en los sitios más populosos de las ciudades. Lupanares, terminales de autobuses, estaciones de trenes.

La familia Santos pagó espías profesionales.

Nadie lo vio más.

Murió en los ramajes, informaron al final.

No hubo nadie que lo echara de menos porque por esos tiempos había demasiada ausencia sobre el mundo como para agregarle una añoranza más. Y como todas las lesiones tienden a ser resarcidas, el vacío de su leyenda fue ocupado por otra leyenda.

Un año después del deceso de Adelaida, empezó a hablarse de un raro chamaco que habitó esos bosques. Extrañamente hermoso. Frágil y femenino. El Niño Asesino del Cajón de Mansalva, lo llamaron.

Escueto como puño de tierra. Ojos que miran desde pedregales.

Hada de las espinas, aparición del fango.

De noche canta como las lechuzas y de día corre como los gatos. Se contorsiona como los jaguares. La escuadra asesina colocada en el pecho.

Tirador asombroso.

Disparaba hacia adelante y hacia atrás y lograba tirar gorriones volando. Nadie supo jamás su nombre, pero acostumbraba emboscar a la Acordada. Luego de matar a policías montados, desaparecía entre las ramas. Fue perseguido por años a lo largo del Cajón de Mansalva y jamás se le logró dar alcance.

Aseguran las Divas que un día del año 2005, luego de haber acabado con una cuadrilla estatal que ingresó a los chaparrales con intención de prenderlo, el Niño Asesino del Cajón de Mansalva abandonó esas frondas y emigró cuatrocientos kilómetros al norte. En Galnárez mató a un capitán que pretendió enamorarlo.

—Se convirtió en la Virgen —decían—, pero nosotras sabíamos que era Sombra, el afeminado.

Merodeó algún tiempo por los follajes y conoció la comarca. Se aprendió de memoria todos los caminos. La senda de los abrevaderos.

Una tarde encontró a un grupo de chamacos sobrevivientes de la matanza de Cadalso. Horda desordenada que apestaba a estiércol. Sucios como lechones. Quiso organizarlos, pero los niños le dijeron que sólo obedecían órdenes de Gabino Espejo.

—¿Quién es Gabino Espejo?

—Nuestro jefe.

—De aquí en adelante yo seré el jefe.

—¿Y tú quién eres?

–La Virgen.

Los niños miraron al chamaco y algunos lo reconocieron. Se trataba de la Virgen, el nuevo pistolero. Se veía tan bello que de inmediato cayeron sometidos.

–Los enseñaré a matar gorriones con escuadra. Pajarillos volando.

Esa misma tarde Gabino Espejo preguntó quién era el recién llegado.

–Es la Virgen, nuestro nuevo líder.

Gabino no estuvo de acuerdo en obedecer a aquel marica y lo retó. Se liaron a golpes. La querella suscitó ardor porque eran los dos chamacos más grandes de la agrupación.

Gabino, más leñoso y alto, lo tiró bocabajo entre la hierba y se le montó encima. Las acojinadas nalgas. El bulto de los genitales en la región anal.

Toda la banda viendo.

La Virgen sintió la protuberancia de Gabino colocada en el trasero y olvidó todo encono. Sufrió fosforescencias. Varias introspecciones.

Los párvulos de la banda no eran tontos. Supieron que la Virgen había sentido el enorme garrote de Gabino. Se quedó calladito porque seguramente estuvo calculando los estragos que causaría si entraba.

Si entraba, ¿qué?

El miembro.

¿Cuál miembro?

El de Gabino. ¿Que no ves que nuestro nuevo jefe es nena, florecita, mariposa, niña? Fragancia de los llanos.

Y tenían razón. El chamaco era marica. Despedía, sin embargo, un inexplicable y raro magnetismo. Atracción de mujer.

Después del forcejeo, Gabino se puso de pie y sin haber contendido más, cedió el liderazgo. ¿Tuvo algún presagio? ¿Le agradó la suavidad de aquel cuerpo?

La banda no les quitaba la vista.

Gabino lucía extrañamente sometido y la Virgen se miraba tan femenino que todos creyeron estar mirando a una muchacha.

¡Qué voluptuoso es!

Aunque sea varón, tendremos fantasías con él.

Las horas nocturnas, galera de masturbaciones. A ver quién arroja el esperma más lejos.

Han pasado días y la Virgen es jefe irrefutable. Son las doce del día y todos los chamacos desnudos se bañan en una caída de agua. La Virgen no quiso ver la desnudez de los párvulos y se ocultó en una hondonada. Se tiró en un hierbal y se quedó dormido.

Gabino, con su gran fierro colgando, salió repentinamente del manantial. Se introdujo en el ramaje y empezó a orinar. Estaba muy cerca de la Virgen. Vio el cuerpo dormido. ¡Oh!, que nalgas tan bien hechas. Caminó y se montó en él. El garrote tocando las puertas del regocijo.

El chamaco sintió el peso del cuerpo de Gabino y se incorporó. Está de pie. Quiso mirar hacia otro lado, pero se extasió con el descomunal pene que tenía frente a él.

Leño magistral.

Jamás había visto un órgano viril en vivo y no lograba despegar los ojos.

—¿Por qué te subiste arriba de mí?

—Sólo estaba jugando. Y a propósito, ¿por qué no te bañas con nosotros? —preguntó Gabino con el miembro en la mano.

—¿A quién le preguntas?

Ojos azorados, voz temblorosa.

—A ti.

—¿A mí?

Los ojos femeninos atados al pene.

Gabino iba a regresar al agua, pero se dio cuenta de la curiosidad de la Virgen. No guardó el miembro y hasta lo exhibió presuntuoso.

La Virgen, ojos muy fijos. Pasó saliva.

Tal vez se debió al intenso efluvio de las hierbas o al femenino aspecto de la Virgen pero el miembro de Gabino, de por sí alborotado, engrosó más. Tan largo como un tronco.

La Virgen no lograba creer en el prodigio.

—¿Te gusta? —preguntó Gabino y esgrimió el inmenso trozo de carne.

Se acercó a la Virgen. El chamaco no se movió.

Si es que algo pasaba entre los dos, la hierba los cubría y nadie sería testigo.

—No te acerques —suplicó la Virgen y sacó la escuadra.

Apuntó a Gabino.

—Si te acercas más, te despedazo la cosa esa de un tiro.

Y aquí termina la confidencia de las Divas.

12

Buenos días, pretal de la mañana, larguero de la tarde, pilote del crepúsculo, travesaño del amanecer.

¿Cómo te pinta el día?

Reticencia. No hay respuestas.

Y si las hay, son de esas contestaciones que no se oyen. Imágenes acústicas. Sólo el planeo de introvertidos pájaros. Peñascos que emiten soliloquios con sus caras frías.

Tal vez las frases no agradaron. Habrá que pergeñar palabras nuevas. Voces convincentes.

A ver qué resultado dan éstas.

Buenos días, pilar de las quimeras, sostén de la utopía, refuerzo de la fábula, torre de la imaginación.

Mutismo. Sigue sin contestar. Las piedras más frías y más heladas. Al parecer no gusta de frases rimbombantes.

Es la Virgen. Se encuentra en la Cara del Caído y está sentado arriba de una piedra. La mirada en el suelo. Cerebro ocupado por ideas espaciosas.

Sigue teniendo el mismo aspecto de santa martirizada de cuando ultimó a Graciano Casasola, pero desde que Gabino le bajó el pantaloncito la feminidad se le ha acentuado. Hace el intento por ser varón completo y, sin embargo, rubores lo sorprenden. Usa la escuadra con pasmosa precisión, pero ha empezado a padecer la chocante tendencia de oler flores.

El haber mostrado sus partes lo afectó.

Lo más estrambótico del asunto es que quiere volverlas a mostrar. El tufo de las hiedras, perfume afrodisiaco. Desea en un alocado frenesí perder todo rastro de pudor y abrirse como berenjena. Las toscas manos de Gabino buscan la catedral de los ardores. El garrote husmeando.

Y después de haber sido ensamblado, pasear su amor por calles y banquetas.

Pero mejor no.

El muy gallina de Gabino me tuvo como quería tenerme y renegó de mí. No volveré a creer en él. Es un marica. Insecto mentiroso.

Febrero del 2006.

Han transcurrido ocho semanas de que la Virgen tiroteó a los chamacos de la banda y es mula encabritada. Embudo de arrogancia. Aparte de que Gabino abominó de él, los párvulos se burlaron de sus bellos recovecos y no es fácil abatir soberbias.

No logra generar perdón.

Sabe, empero, que Gabino es sabandija de pocas tarascadas. Nube de contados truenos. No aguantará la sobrecarga de las bolas y volverá padeciendo lustrosas calenturas.

En tanto viene, la Virgen volvió a la vida que llevaba antes. Se ha dedicado a deambular a solas. Va por senderos atrapando hastíos. Viene de la mano con fastidios. Corta un aburrimiento y lo deshoja.

En los ramajes, la Banda de los Corazones también deambulaba sin arribar a ningún lado. Pies que caminan sin amasar planes. Estómagos que sólo saben de vientos comprimidos. Párvulos caradura. Bocas que poco se abren y cuando se abren es para iniciar martirios más sombríos. Un abatido Gabino Espejo los capitanea.

El mundo, una gran entrada y una gran salida. Magna mansión sin puertas. La semana pasada tirotearon a un grupo de Niños de San Carlos y aunque causaron bajas no consiguieron nombradía.

Son ramplones. No tienen dotes para apilar renombre.

La Virgen había alcanzado la celebridad porque contaba con plataforma interna y ninguno de ellos la tenía. El caminar sin él abrió tamaña ausencia y su abandono oscureció a la agrupación. Fue por mucho tiempo depositario del asombro del pueblo, y Gabino no es lo suficientemente egregio para llenar ese vacío.

Sin la Virgen se convirtieron en recua de holgazanes.

Gabino creyó tener hondo presagio. Si las cosas siguen así, la banda se desmembrará y los párvulos terminarán por dejarlo para ir tras la Virgen. Luego de meditar toda una tarde, les prometió a los chamacos que lo traería de vuelta.

La banda, miradas oscuras, lo esperó al sur de Villagrán.

Gabino recorrió zacatales y ramajes donde el chamaco afeminado acostumbraba esconderse, pero sólo vio pájaros. Se asomó por aberturas y resquicios y contempló serpientes. De vez en cuando alguna rata.

Han pasado días.

Una tarde amarilla se dirigió hacia la carretera 85 esperanzado en hallarlo. Entró a los matorrales del área y llevado por premoniciones trepó a la Cara del Caído. Llegó a la cima.

La Virgen, nena de águilas.

Se mece en un columpio fabricado con hiedras. Chamaca del martirio. Vio venir al muchacho y se mojó los labios. Hilos de sol en el cabello y la escuadra en el pecho.

Gabino miró las curvas de la Virgen y no pudo evitar imaginárselas como las observó aquella mañana. Ovaladas como peras del alma. Al centro de ellas, ajustado anillo.

Aro de la bancarrota. Argolla de la abundancia.

Ya están juntos, las almas muy unidas. Los cuerpos a un suspiro de distancia.

Un guijarro, sin embargo, habla más. Incluso un tronco.

Y si los difuntos platicaran serían obviamente más cordiales.

—Los muchachos quieren que regreses.

La cara de la Virgen, fachada sin asombro. No contestó. Para qué contestar si las palabras que deseaba oír no salían de la boca de su amigo. ¿Amigo? Habría que analizar el tipo de amistad que se profesan éstos. Un amigo jamás pretendería embutir algo a través de los orificios de otro amigo.

Gabino haciéndose de palabras persuasivas para convencer. Ya las halló.

—Me pidieron que viniera por ti.

La arrogancia de la Virgen pareció aflojarse y abandonó el columpio. Camina y se menea. El olor a ramas.

Estoy tal vez alucinando, pero sus caderas se ven más redonditas. La cintura es breve pero el promontorio del asiento adquirió formato. Le sentó bien el episodio de amor que tuvo con Gabino.

Se volvió y habló de frente. Párvula decidida.

—Y tú, ¿quieres que regrese?

Gabino, glándulas enjutas, carraspeó.

—Yo... también —logró decir con sus ancas de perro—. Nos haces falta a todos.

La Virgen no estaba en realidad molesto. Y si lo estaba, estaba enfadado nada más del trasero. Nalgas muy indignadas. Pero las palabras de Gabino lo desinflamaron y ha recuperado la salud. Hasta se está riendo. El encono se volvió desenfado.

Las lenguas empezaron a erigir conversaciones. Acuerdos clandestinos.

El sol navegando en pedregales.

Ya vienen en camino y la ladera se vuelve más blanca y más altiva. Cruzaron la carretera 85 y entraron en un paraje de cardos. El sol bosteza sobre el risco.

Al oscurecer llegaron a donde la banda aguardaba. Plátanos en la mano. Muchos moscos y hedores de malolientes niños. La Virgen se veía contento y saludó. Acarició a los más pequeños.

No traía planes.

—Nuestro siguiente tiroteo tiene que ser contra los de La Dalia —argumentó—. Están incendiando muchos caseríos. Matan familias indefensas.

Los chamacos no le pusieron atención porque lo estaban escrutando de la cintura para abajo y cuando uno escruta a alguien de la cintura para abajo no enfoca la atención en argumentos frívolos. No lo habían vuelto a ver desde que mostró los íntimos contornos y había elucubraciones.

¡Oh!, sus nalgas. Libro recién abierto.

Apuntes escritos al fondo del crepúsculo.

Chorrito de agua que se precipita desde el risco del cielo.

Tenían un año de obedecer sus órdenes y no fue hasta que contemplaron en vivo el estupendo trasero que parecieron entender que algo importante se les había ocultado. Lo sacaron en conclusión por la fisonomía de abajo.

Acostumbraban bañarse en grupo y todos se conocían el culo. En la banda los había de todo tipo. Planos, descuadrados, romboides, velludos. El antifonario que mostró la Virgen pertenecía a otra clasificación.

Nalgas ovaladas color madera que iniciaban desde los costados y que más abajo se convertían en dos hermosos muslos. Ningún vello. No parecía un trasero tradicional de varón.

Tampoco podía tratarse de un trasero de hembra.

Si de algo se sintieron seguros en la banda fue de eso: la Virgen no llenaba los requisitos para ser considerado mujer. Aunque era suavecito y femenino le faltaban muchas cualidades de ésas que los varones atribuyen a las hembras. Aptitudes hogareñas, por ejemplo. Las mujeres que hasta entonces habían conocido eran lloronas, pasionales, contradictorias, amorosas.

Lágrima alquilada. Movimientos domésticos.

La Virgen, feminidad distinta. Y luego la rapidez y la frialdad para utilizar la escuadra. Una chamaca no podría lograrlo.

Hasta ese momento no contaban con evidencias de su sexualidad porque jamás lo habían visto ni orinar ni obrar. Tampoco se bañaba con ellos. Se sabía que se aseaba porque con frecuencia lo veían mojado.

Olor a ramas aromáticas.

Me imagino que acostumbra salir de noche a descubrir estanques. Halla plateados manantiales e introduce la mano en el agua pretendiendo apoderarse de la luna. Se deshace de la ropa y muestra su cuerpo andrógino. Se introduce en el venero.

¡Qué ser más extraño!

A partir de entonces los chamacos empezaron a variar la percepción que de la Virgen tenían y reinó el sentimiento que no eran dirigidos por un marica, sino por un ser asexuado. Muy voluptuoso. Había lubricidad grupal.

Dicen que no tiene órganos reproductores, pero vino a Tamaulipas para revolucionar las formas del deseo y cambiar el aspecto de coplas y relatos. Modifica por siempre la luz de las veredas. La tristeza, acordeón de banquetas.

Unigénito de matorrales.

A los pocos días, el erotismo de la Virgen explotó en la banda. Todos salpicados de voluptuosidad.

Las especulaciones continuaban.

Aunque es menudito como rama, debajo de su ropa moran dos nalgas tan combas como anillos. Recovecos de introvertidos líquidos. Ombligo y todas esas calladas aberturas que componen un organismo cóncavo.

Y si de piernas conversamos, él es dueño de dos. Muslos para ser registrados en reluciente muro. Chamorros tan macizos como embarcaciones. Pies que saben de fangos y de espinas.

En medio de las piernas, una fuente de luna y dos guitarras.

Naipes para rifar la suerte.

Y si tiene todo eso, tendrá también lo otro: ese ruidito de pétalo cayendo que despiden los talles curvos cuando se quedan quietos. Ojos tan fijos como argollas. Labios que parecen indagar el origen del mundo. Caricias que llegan y trepan por tu espalda. Boca que no se cansa de indagar por ti. Manos que pregonan tu nombre. En medio de las nalgas, una entrante hacia la explanada del delirio.

Dos sonrisas y todos agradecidos.

Enseñas tu culo meneador y toda la banda se somete.

Si no existiera Gabino Espejo, gozaríamos de un ramaje más campante. Podríamos mirar a la Virgen todo el día. Besarlo en el ensueño. Gratificarnos con la mano durante semanas.

Pero ahí está Gabino. Ojos que miran pensamientos.

Desde que la Virgen enseñó el trasero, anda zurumbático y hasta la cara se le volvió terrosa. Sus nalgas de perro se tornaron más acartonadas. Se le salen los pedos como a los enamorados. Se caga en el pantalón de puro amor. Se va de lado pero el peso de la verga lo equilibra. Cuando va a la letrina permanece sin obrar todo el día. Las bolas campaneando.

Es miércoles por la noche y la banda se divierte junto a la fogata. Mucha risa. Luces de reconciliación. Cualquier malentendido fue zanjado y no se observan hebras de rencor. Han vuelto a ser la Banda de los Corazones.

–Hacen falta tiros –avisó Gabino al día siguiente.

Todos sabían que no había tiros y no se requería que Gabino lo informara. Pero habló como diciendo, mírenme, aquí estoy. Yo también existo. No soy invisible. Pueden observarme. Dirijan la mirada hacia acá. Dejen de fantasear con el marica ése. Tiene nalgas de tísico. Se las miré de cerca y hasta parecen tablas, no se las recomiendo.

Nadie lo miró. Asno transparente.

Desde que la Virgen hizo su ano de dominio público ya nadie le hace caso. Y menos lo van a obedecer ahora que hace frío. El viento helado inhibe la obediencia. Es más fácil subordinarse en tiempo de calor. Las órdenes llegan al oído como más suavecitas.

Es abril.

La banda se dirigió al sur y aunque caminaba muy lejos del mundo andaba al mismo tiempo demasiado cerca. Se encuentran en la tumba de Crispín Balderas. Monumento al Trópico de Cáncer. Terreno de pandillas.

Zona dominada por el grupo criminal de Victoria.

Había que permanecer alertas porque luego del nombramiento del Divino y de recibir instrucciones, los grupos criminales empezaban a volver a sus territorios. Algunos ya están en sus chiqueros torturando civiles y abusando de las secuestradas.

En cualquier momento la Banda de los Corazones se toparía con ellos. Pero no llevaban tiros y podrían sufrir un descalabro.

–En la Enfermería de Dios Niño hay municiones. También armas –declaró la Virgen.

–¿Cómo sabes?

–Me lo dijo el Agorero.

Gabino ya no preguntó más. Lo había dicho la Virgen y era trasero que no desatinaba. Orificio que decía verdades. Agujero para guardar todas las satisfacciones que la vida quiera patrocinarme. Tiene ancas de venado, pero como son las únicas que hay por estos rumbos lucen muy bonitas.

–Mañana iremos a la Enfermería de Dios Niño –ordenó la Virgen.

Sí, Virgen, claro que iremos. Tienes todos los atributos que poseen las putas y eso te engrandece. Serás por siempre nuestra capitana. Tan sensual que nadie va a contradecirte nunca. Todos dispuestos a morir por ti. Nos gusta que nos hables con tu boca de chamaco bello, que nos gobiernes con las curvas que vimos en el risco.

Es el día siguiente.

La Banda de los Corazones se había internado en los chaparrales buscando el noroeste. Fieros espinos, tormento de pandillas. Desaparecieron dos días en el follaje hasta que reaparecieron más allá del mundo. Matorrales donde Dios no existe.

Llegaron a la enfermería. Blanca cúpula, opacos paredones. Caserón camuflado entre abandonados bastimentos para no despertar el rescoldo del hampa. Cripta de los enfermos ubicada al extremo noroeste del ramaje.

A pesar de la primavera, había aún mucha hojarasca. Estero de hojas muertas.

El Agorero, ojos de rata mortificada, se asomó por una tronera y vio que la Banda de los Corazones merodeaba. Pidió un minuto. Salió a recibirlos con sus sucios huaraches y luego de estudiar el entorno les abrió una escotilla. Y les dijo pasen y les dijo entren y les dijo caminen. Y no les dijo más porque los tiene sentados en desvencijada mesa.

Fetidez a encierro.

Les sirvió monumentales platos de lentejas. En tanto comían, se dirigió a la Virgen.

—Te andan buscando cuatro hombres de a caballo.

La Virgen lo miró. Siguió comiendo.

—Mucha gente me busca.

—Éstos no son ni militares, ni policías, ni gente del crimen. Son matones independientes.

—¿Cómo lo sabes?

—Los vi en Argüelles. Estaban preguntando por ti en un camino. Ofrecían dinero.

Luego de la comida, el religioso les mostró armas. Muchas escuadras. Revólveres y rifles. Un cajón grande de tiros y hasta un cañón mediano. Pertrechos que los pobladores de la fronda enviaban para todos aquellos que quisieran tirarle a los sicarios.

Gabino y la Virgen lo miran con gratitud y asombro.

—Ten —le dijo el Agorero a Gabino luego de haberles entregado municiones y armamento—, es una carta de Periodismo Libre. La recogí en el correo de Garza Valdés y viene dirigida a ti.

Los chamacos se arremolinaron.

Las estampillas, de ultramar. Una torre Eiffel en miniatura y un matasellos internacional.

Aparte de algunas postales de París, adentro del sobre venía una carta donde reporteros de Periodismo Libre informaban que la solicitud de asilo para los sobrevivientes de la matanza de Cadalso, conocidos ahora como la Banda de los Corazones, había sido entregada al gobierno de Francia. En tanto llegaba la respuesta, se estaban haciendo trámites con la embajada de México en París para que llegado el momento del traslado, ver si podía otorgar apoyo financiero y la banda pudiera salir de Tamaulipas. Hacerse de otra nacionalidad.

Huir de México.

La agrupación supo la buena nueva y a la par que los chamacos se alegraron, se vieron invadidos también por melancólicas ondas de tristeza. Les vendría muy bien un cambio de civilización aunque aquello implicara tener que separarse.

Se embarcan en un navío muy grande.

Llegan a nublados litorales y caminan por ciudades augustas. Acrópolis y coliseos. Dulces rameras de pasados siglos masturban en esquinas a lúgubres paseantes. Parejas refocilándose en tristes azoteas. Liras lejanas.

¿Qué será de nuestra amistad cuando dejemos los ramajes? Llevaremos la peste de las hiedras por siempre en nuestras almas. Bagaje de vida y muerte. Nadie contestó. Ojos que van y vienen.

Colocaron los tiros en cartucheras y las escuadras ya están en sus mugrosas fundas. El Agorero los bendijo con gran bolsa de dulces. Habían salido de la enfermería cuando el controvertido destino de la Virgen arrojó su ancla de oro.

—Sombra —dijo una voz.

La Virgen, movimiento instintivo, volvió la cara y vio.

Presencia tan blanca como la de Dios, tocado rojo como los crepúsculos, ojos muy azules, zapatillas inmaculadas. Cruz Roja en el pecho.

Su blancura era tanta que parecía tener incandescencia propia.

Se trataba de Mila Stravinski, enfermera de la Cruz Roja asignada al asilo. Polaca de cuarenta años. Veinte de ellos destinados a rescatar niños hambrientos y enfermos de los ramajes de Tamaulipas. Redentora de almas y de cuerpos.

La Virgen, tan deslumbrado como cervato. Los ojos azules, estancados en los ojos negros.

La banda se detuvo. Gabino, origen de sospechas.

—A ustedes no les hablé —aclaró la misionera—. Sigan su camino.

Los párvulos, rebaño de obediencia, apuntaron los pies hacia las frondas. Tomaron la vereda y se internaron en ramajes.

—Tú eres Sombra Caminos —afirmó Mila Stravinski, ya que los chamacos se encontraban lejos—, y estás por cumplir dieciséis años.

La Virgen no procesó palabras y la enfermera retuvo las ideas. Modificó las formas. El chamaco muy serio.

—Fui amiga de Adelaida Caminos.

Momentos de vacilación. Lapso de titubeos. La actitud de la misionera despertaba confianza.

—Adelaida Caminos fue mi madre.

—Entonces eres Sombra.

—Así me llamo.

La enfermera lo miró profundo. Imágenes antiguas que desfilan. Sinfonía de borrachos. Lo analizaba como si lo conociera de mucho tiempo atrás. ¿Lo conocía?

—Hace tiempo te espero.

—¿Para qué?

—Para hablar de ti y hacer recuerdos de Adelaida.

Los ojos de Sombra, dilatados espejos.

Hacía varios años que nadie lo llamaba por su nombre verdadero. Revisó a la misionera. Su maternal estampa le destapó la honda carencia de amor que cargaba en la sangre desde que brotó de vientre de mujer. Dolores que la vida almacena. Lunas que vinieron a besar tu espíritu y no hallaron la senda de regreso. Sintió la imperiosa necesidad de abrazarla.

La enfermera percibió los recién emergidos sentimientos.

—Ven a mis brazos —dijo.

Sombra metió su asexuado cuerpo entre los brazos de Mila y sintió el lóbrego afecto de los misioneros. Oscura estimación que irradian los pescadores de almas. No pudo evitar trozos de lágrimas. Ruidos de niños en la enfermería.

Rompieron el abrazo.

—¡Qué bueno que viniste, Sombra! —dijo la enfermera con una rara familiaridad—, tengo muchos años aguardando por ti.

El chamaco la seguía mirando. También la encontraba familiar, pero no sabía explicarlo. La banda se había internado en ramajes y podían platicar sin objeciones.

—Sé que te buscan las pandillas. Muchas Acordadas.

—Así es.

Sombra impresionado. Sus ojos no son los de él. Jamás le habían hablado con tanta simetría y es párvulo aturdido. Gabino, único afecto que logró plasmar, sólo buscaba hender. Introducir a fondo. Contentar apetitos.

La misionera lo miró con pulcritud. Algo importante toma forma en la boca de la mujer.

Imperceptible ruido del transcurso del tiempo.

—No es necesario ya que escondas tu secreto, Sombra —le dijo—. Muéstrate al mundo tal como eres.

La recomendación sorprendió a Sombra. Un poco sonrojado. ¿A qué otro secreto podía referirse la enfermera si no al de su condición sexual?

La Virgen, ánimo aturdido.

—Me acostumbré a vivir así.

La mujer observó el rubor y no insistió

El chamaco no hallaba qué decir. Había algunas frases sueltas, pero ninguna reunía características para agarrar resonancia. Permaneció callado mucho rato. Arremetidas del aire que no lograba acomodarse bien. Consejos de los pájaros.

La mirada de la misionera indicaba que estaba entretejido un secreto importante. Navío que atravesó los años. Enigma pactado sobre lápidas.

—No es bueno que andes vagando por pueblos y ramajes.

Sombra recibió las palabras y recordó a Eduviges. Astro que reverbera cuando la luz declina. Niña que recibió la bendición de la muerte antes de colocar los pies en piedras de martirio.

Se oyó un ruido y Mila y Sombra dejaron de charlar. Gabino había regresado de las ramas y aguardaba bajo un árbol. Semblante tan seco como un tronco. Más faceto que un húngaro.

Mila observó el deseo en los ojos del chamaco.

—Regresaré pronto —dijo Sombra—. Seguiremos platicando.

—¿Cuándo volverás?

—Un viernes de éstos.

—Te estaré esperando para hablar de Adelaida. Cosas que desconoces.

Se despidieron con un abrazo cálido.

Luego que la Virgen dejó la enfermería, Gabino, argumentando que hablaba por seguridad de la banda, quiso obligarlo a revelar secretos.

Celos más bien.

–Te llamó Sombra.

–Me confundió con alguien.

–Pero atendiste el llamado.

–Toda la banda lo atendió.

Gabino, ojos suspicaces, aparentó creer los argumentos de la Virgen, pero no se tragó la explicación.

La Banda de los Corazones se introdujo en deshojados ramajes. Van rumbo a Burgos. Les habían enviado un recado informándoles que un grupo de sujetos encapuchados había incendiado un centro de rehabilitación y que causaron varios muertos. Querían emboscarlos.

La Virgen pensativo. Adelaida Caminos circunnavega la memoria.

Antes de llegar a Burgos guardaron municiones y armas en una gruta. Siguieron la marcha y antes de caer la noche entraron en los ramajes de Balbuena. Observaron huellas de vehículos. Envases de cerveza y botellas de whisky. Colillas de cigarros.

Oyeron carcajadas.

Se ocultaron en mogotes y descubrieron a un grupo de sicarios que se embriagaba junto a dos camionetas. Varios Niños de San Carlos entre ellos. Los vehículos contenían cajas.

Aconteció entonces el suceso que habría de enemistar a la Banda de los Corazones de nuevo con el hampa. Rodearon a los delincuentes con el mayor de los sigilos. Apuntaron escuadras.

El grupo de criminales ni siquiera alcanzó a defenderse. Sonaron muchas descargas y fueron abatidos de la misma forma que ellos asesinaban civiles: por la espalda. Todo sucedió en segundos. Doce muertos. Entre ellos, tres niños de nueve, diez y doce años.

La banda salió de los mogotes y se acercó a los cuerpos. Remató a los moribundos y cerró los párpados de los muertos. Robaron las armas y el parque. Abrieron las cajas que había en las camionetas.

No contenían estupefacientes como se imaginaron. Estaban llenas de fajos de billetes de mil pesos. Trescientos millones en total. Dineros que, luego saldría a relucir, iban a ser conducidos hacia el sur de México. Regalos de ésos que el hampa acostumbraba enviarles a ciertos personajes.

—¿Qué vamos a hacer con las cajas?

—Por lo pronto, esconderlas.

Cuentan las cantineras que la banda salió de los ramajes de Balbuena y se llevó aquella fortuna. Dinero que en los chaparrales no servía de nada. Dos años después, unos pastores que buscaban una cabra perdida habrían de hallar los trescientos millones en un ramaje umbrío.

Las cajas podridas por la humedad. Los billetes carcomidos por los insectos.

13

El Divino, capo sin prioridades. Tampoco alternativas. Ningún plan toma forma adentro de su deforme cráneo. Es rufián común. Malandrín sin ideas.

También es dueño de injustas flatulencias. Grasa para inundar barriles. Desagradable aliento.

Lo único bueno de él es que no arroja gargajos. Jamás lo hará. Sabe que los salivazos ahuyentan al turismo y procura no hacerlo.

Sólo lanza viscosidades.

Rojizos flemones que viajan en mazacotes de saliva. Bodrios que le brotan del interior del cuerpo y que arriban a la boca porque no hallaron las coordenadas del estiércol. Coágulos echados a perder.

No es hombre hipocondríaco.

La única preocupación que se le conoció fue despertar completo. Abrir los ojos y confirmar que nadie le había amputado los pies. Las manos no fueron cercenadas. El pene sigue ahí. ¡Oh!, qué alivio.

Apenas amanece y ya está en la letrina. Desde ahí ordenaba matanzas y hablaba por teléfono con políticos. También leía el periódico.

No lo leía.

No sabía leer.

Tenía que aparentar, sin embargo, que era matón civilizado. Lee en voz alta para que todos lo oigan. Tiene el periódico al revés.

Sujeto de evacuaciones largas, duraba varias horas excretando. Pedía el desayuno al escusado.

Se lo llevaban.

—¡Esta comida apesta! ¡Cámbienme de plato!

El Cartaginés le había heredado un sólido imperio delictivo y reinaba en paz. Ni gringos ni Dios se le oponían. Y menos se le iban a oponer cuando compartía con autoridades de México gran parte del botín.

—¡El plato que me trajeron también apesta! ¡Que no tienen algo que no huela tan mal!

Se vivían tiempos turbios y ya desde mayo del 2006, habían empezando a independizarse pandillas. Avisos de negros nubarrones. Truenos a lo lejos. Aparte de las turbas de asesinos inmigrantes que se guarecían en pencas y badenes, se sabía por lo menos de tres bandas formales que se encontraban actuando fuera del liderazgo del Divino.

—¿Y quiénes son esas bandas? —preguntó desde el retrete.

—La banda Muerte, de Valle Hermoso. La banda Cobra, de San Fernando. Y la Banda de los Corazones, del ramaje.

El Divino se quedó fascinado y hasta miró colores. Le gustó el último nombre. Salió de la letrina.

—Háblame de la Banda de los Corazones.

—Son sabandijas tontas. Mierdas de la vereda —contestó un sicario.

El Divino no entendió los calificativos y pidió que se ampliara la información.

—Sí —dijo el sicario—, son conejitos pedorros, ratones de ésos que comen suciedad y ni siquiera escupen. Habrá que desnucarlos.

—Tienen un nombre muy bonito —aclaró el Divino—, y además, no me han hecho nada.

El que lo aconsejaba era sobreviviente del tiroteo de Galnárez. Cojo de un pie. Le faltaba el ojo izquierdo.

—Sí le han hecho algo, jefe.

—¿Qué?

—Nada.

El Divino captó la frase y la retuvo. La masticó veinticuatro horas hasta que la entendió. Agarró un color de basca fermentada. Ojos muy amarillos.

—¡A mí nadie me hace eso! —gritó.

—Hace tres días atacaron a nuestra gente en los ramajes de Balbuena. Les robaron los trescientos millones de pesos en efectivo que estaban destinados a las Cámaras. Mataron a todos. Fue, además, la primera banda que se independizó. Muchas pandillas seguirán su ejemplo.

El Divino ya no quiso seguir oyendo porque un huracán de estiércol le soplaba en las oscuridades del colon. ¡Esos grupos independientes son crápulas y no merecen seguir teniendo piernas! ¡Ayer mandé matar a muchos y me duelen un poco las ideas! ¡Traigo apaleada la vena de la introspección! ¡Pero mataré a los cabecillas de esas bandas!

Abrió una gaveta y sacó su juguete favorito: el catálogo de asesinos a sueldo. Único solaz que el Divino tenía. Maquinita de sacrificar gente que tantas alegrías le daba.

Contaban las cantineras que para matar a los cabecillas de la banda Muerte, de Valle Hermoso, el capo envió a un asesino apodado el Perro. A los líderes de la banda Cobra, de San Fernando, les mandó a un ejecutor llamado el Diablo.

Y a la Banda de los Corazones, ¿a quién le enviaré?

Para descuartizar a esos mierditas no se requiere más que de uno.

Mandó traer al Mecánico.

Y lo mandó traer porque el Mecánico había sido desde siempre su asesino favorito. Criminal mimado. Le cobraba caro, pero sus crímenes eran teatrales. Acostumbraba contarles chistes a las víctimas antes de cercenarlas. Los ponía a resolver adivinanzas mientras les cortaba los dedos. Les hacía trucos de magia para alegrarles la agonía.

El Divino disfrutaba mucho de esos asesinatos porque lo hacían sentir como propietario de un gran circo. Rey de todas las putas.

El Mecánico contaba también con el honor de ser el asesino favorito de los todopoderosos y lo estaban preparando para llevarlo a la gubernatura. Era de nacionalidad estadounidense y aunque en México la Constitución no autoriza que un extranjero gobierne, en este caso no importaba. Los gringos siempre nos han gobernado.

Desertor del ejército de Estados Unidos y técnico de varias divisiones blindadas, el Mecánico fue un homicida célebre que a partir de los años dos mil se afilió a las pandillas más perversas del estado de Texas. Su especialidad: sacar adelante algunos trabajos de la mafia del sur de la Unión Americana.

Aunque desalmado para matar, llegó a ser muy meticuloso para ejercer su oficio y gustaba de ahondar moralmente en sus crímenes. Tener un acercamiento emocional con las víctimas. Conocerlas bien y desarrollarles afecto.

El Divino sentía veneración por él porque alguien le contó que nunca se bañaba. El chaleco antibalas se le había atorado y no lograba quitárselo. Tenía prohibido entrar en la regadera porque si el chaleco encogía, podría estrangularlo.

Sucio pero simpático. Muy dicharachero. Brillantina escandalosa. Chicle.

El pago sería un millón de dólares americanos por matar a los dos cabecillas principales de la Banda de los Corazones. Con esos dos crímenes quedaría aniquilada la agrupación.

Se le mostraron fotos.

—Los conozco bien —dijo el Mecánico apenas los miró—, todos los niños de Texas quieren ser como ellos.

—¿Qué necesitas para proceder?

—Un auto con chofer.

—¿Qué más?

—Dos cajas de whisky.

—¿Qué más?

—Cuatro prostitutas de veinte años.

—¿Qué más?

—Quinientos mil dólares por adelantado.

—¿Qué más?

–Tenerles aprecio.

El Divino abrió desparramados ojos.

Esa forma de ser del Mecánico era lo que lo subyugaba. ¡Qué bello ha de ser asesinar a personas muy queridas! Asfixiar a toda la familia. Empalar a los abuelos. Colgar a parientes y sobrinos. Lástima que yo no tenga a nadie más que a África Bretones. A ver si la próxima semana la estrangulo.

–Tendrás que acribillarlos sin quererlos.

El asesino hizo una mueca de disgusto. Es muy incómodo balacear personas a las que no se aman. Matarlos sin quererlos costará más caro. Otro millón tal vez. El Divino aceptó.

Cuentan las cantineras que el Mecánico se allegó a las proximidades de su muerte rodeado de imponentes lujos. Magnas comodidades. Auto nuevo. Vinos y embutidos. Quinientos mil dólares en el bolsillo. Papel perfumado para limpiarse la rebaba de las evacuaciones. Las cuatro prostitutas lamiéndole tramos y comisuras.

Llegaron a Garza Valdés un día brillante. Se pasearon por el pueblo y saludaron personas. Se bajaron en la sindicatura y el Mecánico envió a las muchachas a convencer gente.

Las nenas menean el nalgatorio en rechinantes camas y recaban datos. Les piden otro coito y les dan más informes.

Como son muy afectuosas siguen fornicando nada más por gusto.

Ya vienen de regreso balanceando las cuadradas ancas. Traen referencias útiles. El Mecánico sonrió porque ya sabe dónde hallar a sus futuras víctimas. No tenía prisa por ultimar a los cabecillas de la banda y vagó varios días por los alrededores. Se bañan en un río.

Una tarde se dirigieron a la Cara del Caído.

El Mecánico dejó el auto y a las cuatro suripantas a unos metros del inmenso peñasco.

–Ahorita vengo –dijo–, voy a matar a unos.

Según relatos que rondan los ramajes, Gabino Espejo y la Virgen acababan de llegar al risco. Venían del asalto de Balbuena. Llevaban latas y medicinas. Ropa y cobijas. Jabón y pasta dental. Mucho parque.

Están ocultando todo en rajaduras.

Gabino creyó escuchar pasos.

Los chamacos de la banda se habían ido a los pueblos buscando diversión y los dos cabecillas se encontraban solos. La Virgen, boquita muy húmeda, se desfajó la escuadra y la colocó sobre una piedra. Le contaba a Gabino que el siguiente viernes iría a la enfermería.

Gabino no le ponía atención. Estaba sentado en una laja y escuchaba ruidos inaudibles.

Sus sentidos de animal percibiendo sucesos.

Hubo un instante en que le ordenó a la Virgen que guardara silencio, se tirara al suelo y lo mirara a los ojos.

Sentado como estaba, Gabino se metió una bala en la boca. Se persignó con la escuadra y luego la apuntó hacia atrás, por encima del hombro. Las cartucheras fajadas. Los ojos alertas, el oído atento.

La Virgen, tumbado bocabajo.

–Voy a tirar hacia atrás porque ya es tarde para colocarme de frente –aclaró Gabino en secreto–. Si intento voltearme, me acribillarán.

Era uno de esos días en que todo está húmedo. El risco es tempranero y oscurecía a media tarde. Un tendido de bruma fondeando en el peñasco. Vibraciones no había y los movimientos se tornaban opacos.

La cima, catafalco sin ruidos. La hierba crujía con su lamentito de rama.

En los riscos, sin embargo, no hay sonido. El único bullicio que producen las alturas es un silencio sonoro y lo que Gabino oía eran cadencias venidas del páramo.

Pisadas humanas.

Ambos se dieron cuenta de que alguien estaba acercándose porque el aire se impregnó de un vago olor a brillantina. Los chamacos de la banda no usaban perfumes y no podían ser ellos. Dedujeron que si alguien se acercaba sólo podía venir a acribillarlos. Los pasos seguían merodeando.

La silueta de un hombre con quinientos mil dólares en el bolsillo se dibujó en la niebla. Era el Mecánico, y aparte de los fáciles crímenes que estaba por llevar a cabo, quería que el Divino lo nombrara su brazo ejecutor.

Los asesinos a sueldo tenemos destinos fascinantes y pienso volverme acaudalado. También seré gobernador. En el negocio del hampa uno puede llegar inclusive a presidente. Fue entonces cuando vio a Gabino. Estaba de espaldas. ¡Qué chamaco pendejo! La Virgen tirado de panza.

Si éstos son los criminales que vine a matar, me cago sobre mi propia mierda. Son tan pendejos que hasta han de vomitar hacia adentro. No valen el dinero que ofrecen por ellos. Con lo que me agrada matar gente de espalda. A Gabino le atravesaré un pulmón y luego le daré el tiro de gracia. Al afeminado le haré el amor antes de ejecutarlo.

—No te muevas —le dijo Gabino a la Virgen—, usaré tus ojos como espejos.

El Mecánico pensaba llevarse los cuerpos de los dos cabecillas para entregarlos y gracias a eso no sólo engrosaría las filas de los triunfadores, sino que sería condecorado. Hijos, nietos y bisnietos podrían seguir su ejemplo.

Serían sicarios, la más próspera de las carreras.

Estos dos chamacos valen ríos de dólares y con eso viviré como duque, pensaba el Mecánico. Y aquí le traigo los cuerpos, señor capo, le diría al Divino al realizar la transacción. Jamás revelaría que mató a Gabino por la espalda. Al contrario, nos tiroteamos de frente. Nos dimos de balazos. Pero Gabino es cariacontecido, se puso pesimista y no logró herirme. A la Virgen lo preñé y luego le di un tiro. Si los muertos paren, quiero que sea el padrino de mi próximo hijo.

Batallé mucho para ejecutarlos y espero que me lo tome en cuenta. Debía evaluar también los riesgos porque son chamacos violentos.

Ni tan chamacos porque ya están grandes. Marrulleros cabrones.

Lo más dificultoso fue trasladar los cuerpos, le diría al capo. El auto manchado de sangre. El hedor a difunto. Aparte de los dos millones de dólares que me va a dar por haberlos traído, ¿no hay algo más de albricias?

Así es, Mecánico, le contestaría el Divino, sólo permíteme verificar que sean los criminales buscados.

El gángster revisaría los agusanados restos y sí: es la Virgen, amenaza social, riesgo para la patria, lo reconozco por sus caderas redonditas. El otro es Gabino Espejo, matón secundario. Criminales como éstos no debían de andar sueltos. Menos en esos llanos.

Aquí tienes el resto del dinero, Mecánico. Y de albricias te vamos a dar este diploma, está firmado por treinta y seis abogados.

El Mecánico, que no sospechaba lo peligroso que es balacearse con un cazador de gorriones, no alcanzó a tomar ni el dinero ni el diploma porque la abstracción se le volvió desvarío.

El chaleco antibalas para nada sirvió. Sonaron seis descargas y seis proyectiles le horadaron el cráneo. Todos los tiros pegaron en la frente. Gabino lo acribilló como a un becerro.

¡Oh!, ese pendejo disparó hacia atrás.

Nadie tira así y de esa forma no se vale. Para que un crimen sea legítimo tiene que realizarse de frente. Maldito Dios, debías de ponerle reglas a todo esto.

Se siente ligero ligero y era para estar agradecido. Pero la agonía lo puso de mal humor y comenzó a refunfuñar. No se quejaba de los boquetes que le causaron los tiros, sino porque no iba a poder regresar a Houston a presumir el diploma. Jamás había tenido uno y hasta novia hubiera conseguido.

Vociferó algo mientras caía, pero no se entendió lo que dijo. Tal vez insultaba a Gabino o requería un favor. Quizá se sintió infeliz por no haber gastado la fortuna que traía en el bolsillo. Se acordó de las boquitas pintadas de las cuatro pirujas alegrándole el vientre.

Nunca se sabrán cuáles fueron sus últimas palabras porque los cadáveres ya no discuten. Perdió la retórica y quedó panza para arriba. Los brazos en cruz.

Gabino se puso de pie y caminó hacia el muerto. Lo revisó. El Mecánico tenía una mueca de alegre aflicción colocada en la cara. Su última sonrisa. La lengua manchada de pólvora.

Retiró una minúscula escuadra de las rígidas manos. Le quitó también cuatro cargadores y más de cincuenta cartuchos. Cuatro dagas. Observó los fajos de billetes. No conocía los dólares y pensó que eran boletos para entrar al circo. Empujó el cuerpo hasta el borde del abra y lo arrojó hacia abajo. El aire remolcaba nubes de dinero.

El difunto se fue rebotando entre piedras y las jaurías corrieron tras él. Las parvadas se dirigieron al fondo del abismo.

Auras volaban con tripas en el pico. Podía escucharse la gresca de los pájaros contra los coyotes peleando por los restos.

La Virgen, ojos tan abiertos como una vidriera.

—¡Qué bien tiras!

—Aprendí de ti.

—¿Por qué te metiste una bala en la boca?

—Descubrí que es de buena suerte.

—¿Por qué te persignaste con la escuadra?

—Es de buena suerte también.

La Virgen observó a Gabino con una intensidad muy parecida a los preliminares del fornicio. Es probable que haya querido besarlo. Montarse en la tranca y cabalgar muy lejos. Pero no. El muy ladino rengó de mí. Primero se burló de mis nalgas y luego me besó a la fuerza. ¿Me besó? Pero si nunca me ha besado. Por lo menos a la fuerza no. De todos modos jamás habré de perdonarlo.

Pasaron varios días.

En la frontera, la cólera de los capos volvió a estallar. Trozos de lo que fue el Mecánico estaban adentro de una caja. Lo reconocieron por el chaleco antibalas que ni muerto se lo pudieron arrancar. Pedazos de dólares manchados de suciedad.

El Divino salió de la letrina. Buscaba papel sanitario cuando miró los restos.

Los observó mucho rato.

Si los todopoderosos se enteraban de aquel fallecimiento, lo descuartizarían. Los dientes empezaron a traquetear.

Quijadas rígidas, paladar enconchado.

–¡El me, ca, ca! –explicó–. ¡El, ca, ca, nico!

Todos voltearon a mirarlo. Mucho asombro.

El Divino era tartamudo esquizoide y hasta ese momento se estaban dando cuenta. Había arribado al trono del hampa llevando aquel defecto. En los momentos de tirantez emocional la lengua y el pensamiento se le desfasaban. Cuerpo y cerebro operaban de forma independiente.

–¡El que, que, que, que…! –les advirtió a todos–. ¡Lo, lo, lo, lo, lo, lo!

Estaba avisando algo muy importante, pero nadie le concedió importancia. Seguían revisando los restos del Mecánico con la esperanza de hallar un dólar completo. Cuando sospecharon que el capo no tenía bien ensamblada la lengua al cerebro, lo sentaron en una coladera. Realizaron preguntas que el Divino no supo contestar.

Mandaron traer un médico.

El doctor se hizo presente y auscultó al bandido. Le recetó unas cucharadas para el tartamudeo. Minutos después, el Divino logró transmitir el importante mensaje que guardaba.

–¡El que divulgue la muerte del Mecánico –gritó–, lo despellejo!

14

La muerte del Mecánico, incidente de punzantes cólicos. Festival de vómitos. En Reynosa, berrinche de sicarios.

Hay criminales con diarrea y se observan cuerpos convulsionándose en retretes. Precipitadas órdenes. Varios civiles ahorcados como represalia.

En el ramaje fue evento que atrajo carroñeros. Depredadores humanos. Por la calle principal de Garza Valdés se observan hienas con sombrero. Mulas de cigarro. Policías rurales y ancha caballería. Amanecer de escándalo.

Más uniformados que asnos.

Las milicias entraron desde muy temprano incomodando señoras y asustando niños. Ancianos que reniegan adentro de las casas. Llanto de recién nacidos.

Nadie antepuso nada porque aparte de que la gente es timorata, la mañana había amanecido harto sedosa. Sol tan amigable que se antojaba saludarlo con la mano. No había borrachos con el pene de fuera ni perros fornicando en las puertas.

Contadas mierdas por la calle.

Había un asno atado junto a la sindicatura, pero nadie se fijaba en él porque entre los animales de la creación, es el de menos abolengo.

El capitán Sóstenes, oficial de ambiciones, se hallaba al mando, y según reseñas de las cantineras venía obedeciendo órdenes del Divino. Entró preguntando por la Virgen y aseguró ante un ramillete de muchachas que más valía que el jotito se entregara porque si no, iba a destazarlo. Antes de arrancarle los dientes con pinzas, lo obligaría a entregar completo el botín de Balbuena.

Lo forzaría también a que hiciera público que durante varios años fue el Niño Asesino del Cajón de Mansalva. Le mató a más de veintiséis elementos.

Nadie lo contradijo.

El capitán deseaba ser alcalde de Victoria y habló de esa forma porque no tenía currículum. Llevaba dos años en el crimen organizado y había conseguido pocos logros.

Más bien ninguno.

Hilera de fracasos. Un desastre tras otro.

El excremento, lo único que le salía bien.

Aunque había matado a muchos, eran decesos módicos. Difuntos de ésos que en lugar de dar popularidad hunden en el desprestigio. Pero el Divino le había solicitado la muerte de la Virgen y una defunción de ese nivel lo pondría por encima de todos los políticos.

Le lloverían nombramientos.

El mismo gobernador lo seguiría a todas partes con la ambición de comerse sus escupitajos. Intentando convertirlo en su amigo lo colmaría de putas. Le arrebatará la virginidad a todo Tamaulipas. Miles de traseros formados.

El capitán Sóstenes, empero, tuvo que beberse vasto trago de frustración porque cuando despertó, sólo los perros lo miraban.

En lugar de muchachas había mierdas.

Preguntó por la Virgen en todas direcciones y ni siquiera los jumentos rebuznaron. La alcaldía de Victoria se le empezaba a desmoronar y él arriba del caballo produciendo gases.

Sólida degradación.

Según las cantineras, la Banda de los Corazones había sido advertida a tiempo de que la policía montada iba a ocupar los pueblos aledaños a la Cara del Caído y se había trasladado con urgencia hasta los ramajes de Cadalso.

Más de cien kilómetros de espinos. Ni el diablo podría entrar. Y si entraba, saldría sin cornamenta.

El capitán Sóstenes, sediento de reputación, siguió preguntando por la Virgen en el vacío de la mañana. Pelafustán sin prestigio.

Hundido en el oprobio, les ordenó a sus hombres que bajaran de los caballos. No hubo ventajas en el movimiento y les pidió que volvieran a subir. Poco después volvió a bajarlos.

En minutos estarán de nuevo arriba.

En tanto el capitán Sóstenes se pudría bajo el sol matinal, los chamacos pistoleros dormían bajo los eucaliptos muy lejos de ahí. Cadalso es lugar fresco y descansaban. Comían ciruelas.

Cayetano Urías platica de su hermana Modesta y todos escuchando.

A media mañana, fastidiados por la tranquilidad, dispusieron trasladarse al río Florido para tomar un baño.

No invitaron a la Virgen porque como era la nena de la banda no gustaba de exhibir sus contornos. Sólo se los mostró a Gabino.

De todos modos lo invitaron.

–Vamos a bañarnos al río Florido. ¿No vas?

–Vayan ustedes –dijo, con su olorcito de mujer.

Todos aceptaron la resolución y nadie fabricó discordias. No se discutió más. La banda se dirigió al río Florido caminando por sendas de reptiles.

Remontan zacatales altos y las cabezas desaparecen en la hierba. Cayetano adelante y enseguida Abundio. Escuadras bien cargadas, ringleras a reventar.

Poco después de haber salido, Gabino trajo a la memoria la sedosa intimidad de la Virgen. Se vio arrebatado por una punzada en los cauces del afecto. Súplica glandular.

–Sigan ustedes –dijo–, los alcanzo en el río.

A pesar que había avanzado largo tramo, Gabino regresó hasta Cadalso. Los genitales maquinando. Cuando llegó a las ruinas del campo de concentración descubrió que la Virgen acababa de llegar también. Venía de tomar su acostumbrado baño. Ambos se sorprendieron.

El dulce nene portaba camiseta mojada y los montículos del pecho, tan claros como un cerro. Los arcanos pezones. Muchacha recién salida del agua. Abajo del ombligo, un valle que invitaba a caminar despacio.

—Pensé que te habías ido —dijo la Virgen y se cubrió el pecho.

Caminó hacia el ruinoso gallinero.

Me fui, pero regresé, intentó decir Gabino. Le pareció, sin embargo, que la frase era tonta. Escarbó en su repertorio de expresiones. No halló palabras para resolver el momento.

—Me fui, pero regresé —tuvo que decir.

Sintió que el mensaje quedaba trunco y añadió una conclusión.

—Volví para preguntarte algo, Sombra.

La Virgen se volvió. Ojos boquiabiertos. El menudito talle.

—¿Por qué me llamas Sombra?

—¿Conoces la leyenda?

Más titubeos que trinos. Rubor ligero. Cautela de un follaje donde quedó atrapado el inmortal destello de tus ojos.

—No...

—Se cuenta de un niño llamado Sombra que hace muchos años se perdió en los bosques. Su madre lo ocultó del mundo porque nació sin órganos sexuales. Excéntrica quimera. Tan bello y sensual que todos los hombres deseaban poseerlo.

La Virgen, ardiente golondrina. Cajón de ocultos besos.

—¿Y qué fue de él?

—Dicen que antes de perderse en los bosques, Sombra arrojó a otro chamaco a un abismo. Él y su madre se vieron en la necesidad de huir. La mujer murió en el camino. De Sombra no se supo más y fue dado por muerto. Pero aseguran que sobrevivió.

Los dos muchachos muy callados. La boca de la Virgen, febril despeñadero. La mirada de Gabino escruta a fondo.

Preguntó lo inevitable.

—¿Eres Sombra?

La Virgen, un ósculo guardado en la boca, la mirada evasiva. Caliente de las regiones de la simpatía. Entró en un predio de contradicciones, pero halló la forma de surcarlo.

—¿Dices que no tenía órganos sexuales?

—Eso cuentan.

—Entonces no soy yo.

La respuesta de todos modos perturbó a Gabino. ¿Qué le estaba intentando decir aquel marica?

—No regresaste del río sólo por eso —afirmó la Virgen con cierta travesura.

Guardaba la esperanza que Gabino ensayara tocamientos para rechazarlo. Vengarse de la perrería que le hizo en el risco. Me gusta mucho, pero si quiere tenerme tendrá que arrodillarse.

Gabino hubiera dado un trozo de vida por tocarlo. Había regresado a Cadalso atraído justamente por la posibilidad que se suscitaran manoseos. Pero el asunto del pantaloncito aún estaba fresco. Empezó a trastabillar.

A menos que la Virgen se insinuara.

—Me regresé por los disparos hacia atrás —dijo—. Crees que me salen bien.

Palabras con un alto grado de improvisación. Bisoñas frases. La Virgen se dio cuenta. Sonrió.

—¿Por qué no me dices lo que me quieres decir?

Gabino, testículos enardecidos, vio que la Virgen se había dado cuenta de la gran cantidad de líquido procreador que almacenaba abajo.

Le dio un tajo a la conversación.

—Ya me voy.

—¿A dónde?

—Al río Florido. Me bañaré con los muchachos.

Aunque la Virgen deseaba ser acariciado y hasta sintió que el pantaloncito le estorbaba, no se insinuó. Le dio gusto que Gabino se marchara sin lograr sus acalorados propósitos.

Ojalá se le revienten las pelotas.

Es un indeseable. ¿Pensará acaso que puede tenerme cuando quiera?

—Si quieres algo conmigo tendrás que arrodillarte —dijo.

¿Por qué lo dijo?

Lo dijo porque sabía lo voluptuoso que era. Estaba al tanto de los deseos que despertaba en los demás varones. Cuerpo para satisfacer antojos. Le estaba aplicando un escarmiento.

Gabino, ojos inexpresivos.

La Virgen hizo el intento por caminar hacia el viejo gallinero, pero lo frenaron. Una mano lo jaló con energía. Lo atrajeron y lo ciñeron fuerte. Otra boca penetró en la suya.

Lo están besando.

Ocurrió tan rápido que no hubo ni tiempo de tomar providencias. La Virgen, nena defendiéndose.

Boca muy veloz la que lo besa.

Es boca de rapaz, boca de bandolero. Boca que no hablaba de ilustres antesalas, pero que mucho decía de marcadas carencias y profusos llantos. Labios desesperados que intentan saciar sedes antiguas. Alma tapando cicatrices.

Hubo un momento en que se dio cuenta que sería inútil oponerse al beso. Gabino era mucho más fuerte que él y la caricia estaba ya avanzada. Permitiré que este rústico se sacie. Espero que sea rápido. Cuando acabe de besarme le diré sus verdades. ¡Qué se está creyendo!

El beso no estaba programado para alargarse, pero se prolongó.

Ya ves, loquilla boba, para qué tantas habladas si a la mera hora te quedas turulata. Eres una sobona. Melosa desahuciada. Ya no serás la Virgen.

Ahora eres la besitos, la tonta pendejona, la nalgas amigables, la alíviame el conducto, la sóbame abajito, la dulce naranjita, la quítame las ganas.

Gabino despegó la boca.

—Con permiso —dijo, y con la actitud de quien acaba de robar un chunche sin valor, se internó en la tarde. Iba silbando.

La Virgen lo miraba con alargados ojos.

Gabino llevaba las glándulas hinchadas y caminaba rápido. Ansioso de eyaculaciones. Semen para derrochar.

La Virgen quiso llamarle la atención. Decirle algo, lo que fuera. Gritarle dos verdades. Pero jamás le habían robado un beso y no sabe cómo proceder. Si alguna vez supiera qué decir, que no quepa duda que se lo dirá. Lo único claro en ese instante fue el impulso de caminar tras él. Rogarle por más besos.

Claro que no lo hará. No es ninguna ofrecida para andar malbaratando sus amores.

−¡No te vuelvas a acercar a mí! −gritó−. ¡Desde hoy andaremos separados!

¿Por qué dijo aquello?

Tal vez la mal saciada sed de besos lo hizo hablar de esa manera. Quizá el orgullo. Se prometió jamás permitir que Gabino lo tocara.

Lo bueno del asunto es que el nalgas de perro llevaba ya dos puntos negativos en su contra. Primero renegó de él en el risco y ahora lo besó a la fuerza. Dos motivos para rechazarlo. Rufián tonto.

Olvidaré este beso que al cabo nadie fue testigo. Sólo Dios miró y a lo mejor ni él. Por un beso robado no me amargaré la tarde. Iré a la enfermería.

Se limpió el beso y se internó en las ramas.

Bandadas del ocaso.

Tal y como se lo prometió a la misionera, el dulce párvulo arribó al dispensario después de media tarde. Deseaba acceder a secretos de su madre y está en el recibidor. Mila frente a él. No le quita la vista. Lo observa como si algo clandestino hubiera.

Ese viernes no le habló de los secretos de Adelaida como habían quedado. Le habló del corazón humano, esa fogata misteriosa. Hoguera que nunca deja de arrojar ardores. Sol que calcina, pero que no quema.

Y luego la vida, Sombra, prado donde Dios vuelve a ser niño. Sustancia incierta que no se ve, pero que deja su reguero de risa. Hálito que baja de algún sitio ubicado en lo ignoto. Hilo tan frágil que se rompe al primer tiro. Hebra que ya rota, deja el vestigio de un sublime olor.

Extensa enciclopedia.

Abre el libro del destino y te darás cuenta que la vida es tan formidable y al mismo tiempo tan modesta que la mayoría de la gente, a la par que la tiene muy presente, termina por perderla de vista. Pero es colina inmensa. Al mismo tiempo que es un rey que rige sobre un gran imperio, es un perro que menea la cola por la calle. Árbol y barril. Prenda oreándose al sol.

—Mira —le dijo la enfermera repentinamente y se deshizo de la inútil plática.

Le mostró una blusa de mujer. También un pantalón de mezclilla femenino. Varios listones. Botas de piel.

—Se te verían muy bien.

La Virgen vio el atuendo y tomó una coloración de párvula. Sonrió discreto. Ojos que dudan y que se ausentan lejos. Aunque se sintió atraído hacia las hermosas prendas no se dejó tentar. Tenía toda la vida vistiendo ropa masculina y no se sentiría bien adentro de una blusa.

—Prefiero ser varón.

La enfermera lo miraba con ojos persuasivos. Le explicaba las ventajas sociales que tienen las mujeres.

La Virgen no hacía caso. Y si acaso hacía, se trataba de una de esas atenciones desteñidas. Muy ausente. Dio un giro radical en el tema.

—¿Qué debe hacer uno cuando lo besan a la fuerza?

La misionera lo miró. Mucha curiosidad. Efectuó un reacomodo de ideas y aunque no dominaba ese tipo de temas, hizo el esfuerzo por contestar bien.

—¿Quién te besó a la fuerza?

—Nadie. Sólo pregunté.

—Cuando te besen a la fuerza me preguntas. Ahorita no tiene caso hablar del tema.

Mermó la tarde.

La Virgen dejó en la enfermería la ropa femenina que le obsequió la misionera y se internó en el chaparral. Entrada la noche se juntó con la banda. Se congregaron alrededor de la fogata y contaban cuentos. Risas de chamacos.

La Virgen observando a Gabino. Ojos muy intensos.

Gabino se veía contento. No tenía el aspecto de haberse robado ningún beso.

La noche se hizo más espesa. Amaneció. Todos dormidos en alfombra de hierba.

Lejos de ahí, en Reynosa, el Divino chapaleaba en tremedal de entuertos. Iba a cumplir tres días berreando. Tiraba patadas como los rocines. Rebuznaba.

Y si no había salido a galopar era por falta de pesuñas.

¿Cuándo será el día que en Tamaulipas tengamos capos educados?, parecían preguntarse los sicarios.

−¡Ésos del ramaje! −gritó−. ¡Ya me reventaron los zurrones!

−¿Qué le hicieron, jefe?

−¡A mí nada! ¡Pero le jugaron una treta al capitán Sóstenes! ¡No los pudo ubicar y regresó derrotado a Victoria! ¡Malditos espantajos! ¡...!

El capo iba a lanzar otra maldición, pero las palabras se quebraron. Frases despedazadas.

−¡Pe, ro, ro, ro, ro! ¡Me, me, me, la, la, la!

−¡Pronto! −gritó un sicario−−. ¡Las cucharadas para el tartamudeo!

Ya traen la botella.

El Divino bebió las cucharadas, pero el tartamudeo siguió. La crisis más intensa. Las palabras, cercenadas en pleno vuelo. Alguien sugirió que le trajeran al médico que atendía al Cartaginés en los paroxismos que le daban.

Director del manicomio. Experto en nauseabundos.

Trajeron al sanador. Observó al Divino.

Poco después le ordenó que dejara de beber las tontas cucharadas.

−¡Y co, co, co, co! −preguntó el Divino.

−¡Tírele a los retratos de África Bretones! −le prescribió el médico−. ¡Acribille perros callejeros! ¡Con eso sanará!

15

El año 2006 será recordado como el año en que el ejército de la república salió a combatir a las calles. Guerra contra el crimen, dijeron. El poder militar y el poder ciudadano moviendo los cuadriles al unísono.

¡Emergiendo del culto de la sumisión y arribando a la cultura de la defensa y la denuncia!

Millones de ojos impregnados de dudas.

No es fácil creer en pícaras ofertas luego de tantos siglos de amargos disimulos.

Los periodistas escriben apresuradas notas y los rotativos circulan. Los lectores devorando los diarios.

Si eres hampón no salgas hoy a laborar, se sugirió. Tampoco mañana. Abandona el delito por los siguientes seis años. La suciedad no nutre y deberías saberlo.

Si no te conviene el rumbo que está señalando el presidente, vete para cualquiera de los otros Méxicos, los que no existen. Ya sea para el México quimérico que trasmite la televisión o para el México imposible que prometen los políticos con tal de ascender el gran cerro de mierda.

Si eso no te convence, tírate al paso de una aplanadora.

Entiérrate un puñal. Métete un tiro.

Pero si eres ciudadano común, de ésos que pagan impuestos y van al escusado, prepárate para una época de dicha. Tiempo de inmarcesibles optimismos. Protuberancias de alegría. Picos de júbilo.

La Constitución, tratado de dulces complacencias.

Y esto no es un discurso más. Son verdades recién salidas de los grosores de la Carta Magna. Palabras nacionales. Realidades en estado gaseoso todavía. Frases que algún día miraremos navegar sobre la modorra de los diputados.

O si no, observa:

El Congreso sonríe y eres criatura redimida. Los políticos brindan y tu destino se destraba. El presidente aplaude y los criminales colocan las nalgas para que pases. Todo a tu servicio.

Silencio, que ahí viene ya el ejército.

Creyendo que el crimen organizado se limitaba sólo al trasiego de narcóticos, la soldadesca iba con la anacrónica idea de cazar traficantes. Desfase en el tiempo de treinta años. Ignoraban que el delito había evolucionado y que se habían añadido a las legislaciones muchos crímenes nuevos.

Los grandes consorcios de comunicación rompieron por fin la tregua y enfocaron a las fuerzas armadas. Divulgaron noticias triunfalistas. Por la pantalla, el presidente prometía grandes pedazos de progreso. Montañas de adelanto.

Intelectuales y periodistas metidos en diretes.

Todos vertían ideas. Chismes de lavadero. Los partidos políticos rivales, hambrientos de la presidencia, le lanzaban puñados de suciedad al primer mandatario.

Los delincuentes de México observaban.

En Reynosa, hay movimiento en el edificio del crimen. Junta de la delincuencia.

—¡Llá, llá, llá, llámale al secretario! —gritaba el Divino.

—¿Para qué quieres al secretario?

—¡Pa, pa, pa, para que haga algo! ¡Que organice una manifestación por lo menos!

—Ya hemos organizado muchas.

—¡Una manifestación de civiles, pendejo, no de sicarios!

—¿De civiles?

—¡Sí, como la Marcha por la Seguridad que promovió el año pasado! ¡Las manifestaciones ciudadanas contra el crimen liberan presión! ¡Destensan a la gente! ¡El pueblo es pendejo y con una marcha ciudadana creerá que todo está arreglado! ¡Con tres marchas que haya, el ejército ya no saldrá! ¡O que organice un partido de futbol, causa el mismo efecto! ¡Si no puede hacer nada de eso, que invente algo, por eso le pagamos! ¡Que no haya alzas de precios en toda la semana!

La salida de la soldadesca se había presentado como inevitable y, aunque mucho se dijo acerca de que fue un movimiento irracional, los presidentes nunca se retractan. Perderían pelaje. Primero inmolar al pueblo que rectificar.

Atrabancados mulos.

La acción, sin embargo, fue antecedida por tanta desatinada perorata, que la criminalidad observó la trifulca y tuvo tiempo de ponerse a salvo. Los que organizaron el ataque contra la delincuencia pudieron haber actuado por sorpresa y asestar un golpe. Sorprender a los hampones con el calzón abajo.

Por alguna causa no lo hicieron.

¡Qué bueno que nos avisaron!, agradecían los homicidas desde todas partes de México. Nos vamos porque está empezando a apestar a asquerosidad de soldado.

Con permiso, ahí vienen los vehículos.

Ni siquiera fue necesario huir porque los militares tomaron otra dirección. Husmean donde no deben husmear. Indagan en zonas de poca delincuencia. Puras pendejadas.

Las horas se volvieron días y los días se convirtieron en semanas. Las fuerzas armadas avanzaban.

Al noreste, la trinchera más importante del hampa, el ejército no arribó hasta mediados del 2007, seis meses después de su salida. Capos y sicarios contaron con el tiempo suficiente para preparar maletas, llevarles serenata a sus putas, instruir alcaldes, delegar funciones en la policía, orinar sobre la Constitución, refugiarse en Texas. Allá tenían quintas, casas de campo. Laboratorios.

Estados Unidos, su segunda patria.

Lo divertido es que en la Unión Americana, aunque conservan el mismo aspecto de caca apelmazada, son otros individuos. Pasaportes con diferentes nombres. Parecen sujetos educados y se anuncian como personas que no arrojan gargajos. Y cuando por casualidad llegan a escupir, lanzan salivazos más cultos. Flemas bien pulidas.

Eructos más modernos.

Empresarios de cero flatulencias.

Las pandillas de salvadoreños asentadas en las ciudades fronterizas, lo más gravoso de trasladar a Texas, recibieron la orden de dispersarse en las zonas pobladas y ocultarse en la migración habitual. Los más de tres mil centroamericanos que ya estaban ubicados en los ramajes cercanos al mar debían permanecer ahí, cubrirse bien y aguardar el retorno del hampa.

La única fracción del crimen que debía permanecer sin moverse de su región era la pandilla de La Dalia. Habían sido emboscados a las afueras de Saravia por los chamacos del ramaje y les habían causado muchas bajas. Recibieron la orden de no salir de la Cuenca hasta acabar con el grupo de muchachos.

Orden casi imposible de cumplir porque la Banda de los Corazones se había dispersado y vagaba por la fronda umbría. Raramente se le veía por los pueblos.

Muchos meses de tensión. Desesperanza de cadáveres.

El ejército entró en Tamaulipas un sábado brillante. De esos sábados luminosos que tienen la apariencia de domingos. Varios miles de efectivos contaminan con sus emisiones el perfumado aire de los llanos. Indagan y enfocan catalejos. Obran atrás de los arbustos y se mean donde sea.

Inspeccionan entre hierbas.

Hallaron insectos y vieron culebras. Observaron mierdas recién hechas. Suciedades antiguas. Evaluaron los ramajes y supieron que para entrar en ellos se requería maquinaria especial. Llamaron a Reynosa.

En la octava zona militar les explicaron que no estaban en condiciones de ayudarlos porque el único helicóptero que tenían lo utilizaba el general para trasladar a sus putas. Había varios camiones, pero los soldados los empleaban en sus borracheras.

En las siguientes semanas se les vio patrullando caminos exclusivos de civiles. Vías donde sólo circulaban familias. Sendas seguras. Investigaron a niños. Interrogaron ancianas. Aprehenden a muchachas.

Las antiguas rutas del contrabando, vías que usaba ahora la delincuencia para desplazarse, no existen evidencias de que alguna vez las hayan requisado. En lugar de desarmar sicarios, tiran las puertas y entran en los hogares. Le quitan las armas a la población y los civiles quedan indefensos.

Ojos inquisitivos los miraban desde los chaparrales. Eran los chamacos del ramaje que los vigilaban a muy corta distancia. Según las cantineras, la Banda de los Corazones espió al ejército durante muchos meses, desde Padilla hasta Rayones, y los militares jamás se dieron cuenta.

Pasó el otoño y llegó el invierno.

Hacia principios del 2008, cuando se vio que las fuerzas armadas andaban enredadas en una guerra que no se sabía con claridad contra quién era, la delincuencia empezó a volver a México. Había miles de crímenes pospuestos. Los gusanos sin comer.

Buenos días, pueblo, ya estamos de regreso. Señor alcalde, tome este regalito: el cráneo de su esposa.

En Reynosa, el edificio del crimen de nuevo en funciones. Luz en la bodega de armas. Muchos secuestrados.

−¡Y retiren toda la suciedad civil que ande caminando por la calle! ¡Necesitamos espacio! ¡Gente tonta! ¡No entiende que la ciudad es nuestra!

En Matamoros, las metralletas y su macabro sonsonete. En Nuevo Laredo, civiles se desangran a media calle. Granadas de manufactura oriental estallan en escuelas.

La frontera norte de Tamaulipas, paraíso de la delincuencia, mide alrededor de trescientos setenta kilómetros de largo. Tres ciudades grandes y tres medianas. Varios pueblos. Más de cinco mil efectivos militares y alrededor de diez mil sicarios comparten el reducido espacio.

Los sicarios van, los militares vienen. Por la noche se divierten juntos. Visitan los mismos lupanares y se refocilan con las mismas rameras. En el día pasan los unos junto a los otros y ni siquiera se saludan.

Ha pasado algún tiempo de que el ejército llegó al noreste y no han ocurrido hechos notables. Sólo contadas balaceras contra delincuentes menores. Matan a homicidas de poquitos fiambres. La única esperanza de eliminar a los cabezas grandes radicaba en aguardar las elecciones presidenciales. Con tal de atraer votos probablemente los eliminarían.

Por lo pronto, los capos importantes andan eructando en casinos. Manojos grandes de billetes en las manos. Apuestan en las peleas de mujeres desnudas contra perros cebados.

El Divino va con África Bretones a la lucha libre y hasta le agarra la panocha en las esquinas. El general fulano y el capo zutano ya se hicieron compadres.

—Aquí no hay delincuencia, general, Tamaulipas es tierra bien portada.

—Es lo que veo.

—¡Con la novedad, mi general, que anoche tirotearon a un escuadrón de Mapaches!

—¿Mapaches? ¿Y ésos quiénes son?

—Pues no sé. Pero el secretario de la Defensa está en la línea.

16

La noticia del atentado contra los Mapaches salió de los ramajes precedida de escándalos copiosos. Sonoras carcajadas de partidos políticos. La primera matanza importante de tropas que hubo en México.

Antesala de una región desmoronándose.

Evento de ésos que ladean mandatarios.

El ruido, sin embargo, fue amortiguado por disposiciones gubernamentales y la nota quedó disuelta entre tanta impureza oficial que se divulgaba desde la presidencia.

Pero todo ocurrió así:

Un miércoles por la tarde se había detenido en Villagrán un comando de fuerzas de elite de la policía federal. Los apodaban los Mapaches por la costumbre que tenían de pintarse antifaz antes de iniciar hostilidades.

Venían de la ciudad de México y se dirigían con urgencia a la frontera. Bajaron del convoy con intenciones de estirar las piernas.

El atardecer, paloma torcaza.

Hay testimonios de que se acercaron a un tendajo a comprar cerveza. En tanto bebían, un viejo que quiso ser amable les advirtió que no pernoctaran en los ramajes. Zona de riesgo, les dijo. Más para policías. Si se quedan, no salgan. Y si salen, vayan bien armados.

Los Mapaches, mirada esquiva, carcajada burlona. Flor que nació ya podrida. Sonrieron ladinos.

El escuadrón estaba integrado por veinticuatro elementos muy aventajados y se les tenía como grupo de choque altamente peligroso. Venían cumpliendo una encomienda de los altos mandos y les urgía llegar a Reynosa.

–Entren en Tamaulipas por la carretera 85 –les había ordenado uno de sus comandantes–. El ejército anda por la 101. No conviene que se encuentren con ellos.

Habían sido entrenados en Israel y perfeccionados en esos lugares de la Tierra donde abundan cadáveres. El gobierno los utilizaba para asuntos de alto riesgo. Luego que el anciano les aconsejó no pasar la noche en el ramaje, a los Mapaches les agradó el panorama. Ya para entonces eran las seis de la tarde. Flores nocturnas empezaban a abrirse. Silbos y luciérnagas.

Bebían cerveza y conversaban cuando frente a ellos pasaron Celia Renovato y Brenda Osuna, aspirantas de Las Once Divinas. Vendían dulces para reunir fondos.

El monasterio de Las Once Divinas estaba ubicado en Méndez, pero en Villagrán había un conventillo donde cada miércoles las postulantas, acompañadas de una priora, iban con el propósito de hacer servicio social. Atendían enfermos y oían confesiones. Pasaban la noche en Villagrán y al día siguiente por la tarde regresaban a Méndez.

Los Mapaches solicitaron ver los dulces. Celia Renovato se acercó y les mostró la canasta. Irradiaba una embriagadora fragancia de incienso mezclado con sudor.

–¿Cómo te llamas?

–Celia Renovato.

–¡Qué bonita eres, Celia Renovato! –le dijo el capitán.

Aunque fue notorio que la postulanta no fue inmune al galanteo, permaneció cabizbaja y sin contestar.

Siguieron su camino.

Los Mapaches venían rendidos y luego de comprar más cerveza y varias garrafas de tequila, decidieron pasar la noche en Villagrán. Entraron en una posada para intentar dormir unas horas.

Habría sido una noche común si el penetrante aroma de las postulantas no hubiera estado impregnado en todo el hotelillo. El efluvio brotaba desde todas partes. Emanación de aquella tierra. Perfume de la comarca.

Los policías se están mirando.

Siguieron tomando más cerveza y sacaron garrafas de tequila. Bebieron largo rato y se hundieron en un hondo sopor. Carcajadas y emisión de gases. Alegatos y trozos de canciones.

Pasos en el empedrado.

Cuando los Mapaches recuperaron la conciencia estaban frente a los portones del conventillo. Traían una borrachera de sacristán y algunos vomitaban. Iba todo el destacamento. Muchos de ellos desarmados.

¿Qué mierdas hacemos aquí? A lo mejor vinimos porque tenemos ganas de ver a Celia Renovato.

—Finjan compostura. Voy a tocar a la puerta.

Golpearon la cancela.

Mirna Decena, la centinela, se asomó por la mirilla.

—Andamos conociendo Villagrán —dijo Nemesio Capistrano, sin que la monja le hubiera preguntado nada.

Luego, y a pesar de la embriaguez, como si se hubiera dado cuenta de que su explicación no reunía la dosis de convencimiento requerida para trasponer los muros del noviciado, agregó con su lengua de asesino:

—Queremos comprar dulces.

La centinela explicó que iban a ser las nueve de la noche y salvo enfermos graves no se permitía la entrada de visitantes. Les aconsejó volver al día siguiente.

—De madrugada nos iremos para Reynosa.

Por la cañonera se observaba el jardín interior y adentro había luces de faroles. Varias postulantas jugaban con un aro. El conventillo despedía una emanación a cera derretida y transpiración de mujer.

—Déjenos pasar un momento —suplicó Nemesio Capistrano—, nos iremos en seguida.

Los Mapaches no parecían de peligro, y aparte, eran policías. Guardianes de la ley. Por si eso no fuera suficiente, el capitán habló con tanta rectitud, que la centinela, acostumbrada al servicio social y al constante tráfico de fallecidos y dolientes, les abrió el portón. Comenzó a mostrarles el atrio. Celia Renovato jugaba con el aro y el capitán la miró.

La agresiva belleza de las postulantas provocaba incordios y la noche había empezado a ponerse melancólica. Para situaciones así no hay como unos buenos cuadriles que estén dispuestos a incrementar euforias. Saliva femenina para mezclarla con la tuya y morir muchas veces antes que el alma decida regresar al tedio.

Las postulantas irradian sus piadosos aromas. Los Mapaches miran.

Cuando la priora salió al patio y vio a los militares pidió una explicación. La centinela le aseguró que en minutos se retirarían. La priora entendió y quiso ser amable. Formó a las postulantas a la mitad del atrio y fueron presentadas con los policías.

Acababan de sonar las nueve de la noche y en Villagrán la gente es tempranera. Costumbre copiada de la naturaleza que apenas oscurece y les ordena a sus criaturas diurnas conciliar el sueño. La priora informó que las postulantas se retirarían.

–¿Retirarse? ¡Pero qué mugre de porqueriza es ésta! –gritó el capitán–. ¡Paramento donde no hay caderas se vuelve tan hosco como cárcava!

–¡Las nalgas iluminan tanto como un sol chiquito! –dijo otro de los Mapaches.

–¡Los fondillos son el astro rey!

–¡Si algún trasero se retira, será trasero muerto!

–¡No pueden retirarse! –ordenó el capitán–. ¡Cuando los Mapaches llegan, las hembras tienen la obligación de procurarlos! ¡Cierren el portón!

La priora se quedó pasmada. Dejó de impartir órdenes porque el escuadrón las rodeó.

Las catorce mujeres que había en el conventillo fueron conducidas a un galerón alumbrado por doce faroles. Se trataba del dormitorio. Treinta y seis catres.

Empezaron a palparlas.

¡Oh!, ésta sí es real belleza, capitán. Hondonadas donde la luna duerme. Ombliguito que ronronea como gatito. Goza lo más pronto que puedas de tu monja para que me la prestes. Ellas son pocas y nosotros muchos.

Cuando el párroco Isidro Galván fue informado de la tropelía, salió en pijama y atravesó la calle. Llegó frente al muro y como tenía la llave del portón, entró sin hacer ruido.

Escuchó los llantos.

Llegó hasta el dormitorio y desde la puerta vio el atropello. Se armó de valor y les comunicó a los Mapaches que era en la Posada Ramos donde debían pernoctar. Tenían pagadas once habitaciones dobles. La capilla absorbería los gastos.

—Dejen en paz a las postulantas.

Pero uno de los Mapaches le contestó que usted no se meta porque es soberano pendejo, somos gente del sagrado gobierno y este tugurio y toda esta mierda de pueblo es propiedad de nuestro iluminado presidente. Tenemos órdenes de hacer lo que queramos y se nos dieron instrucciones que en cualquier abrevadero, llámese burdel, coyotera o convento, tenemos comida, bebida y culos gratis.

—¡Y si quiere conservar las quijadas, mejor váyase y no comunique lo que está mirando!

El párroco se retiró y los mercenarios permanecieron en el dormitorio. Se mean en los lavabos. Escupen en el piso. Los pezones de las postulantas irritados por los toscos mimos.

Delia Artalejo, la más joven de las muchachas, había logrado encerrarse en el sanitario y lo había cerrado por dentro. No paraba de llorar. Sabía que la tropa se retiraría y guardaba la esperanza que la respetaran.

Los Mapaches no tenían argumentos para seguir en el conventillo porque debían irse de Villagrán en plena madrugada. Los esperaban a las nueve de la mañana en la comandancia de la policía federal de Reynosa. Traían instrucciones muy precisas y salieron de la ciudad de México repitiéndolas: tienen que contactar a unos soldados desertores que al igual que los del año pasado y los del año antepasado se afiliaron al hampa. No se le encargó esta misión al ejército porque perro no come perro. Díganles a esos traidores que el gobierno de México los indultará y los gratificará si actúan en Texas como testigos protegidos. Intenten convencerlos.

Si no aceptan, apréhendanlos. Está de por medio el prestigio del presidente.

Pero cuando los Mapaches saborearon los pezones de Las Once Divinas y palparon orlas tan saludables, se pasaron el prestigio presidencial por la línea divisora que separa al glande del vertedero y pospusieron la llegada a Reynosa. Y mejor cállense porque el capitán acaba de subirse por tercera vez arriba de Celia Renovato, la postulanta calientacamas. Nunca había conocido potranca más efusiva y se la pasa entrepiernado con ella.

Y cuando Nemesio Capistrano se entrepierna con una fulana, llámese novicia, ofrecida o alocada, mejor ni hablarle, menos ahorita que está fornicando en la escalera. Pobre capitán. Tamaulipas es tierra de gallinas ponedoras y de aquí sólo lo sacarán cobijado de larvas.

—Ya son las tres de la mañana, capitán, vámonos para Reynosa.

—¡No me estén fastidiando!

—Nuestro compañero Peregrino Dorantes no tiene mujer —dijo en mal momento Noé Bárcenas.

—¡Vayan y saquen del escusado a la monja llorona! —ordenó el capitán.

—¡Déjenla en paz! —gritó la priora desde un catre—. ¡Es una niña!

—¡Sí! —aclaró Nemesio Capistrano desde la escalera—, pero ya nació puta. Nosotros nada más la estamos encauzando.

Dos de los Mapaches llegaron frente al sanitario y de una patada derribaron la puerta. Sacaron a Delia Artalejo de los cabellos y se la trajeron a rastras. La metieron al dormitorio y la arrojaron al piso.

—¿Sabes besar bonito? —le preguntaron, y le pusieron una escuadra en la sien.

La niña se quedó muy seria.

A los militares no les importó la actitud de la postulanta y siguieron festejando. La acostaron en una pililla de agua bautismal y Nemesio Capistrano le ordenó a Noé Bárcenas que la complaciera.

La chamaca escuchó la disposición y comenzó a llorar. Tenía trece años y había logrado conservarse casta. Quería permanecer así, y si no se iniciaba en la Orden, regresar a la vida profana y contraer matrimonio.

El esbirro se aprestó a ultrajarla y algunos de los Mapaches gritaban insolencias. Otros les disparaban a las imágenes católicas que adornaban la pared. El resto de la guarnición se carcajeaba y las monjas seguían sollozando.

Noé Bárcenas había despojado a Delia Artalejo de sus pantaletas cuando ocurrió algo sin explicación. Una garrafa de agua de colonia que las monjas usaban en sus consagraciones, voló en pedazos.

Noé Bárcenas bañado en perfume.

—¡Quién diablos hizo eso!

—¡Silencio! —ordenó Nemesio Capistrano y recorrió el dormitorio con los ojos.

No se había escuchado ninguna detonación. El recipiente al parecer estalló solo. Un penetrante aroma a flor de naranjo contaminó el ambiente.

Nemesio Capistrano hizo una señal con los dedos y Noé Bárcenas se abrochó la bragueta. La guarnición se alineó en posición de extrema alerta y hasta las religiosas empezaron a colocarse prendas. Delia Artalejo se levantó de la pililla y corrió hasta un rincón.

El capitán de los Mapaches se dio cuenta de que un elemento extraño se les había filtrado y cometió entonces obeso desliz.

—¡Ustedes cuatro —ordenó—, resguarden el portón de entrada! ¡Ustedes seis, a los pisos de arriba! ¡Ustedes seis, salgan a la calle y cubran todos los tragaluces! ¡Ustedes seis resguarden la barda trasera!

Sólo Nemesio Capistrano y Noé Bárcenas permanecieron en el aposento. Comenzaron a revisar. Las monjas se colocaron los desgarrados hábitos.

Después habría de correr el rumor de que Isidro Galván,

el párroco, enterado que la Banda de los Corazones llegaba las madrugadas del jueves a desayunar al conventillo, había dejado el portón abierto para que pudieran enfrentar a los Mapaches.

El capitán y el cabo escudriñaron los vestidores, indagaron debajo de las camas, observaron en los mingitorios. Cuando regresaron a la zona de catres, vieron a un chamaco de escasos ocho años correr bajo los arcos. Nemesio se quedó sorprendido. ¿Qué hacia un niño a esa hora adentro del conventillo?

—¿Quién diablos anda ahí? —gritó.

Acostumbrado a la suspicacia de su profesión, se le ocurrió que podía ser una trampa y hasta le dio gusto. Andaba borracho y necesitaba acción. Ultrajar a las tres primeras monjas emociona, pero después de la cuarta el desmán se torna fastidioso. Celia Renovato y su caliente emanación muy cerca de él.

Nemesio Capistrano volvió a mirar hacia el corredor y sufrió un pasmo. Había cinco muchachos de aproximadamente dieciocho años. Uno de ellos parecía chamaca. Todos armados. El más alto, que parecía ser el jefe y con trazas de ser mayor, llevaba una escuadra en el sobaco y otra sobre la bragueta.

El capitán miraba a los andrajosos cuando Celia Renovato, que le había agradado lo que el capitán le hizo, tratando de quedar bien con él pues durante el frenesí de los coitos había prometido llevársela a Chilpancingo, se le acercó y le secreteó:

—Ten cuidado, Nemesio, ésos son de la Banda de los Corazones.

—¿La banda de los qué? —preguntó el capitán—. ¿Y esos cerditos, en qué chiquero gruñen?

Sintió el impulso de llamar a la tropa, pero volvió a mirar a los chamacos. Eran enclenques. No podrían siquiera cargar una pistola. Tenían además aspecto de retrasados.

—¡Para que yo me asuste se requiere de algo más que cinco puñeteros! —gritó.

Luego se murmuró a sí mismo.

–Le acabo de remover los meandros a Celia Renovato y me siento contento. Eso que les valga, si no, aquí mismo les exprimía la mierda. Y a propósito de agitar recovecos, antes de salir hacia Reynosa, le entregaré mi amor a Delia Artalejo, la monja llorona.

–¡Átalos, Noé –ordenó iracundo Nemesio Capistrano–, y métele al que parece joto el cañón de la pistola!

Las monjas, que no lograban recuperarse del ataque y que se habían congregado en un rincón, suspiraron en grupo.

Noé Bárcenas observó a los chamacos y una sonrisa siniestra le enriscó los bigotes. Inmenso como era, caminó resuelto. El esbirro llegó junto a ellos. Estaba muy cerca y casi los tocaba.

Luego habría de confirmarse que la Banda de los Corazones había entrado en el conventillo con la idea de tomar el acostumbrado desayuno. Hallaron el portón abierto y penetraron. Escucharon los gemidos y al asomarse al dormitorio vieron desolado panorama. Apreciaban a las monjas.

De improviso sonó algo. ¿Fue un disparo?

No pudo haber sido un tiro porque aunque Gabino Espejo traía la escuadra en la mano, el momento resultaba espinoso para disparar.

Noé se fue dando traspiés como un borracho. Pegó en el tanque de agua y se fue al suelo. Nemesio Capistrano se acercó curioso. Su compañero estaba convertido en fiambre. Un tiro en la frente.

Los ojos del cabo, ya muertos, parecían no entender que carecían de vida y oscilaban curiosos.

El capitán nada más pasó saliva. Los chamacos muy atentos.

–¡Cómo se atreven a lastimar a los hombres que están al servicio de México! –gritó.

Los mozalbetes no respondieron. De seguro no escucharon los insultos del capitán porque si hubieran oído habrían contestado bazofias cuando menos. Pero probablemente sí oyeron porque el dormitorio se iluminó por varios chispazos azules.

Brillos del más allá, fulgores de la muerte.

Jamás te tirotees con pistoleros silvestres porque ni siquiera alcanzarás a encomendarte a Dios. Te volverás luz de luna. Suspiro de amanecer.

Cantarás en todas las ventanas.

Peor si son irrespetuosos.

Jamás se sabrá la trayectoria de los proyectiles, pero Nemesio Capistrano, que nunca había tenido la desgracia de balacearse con alguien que a fin de no herirse los ojos con las espinas del bosque había desarrollado un alto sentido de atención, se arqueó hacia un lado. Se fue dando tumbos hasta que se estrelló contra la pared. Luego cayó de espalda con un tiro en la garganta.

Las postulantas, refugiadas en el sanitario.

Atraídos por el estruendo de los disparos, el resto de los Mapaches entró en el aposento y miró al capitán y al cabo muertos. Se desconcertaron.

Frente a los cuerpos, siete chamacos medianos. Alrededor de treinta niños más pequeños escondidos tras ellos. Como Gabino Espejo había guardado la escuadra, pensaron que se trataba de huérfanos asilados y no desconfiaron.

Los hechos habían ocurrido tan rápido y fue tan brusco el cambio de la orgía a la matanza, que los Mapaches creyeron que se trataba de una inocentada. De seguro Nemesio Capistrano nos está jugando una chanza y ahorita va a ponerse de pie carcajeándose.

Maldito capitán, siempre de payaso.

Pero los tiros habían perforado cuerpos y la sangre hablaba de una mortandad seria. Fue en ese instante que Gabino Espejo caminó hacia los uniformados. Cayetano Urías y Abundio Lupercio avanzaron con él.

La Virgen se desplazó hacia el lado izquierdo. Abegnego, Segundo, Cándido y Honorio, colocados en posición de tiroteo. Había párvulos muy pequeños pistola en mano.

Los Mapaches que continuaban vivos saludaron a Gabino. El chamaco respondió el saludo y les deseó buena estancia en el ramaje. Luego sacó las escuadras y los agarró a tiros.

Aunque por lo menos la mitad del batallón no estaba armada, los policías repelieron el ataque y estalló una nutrida balacera. Las monjas habían de contar luego que Gabino Espejo era tan rápido para usar las armas que en segundos vació más de diez cargadores. La Virgen, guarecido en un pilar. Los seis chamacos que acompañaban a Gabino disparaban sin alojar clemencia.

Tiraban también los más pequeños.

Telésforo Brada, que en ausencia de Nemesio Capistrano había tomado el mando, quiso impartir órdenes, pero recibió un tiro en el paladar y miró catedrales. Todo se le olvidó. No supo cómo conducirse y prefirió caer muerto.

Los chamacos ya no causaron más bajas porque lo que quedaba de la guarnición de Mapaches escapó del dormitorio por unas ventanas. Salieron huyendo del conventillo. Después de dos minutos de estruendo, sólo quedó el silencio.

Pestilencia a pólvora y a humores. Vísceras que efectúan sus últimos latidos.

La Banda de los Corazones renunció al desayuno. Aprovechando la confusión pasó sobre los cadáveres y dejó el lugar. Se internaron en la madrugada. Gabino Espejo llevaba un rozón de bala en el cuello y sangraba de una pierna. Había chamacos heridos. La Virgen traía una lesión en el costado.

Acostumbrados a la pérdida de sangre, ninguno se quejaba.

Casi a las seis de la mañana, apareció en el conventillo Mariano Ampudia, comandante de la Cuenca que tenía fama de honesto. Diez empistolados lo acompañaban. Las monjas estaban despeinadas y llenas de lágrimas. Embriagador aroma.

Once de los Mapaches continuaban sin vida y se observaban varios mal heridos. Sólo cinco de ellos resultaron sin lesiones, pero habían huido de Villagrán.

Los cadáveres fueron acomodados en la banqueta.

Todos se parecían. Cabeza rapada, piernas de bisonte. Tórax descomunal.

Estaban tirados de forma escandalosa y se desangraban ante la atónita mirada de todo un pueblo. No volverían a eructar más. Tampoco tornarían a incomodar señoritas.

–¿Fue la Banda de los Corazones? –preguntó Mariano Ampudia.

–Sí –contestó Celia Renovato–. Aunque la Virgen venía con ellos, Gabino Espejo estaba al mando.

Mariano Ampudia miró a la informadora.

–¿Observaste bien al tal Gabino?

–Sí.

–Descríbeselo al dibujante.

Celia Renovato se apresuró a referir.

–Es delgado y alto. Diecinueve años cuando mucho. Muy atractivo. Presiente los tiros antes de que se los disparen. Parece adivino.

Esa madrugada la Banda de los Corazones se desplazaba cabizbaja. Silencio muy introvertido. Caminaban de esa forma no por la cantidad de muertes grabadas en la conciencia, sino porque la Virgen y Gabino habían discutido antes del tiroteo. La Virgen no estuvo de acuerdo en tirarle a los Mapaches porque eso agravaría la situación de la banda. Pero cuando Gabino Espejo vio el abuso, ordenó tirar.

Salieron de Villagrán y siguieron alegando.

Para no ahondar en querellas, se dividieron en dos grupos.

Casi todos los chamacos siguieron a Gabino. La Virgen y alrededor de ocho párvulos pequeños tomaron hacia la Enfermería de Dios Niño. Se iban desangrando.

Salió el sol.

En Reynosa también hubo resacas.

–¿A los Mapaches? –preguntó el Divino enfurecido.

–A los Mapaches –le contestaron.

–¡Asnos enanos! ¡Hijos de percudida madre! –gritó.

–¿Los Mapaches?

–No, los otros perros.

–¿Por qué se enoja, jefe? Les tiraron a los Mapaches, no a nosotros.

–¡Lo que esos puerquitos hicieron va a repercutir y no es justo! ¡Yo los descubrí! ¡Fue gracias a mí que se volvieron famosos! ¡El pueblo me los va a quitar y les va a escribir canciones! ¡Libros! ¡Reportajes! ¿Y a nosotros qué? ¡Ningún verso! ¡Si por lo me, me, me, me, me, me, me…!

—¡Pronto! ¡Las cucharadas!

—Las cucharadas ya no. Hay que darle la escuadra. El médico ordenó que le tirara a los retratos de África Bretones. Que le apunte a la fotografía donde está empinada, que es la más curativa.

El Divino ya está tirando.

Los disparos brotan del metal y pegan en la periferia del esfínter. Las nalgas llenas de agujeros. Una sensación renovadora ha empezado a refrescar al bandido.

Ya no hay tartamudeo.

Tan seguro de sí mismo se sintió, que ha pedido hablar con la pandilla de La Dalia.

—¡No vamos a permitir que esos mugrientos del ramaje sean más populares que nosotros! —aclaró en cuanto le contestaron—. ¡Ataquen Galnárez! ¡Incendien el caserío! ¡Pero por favor no vayan a asesinar a muchos! ¡Maten nada más a cincuenta!

17

La matanza de los Mapaches no se difundió porque, aparte de que fue amordazada desde la presidencia, la prohibió también el hampa. Los dos poderes más representativos de México escamoteando notas.

Es que se trataba de noticia ingrata.

La delincuencia no deseaba que se divulgara porque, según opinión de criminales, les restaba imagen. Merma de prestigio.

Estaban siendo superados en la calidad de los cadáveres y desde cualquier punto de vista resultaba vergonzoso.

La presidencia de la república la detuvo por meros tufos populistas. Informe de ésos que resquebrajan mandatarios. Salan sufragios. Comicios de urnas vacías.

De todas maneras, la matanza de Mapaches estaba destinada a convertirse en un escándalo.

En la frontera, el Divino trae berrinche largo y se halla recluido en la letrina. Quince días evacuando. Da conferencias de prensa sentado en el retrete y desde ahí ordena carnicerías.

Apto para hospital psiquiátrico.

—¡Traigan papel sanitario!

Aunque envió a la pandilla de La Dalia a atacar Galnárez para contrarrestarle popularidad a la Banda de los Corazones, no se habían generado respuestas positivas. Nadie llegaba para entrevistarlos. Cero canciones.

En las encuestas aparecen abajo.

No se podía, sin embargo, esperar otro tipo de resultados. Los muertos de Galnárez y los Mapaches diferían en la textura de la mierda. Unos expulsaban excremento oficial y otros excremento ciudadano.

El Divino percibió aquello y salió del evacuatorio. Convocó a una asamblea emergente con la idea de resolver el control de calidad de los difuntos. De ahí en adelante destriparán sólo cadáveres lustrosos. Fiambres pulimentados.

Ya se están reuniendo.

Asistieron a la junta los asesinos más arteros de todo el noreste. Homicidas grandes y chiquitos. Criminales delgados y rechonchos. Se encerraron a conferenciar.

La sala, llena de alientos repugnantes. Inhumanos gases. Crueles emanaciones.

El Divino sabía que los todopoderosos tenían puestos los ojos en él y se había preparado para una asamblea sanguinolenta. Tenía que dar buen espectáculo.

Arrancó la reunión con un ruidoso eructo para generar respeto. Enseguida pegó un golpazo en la mesa. Vinieron luego palabras al rojo vivo. Frases incandescentes.

Se quejó de los endebles fiambres que ellos aportaban.

—¡Los descosidos del ramaje se rozan con la beatitud y nosotros comemos mojones! —gritó—. ¿Que no pueden sacarle la suciedad a gente más bruñida?

Los asesinos con los ojos cuadrados.

—¡Y cuando digo gente bruñida, me refiero a bruñida de bruñida, y no a bruñida! ¡Necesitamos fabricar cadáveres de sangre azul! ¡Cuerpos que derramen buena mierda!

Todos se miraron. Era una nueva generación de criminales y nadie les había hablado con tanta hambre de progreso. Las palabras del Divino, carretada de convencimiento.

—Hasta donde sé —opinó un sicario—, los difuntos derraman sangre roja.

Nunca se sabrá por qué el sicario dijo aquello, ya que la frase no llevaba opinión. Criterio mucho menos.

El Divino oyó y los ojos le relampaguearon. Tan negro

como los africanos. Le entró el síndrome del capo infeliz y desenvainó la escuadra.

–¡Y hasta donde yo sé –contestó–, la mierda es lo que te va a escurrir!

Accionó la pistola y taladró al sicario. Un tiro en la boca del estómago. El cuerpo se dobló. Toda la asamblea atestiguando.

Nadie dijo nada porque aparte que los difuntos le daban credibilidad a las reuniones, las asambleas con decesos agradaban mucho. Junta donde no se generaban fiambres pasaba inadvertida.

–¿Alguien más tiene ganas de revolverle el mondongo a Satanás? –preguntó el Divino.

La asamblea más callada que un panteón.

–¡Porque si al, al, al, al, al, al, al, al...

¡Oh!, el Divino escogió mal momento para tartamudear. Es animal estúpido. Pudiendo haber causado más defunciones, sólo habrá un cadáver.

La junta tuvo que ser interrumpida para atender el problema del lenguaje. ¡Qué desagradable es contar con capos tartamudos!

El Divino tendrá que tirarle a los retratos de África Bretones para que el idioma se le reacomode. Ya traía la escuadra en la mano. Escogió la fotografía donde hay acercamiento de las tetas. Empezaron los tiros. Agujeros en sobacos y pezones. Peste a pólvora.

El tartamudeo de todos modos no se detenía, por el contrario, se volvía más intrincado.

La asamblea aguardando.

–¡Traigan perros callejeros! –ordenó un sicario.

Salió un grupo de hampones a recolectar perros para que el capo los acribillara. Única forma de recuperar la salud. Poco después volvieron los sicarios con siniestra noticia: en Reynosa no había perros callejeros. Se los había acabado el Cartaginés.

Alguien le acercó al Divino un frasco de alcohol con láudano y le aconsejó beber.

Ya está bebiendo. Lleva media botella.

Volvió a tomar la escuadra y retornó a tirarle a los retratos. Disparos y alcohol con láudano: doble poder curativo. Se le ve jubiloso.

–¡Ja, ja, ja!

Tan contento estaba que repentinamente se volvió hacia la asamblea con la escuadra en la mano. No resistió el antojo de tirarle a la bola nada más para ver qué se sentía. Disparó al centro de la reunión. Se oyeron quejas y cayeron varios. Todos en estampida. Los últimos en huir recibieron tiros en las nalgas.

La asamblea fue declarada desierta.

No se resolvió el asunto de la calidad de los cadáveres, pero el Divino adquirió aureola.

Aquella acción, lejos de oscurecerlo, le fomentó presencia. Por fin estaba dando muestras de que tenía cualidades para desempeñar el puesto que ocupaba. Consolidó su imagen criminal.

Ése fue el tiempo en que intentando pasar a la inmortalidad le dio por modernizar la imagen del suplicio. Sacó a relucir talentos natos y en sólo dos días creó muchas torturas nuevas. Entre otros ingeniosos tormentos, implantó el martirio del palanquín, castigo que consistía en colocar los testículos de un hombre debajo de un tablón y a una orden de él más de diez sicarios saltaban y caían sobre la tabla. Los testículos estallaban y el hombre agonizaba sin sentir dolor.

Las cantineras habrían de contar luego que durante los tres días posteriores al deceso de los Mapaches, la Virgen y los párvulos que lo acompañaban surcaron las preñadas frondas.

Los ovarios de las flores empezaban a reventar. Reptiles empollando.

En El Sauce, uno de los niños heridos ya no pudo continuar y tuvo que ser acostado en camilla de ramas.

Otro de los párvulos murió en Pedernales, muy cerca de Saravia. Había soportado bien la caminata y era el que más hablaba. De pronto dejó de dialogar y todos volvieron la mirada. Estaba tirado en el camino. Se quedó sin sangre.

Le abrieron una fosa en medio de un mogotal. Ni tiempo para derramar lágrimas.

Siguieron la marcha.

La Virgen, herido del costado, caminaba sin quejarse. El cuarto día de camino se toparon con un informante. Recolector de frutos silvestre.

–Desvíate del camino –le aconsejó a la Virgen–. Estás a punto de encontrarte con cuatro de a caballo. Te andan buscando y no traen buenas intenciones.

La Virgen agradeció la información y les ordenó a los niños introducirse en el ramaje espeso. Caminaron entre brechas de espinas. Los hombres de a caballo siguieron de largo.

En La Palma fueron emboscados por un grupo grande de Niños de San Carlos. Los sorprendieron mientras cruzaban la cuenca de un río. La Virgen les disparó en forma de ráfaga y los atacantes creyeron que les tiraban con una ametralladora. No supieron qué hacer y prefirieron huir.

Luego de seis días de penosa travesía, llegaron al sanatorio. Atardecía y la blanca cúpula brillaba desde lejos. ¡Oh!, qué alivio. Podremos descansar. Beber agua. Comer algo.

Se apersonaron frente a la puerta y empujaron.

Lo que vieron los conmocionó. Heridos para atestar cementerios. No se veía espacio para uno más.

Mila Stravinski, extraviada en un mar de ensangrentados, enrollaba vendas con una mano y con la otra ponía inyecciones. Enrojecidos líquidos manchaban los ladrillos. Niños lastimados. Mujeres que lloraban.

La Virgen se acercó entre pálidas manos que pedían ayuda. Apagadas súplicas. Los párvulos aguardaron en la puerta.

–Mila. Venimos heridos y hambrientos.

La misionera volvió la cara.

–¡Qué bueno que llegas! El Agorero no está. Ayúdame con los lesionados.

La Virgen volvió a mirar al maltrecho contingente. Eran muchos los que se desangraban. Evento no común.

—¿Qué ocurrió?

—La pandilla de La Dalia atacó Galnárez. Repartieron cuerpos en varios hospitales. Trajeron veinticuatro heridos para acá.

La Virgen aceptó ayudar, pero atendió primero a los párvulos que venían con él. Los envió luego al reducido comedor y les sirvió lentejas frías. Trozos de pan duro. Los alojó en un cuarto abandonado al fondo del predio y vino a auxiliar a la enfermera.

Según escritos que dejaron las cantineras, Mila y la Virgen trabajaron dos días y dos noches sin cerrar los ojos. Comían cualquier cosa y bebían agua sin despegarse de los tiroteados. Remendaban heridas con hilo para zurcir ropa y vendaban piernas con podridas lonas.

Los párvulos de la banda, aislados en el cuchitril trasero, durmieron más de noventa horas. Silencio de hospital.

No fue hasta el tercer día que la misionera vio la mancha de sangre que portaba la Virgen.

—¿Y esa sangre?

—Es un rozón de bala.

La misionera apartó la camisola y vio. El chamaco traía herido un costado.

—Te curaré.

—Ya me puse yodo.

Esa charla ocurrió a las once de la mañana. A las cinco de la tarde la Virgen se quejó de fiebre. Media hora después cayó al suelo. No se desmayó por la pérdida de sangre sino por una infección causada por herrumbres.

Fue arrastrado hasta el cuarto del fondo y lo dejaron tirado en una lona. No había cama y lo acostaron sobre cartones. La enfermera lo envolvió en una sábana mojada intentando amortiguar las calenturas.

Pláticas que aún rondan los ramajes aseguran que la Virgen permaneció más de una semana tirado en un rincón. Sin pulso, sin reflejos. Apagadas las luminarias del entendimiento.

El rozón en el costado, canal muy negro.

Su cuerpo es mortaja de porfiados sudores. Le colocaban un espejo frente a las fosas nasales intentando corroborar el deceso y el cristal se empañaba.

Aún hay resuello, decía la misionera. Hálito, como lo nombran los que mucho estudiaron. Soplo divino, como está registrado en libros legendarios.

La Virgen no era hallado competente para habitar en criptas y la respiración tornaba a ser cadencia. Bombo de la sangre.

Luego de algunos días, el dispensario empezó a despejarse. La canícula estaba en su parte más arrebatada. Líquenes invisibles. Toda la flora buscando humedad para reproducirse.

Moscas pesquisan heridas para desovar.

Todas las lesiones, caldo de cultivo.

La muerte aguarda con su paciencia eterna.

En la enfermería, además de que el botiquín era estrecho, no había medicinas indicadas para atacar infecciones severas como el tétanos. Los heridos de Galnárez consumieron las pocas que quedaban y en los estantes se veían sólo antibióticos caducos, líquidos antisépticos. Pastillas para el dolor.

El Agorero, que llegó días después, metió un catre en el cuarto del fondo para que la Virgen se recuperara con holgura. Empezó luego a recorrer los pueblos del ramaje haciéndose de medicamentos indicados. En pocos días el chamaco logró salir adelante. Recuperó la salud, pero tiene que guardar reposo.

Se le ve impaciente.

Tres semanas después del tiroteo contra los Mapaches, llegaron a la enfermería Gabino Espejo y el resto de la banda. Penetraron en el cuarto del convaleciente y el aire se impregnó a hediondez de chamaco. Todos alrededor de la cama.

No había lugar para que se quedaran y luego de convivir varias horas con la Virgen, el grupo se marchó. Informaron que iban con rumbo a Rayones porque varias pandillas de asiáticos habían entrado hasta Cadalso y no querían arriesgarse. El afeminado muchacho solicitó ir con ellos, pero Mila no lo dejó salir del cuarto.

Campanita muy triste.

Aparte de la incapacidad de hallarse lesionado, estaba siendo abatido por la congoja de encontrarse solo.

Gabino, desobligado semental, regresó días después. Le trajo dulces y una camisa nueva. Aunque tantos malos entendidos los tenían distanciados, la Virgen lo vio entrar con un inédito resplandor en los ojos.

Pasaron toda la tarde juntos.

—¿Sabes qué apodo te puso la gente luego de la balacera? —preguntó la Virgen.

—No.

—Te dicen el Adivino. Aseguran que adivinas los tiros antes de que te los disparen. Y a propósito, estabas herido del cuello y de la pierna.

—No eran heridas graves.

La Virgen y Gabino Espejo olvidaban por momentos todas sus diferencias. Ojos que se buscan, miradas que una vez que se encuentran vuelven a separarse. Hay antecedentes de índole sexual que no permiten renacimiento de amistades. Tal vez admitan pasiones turbulentas. Amores impetuosos.

Pero amistades no.

—Quiero ir al Cajón de Mansalva.

—Está muy lejos. ¿A qué vas?

—A ponerle flores a las tumbas de mi madre y de mis dos hermanas.

—Entonces, ¿es cierto eso...?

—¿Eso qué?

—Que fuiste el Niño de Mansalva.

La Virgen y su tufo de chamaca bonita.

—Lo fui, pero ya no lo soy. Ahora soy la Virgen.

—Iré contigo.

La Enfermería de Dios Niño, aire muy caliente. Calor brutal. Gabino sentado frente a la Virgen. Indecisión y nudos de silencio.

Habían terminado los días de la reverberación, pero empezaba el resol. Periodo traicionero. Las heridas empezaban a recuperarse en apariencia, pero había cicatrizados que amanecían muertos.

–Ponte la camisa que te traje.

–Tendría que bañarme.

Cavilaciones. Gabino tan callado como fuente sin agua.

–Más bien, me gustaría bañarme. Pero bañarme en un estanque.

–Estás herido.

–Ya casi no.

Hay pensamientos en las mentes. Los ojos de Gabino depositados en el viento.

–No sé donde pueda haber un estanque –dijo.

–Muy cerca de aquí hay uno. Llévame a la noche. Hay luna llena.

A quinientos metros de la enfermería había, en efecto, un oasis. Garganta de río, más bien. Bañera de jaguares. Perfumado marjal donde lirios y tréboles gustaban veranear.

Son las diez de la noche y el dispensario duerme. Mila lee con la luz pobre de una lamparilla. La Virgen y Gabino, bien armados, van camino al estanque. Nubes de luciérnagas.

Llegaron al abrevadero.

Hojas luminosas, agua plateada. La respiración de tantos diferentes matorrales aviva el deseo de friccionar los cuerpos. El silencio está amplificado por las anchas canciones de los tallos.

La Virgen colocó la ringlera y la escuadra en una rama y se quitó las eternas botas militares. Los blancos pies, contrafuertes de gracia. Se introdujo al agua con todo y ropa. Le pidió a Gabino que lo siguiera.

El Adivino también dejó las armas y entró con ropa y zapatos. Los dos en el agua.

La Virgen se deshizo de la camisola y quedó en camisetilla. Siempre dando la espalda. Entregó un jabón a Gabino y le pidió que lo enjabonara sobre la ropa, de esa forma las prendas se lavarían también.

Gabino, arrodillado, enjabona.

Lavó la herida que ya avanzaba hacia la cicatrización. Dudosas costras. Sintió la solidez del cuerpo. A pesar de la pérdida de sangre y la lenta recuperación, la Virgen seguía teniendo fuertes muslos. Las esponjosas nalgas.

Notó que el cuerpo del chamaco había tomado anchura. Aunque delicado y fino, ya no era el hilito de carne que ultimó a Graciano Casasola.

Gabino confundido. Siempre que estaba muy cerca de la Virgen no lograba controlar al animal de abajo. El miembro, bestia incivil.

Como la tranca pugnaba por hallar alojamiento, Gabino se incorporó despacio. La Virgen ya no estaba herido y podría resistir una inserción decente. Escuchó el compás de la sangre y le prestó atención a las indicaciones de la noche.

El corazón ardiendo.

Abrazó suavemente a la Virgen por la espalda. El delicado muchacho sintió los brazos y no puso objeciones. Se desató el cabello y aunque había prometido varias veces jamás permitir que Gabino lo tocara, se reclinó hacia atrás sobre su pecho. La boca muy cerquita.

Pasaron segundos que parecían minutos.

Para no lastimarlo, Gabino lo besó suavecito. La Virgen recibió los besos agradecido que se le besara de esa forma. Se hundió en delirios. Los ojos reflejaban estrellas. Padeció ensoñaciones.

Sintió el enorme garrote sobre las nalgas y no entró en desacuerdos. Gabino entendió que la hora de embutir había llegado. No pudo soportar el tonelaje de los testes y bajó la bragueta. Sacó la bestia al fresco de la noche.

Momentos delicados.

La Virgen sintió el inmenso trozo de carne respirar junto a él. Tronco tan perfecto que sólo le faltaba dar las buenas noches. Tuvo el arrebatador impulso de bajar la mano y acariciarlo. Ponerse de rodillas y ensayar halagos.

Si no lo hizo fue porque entró en pánicos y hasta las corvas le temblaron.

¡Quién no va a recelar de un vástago de tales proporciones!

–Guarda eso –solicitó tiernamente.

–Sólo un poquito –suplicó Gabino.

–En otra ocasión... todavía estoy enfermo.

Gabino, conductos a reventar, sintió que era succionado por varios remolinos. Los penes no sirven para nada cuando están afuera. Hay que introducirlos para que se hallen a sí mismos. ¿Por qué tengo que ceder siempre yo y él nunca otorga?

El amor se le ensució de enojo.

Más indignado que un perro cuando se le atraviesa un gato. Habló con las secciones húmedas.

–¡Quédate con tus nalgas! –le gritó–. ¡Me voy con los muchachos!

Salió del agua y tomó las armas.

La Virgen se volvió angustiado suplicándole. Frases de amor ocultas en los ruegos. Gabino ya iba lejos.

Esa noche, atormentado por las discrepancias que tuvo con Gabino, Sombra cerró la puerta del cuarto y encendió el quinqué. Se desnudó y se colocó frente al espejo.

Admiró en el vidrio el magnífico y voluptuoso cuerpo que tantas contrariedades le ocasionó en la vida. Se acarició las regiones del placer y un escalofrío caliente le recorrió cauces y rincones.

Pan de la tentación. Corona de los deseos.

Influenciado por el desprecio de Gabino se colocó la blusa y el femenino pantalón que la misionera le había dado. Desató el cabello. Agarró listones y se tejió las mechas.

Volvió a mirarse al espejo.

Es más convincente como hembra que como varón y siempre lo ha sabido. Sensual doncella lista para iluminar camas. Regocijo de sedientas carnes. Se maquilló y está mirándose.

Tan prendado de sí mismo quedó, que así fue descubierto por la luz del alba. A las ocho de la mañana se quitó el revestimiento de mujer y se limpió la cara. Se colocó la ropa de varón y salió del dispensario sin tomar el parecer de la enfermera.

Iba a buscar a Gabino.

Mila no se dio cuenta que Sombra había escapado del dispensario hasta las tres de la tarde, en que dos campesinos tocaron la puerta. Lo llevaban acostado en una carreta. Se hallaba consciente, pero iba tirando sangre.

Fue conducido hasta el cuarto y la misionera dio las gracias. Cuando los hombres se retiraron, Mila levantó la camisola de Sombra. El rozón de bala ya no era rozón. Era grieta.

–Te llevará tiempo recuperarte –le dijo–. Estarás en completo reposo.

Sombra, tristeza en la mirada. La misionera, experta en tranquilizar pacientes impacientes, buscó la forma de distraerlo.

Se acomodó a los pies del enfermo.

–¿Sabías que tienes una hermana llamada Luz que fue robada desde niña?

Sombra asintió.

–Te contaré. Cuando a Luz se la llevó el tratante, Adelaida estaba encinta de nuevo. Mientras el delincuente tomaba en los brazos a tu hermana, observó el estado de preñez de tu madre. Le advirtió que volvería en varios meses por la nueva niña.

–Será niño –rebatió Adelaida.

–¡Todos saben que tú sólo pares niñas!

–Será varón.

–¡Más te vale que tengas una niña! –amenazó el bandido—. ¡Si es niño regresaré a matarlo!

Sombra muy atento.

–La madrugada de tu nacimiento, las artistas del burdel no lograban dormir porque Adelaida se convulsionaba. Avisó que estaba por parir y las Divas se acercaron con intenciones de contemplar el nacimiento. De pie como estaba, Adelaida se arqueó a la mitad del cuarto, expandió los cuadriles, metió las manos entre las piernas y te sacó del cuerpo. Todas las putas asombradas. Te acercó a un farol y vio tu sexo. Comenzó a llorar.

–¡Qué pruebas más difíciles éstas que pone la existencia! –gritó–. ¡Mi hijo no tiene órganos sexuales!

Divas, Animadoras, Escuchantes y Risueñas oyeron el informe y retrocedieron asqueadas. Adelaida había parido un monstruo. Nadie quiso acercarse. Ángeles Guardia aconsejó matarte.

Lo más difícil fue pasar esa noche porque las mesalinas no querían dormir cerca de un engendro. Salió el sol y con la luz se acomodan mejor los pensamientos. Las artistas te aceptaron. Pasaron días. El bandido que se llevó a Luz fue asesinado en el camino y tu hermana fue a parar al convento de Las Once Divinas. Adelaida nunca lo supo.

La vida, barco navegando.

El rumor de que habías nacido sin órganos sexuales se esparció por pueblos y ciudades. Todos te esquivaban. Nadie tenía el deseo de alternar con un fenómeno.

Pero los años pasaron y la vida cambió sus estructuras. Tu feminidad, excitada por tanta discrepancia, empezó a tornarse hartamente notoria y se alzó como peñasco. Aparentemente no tenías sexo, pero tu erotismo fue tan contundente que arrasó con todas las inquinas. Voluptuosidad para llenar leyendas. Todos los hombres te deseaban. Ni varón ni hembra competían contigo.

–El resto –dijo la misionera–, es historia conocida.

18

En tanto la Virgen se recuperaba de la dificultosa herida, en Reynosa ocurrió lo impensable. Desapareció el Divino.

Evento previsto y no previsto.

Previsto porque los capos se esfuman de esa forma, sin tomar en cuenta el parecer de nadie. No previsto porque había amanecido muy contento y hasta improvisaba versos desde la letrina.

¡Qué bueno que desapareció porque su tartamudez había estancado al crimen! Masacres y degollamientos se estaban posponiendo. Los secuestros habían perdido fluidez.

Miles de cuerpos respirando gratis.

Nadie esperaba que el capo desapareciera porque no tenía antecedentes de evaporaciones anteriores y salvo la fobia de despertar sin miembros, ni siquiera fue mitómano.

Desquiciado cuando mucho pero nada más.

Tornadizo como los orates. Vísceras de perro.

Los escupitajos más espesos de toda la frontera norte.

Pero no se sabía que tuviera divergencias con la muerte.

Ni siquiera acumuló resentimientos contra África Bretones que le prestó el nalgatorio a todos los sicarios de las ciudades fronterizas.

Tampoco se mosqueó con el Sardo, capo de Matamoros que había intentado degollarlo más de catorce veces.

Si alguna querella desarrolló el Divino, fue contra el último tracto del componente digestivo. El ano, las tripas, el recto. Estaba exhausto de ir al escusado. Tantos años de excretar lo tenían muy molesto.

—Ahorita vengo, voy a descomer —se le oía decir siempre.

—Ya regresé de la letrina, ¿en qué estábamos?

—Con permiso, compañeros, traigo los conductos llenos.

—La comida de hoy está echando afuera a la de ayer. Lo siento.

Obraba todo el día.

Se pasó el noventa y ocho por ciento de su tiempo acariciando con sus inmensas nalgas la insegura configuración de los retretes. Defecaba en zacatales públicos. Obraba en medio de los tiroteos.

Se evaporó mientras evacuaba, informaron.

Desapareció un miércoles y todavía a las nueve de la mañana nadie sabía que estaba por desvanecerse. Se veía muy compacto.

Los sicarios, tumbados en los catres.

A las once de la mañana el Abogado llamó y el Divino se colocó al teléfono. Las instrucciones eran las de siempre: ametrallen a tal alcalde, secuestren a tal edil, incendien tal pueblo, que se niega a pagar cuota de piso, y díganle al procurador que ya le tenemos su encargo.

Cuando el Divino terminó de hablar, todos lo miraron. Algunos sicarios habrían de afirmar días después que en ratitos se ponía transparente, como si ya trajera planes de esfumarse.

Se metió a la letrina y demoró una hora. Salió unos momentos y se volvió a meter. Poco después se le vio a medio patio preguntando por el papel sanitario.

Regresó al retrete.

Volvió a salir.

A las doce del día, uno de los criminales entonó una canción y todos lo siguieron. El Divino, que estaba en el grupo de cantantes, era el que más fuerte se pedorreaba. La canción terminó y el capo dijo que iba para el escusado.

—Pero si acabas de ir —le reclamó alguien.

El Divino no engendró discordias y se dirigió a la letrina. Los homicidas lo vieron alejarse y como escucharon la resonancia de las flatulencias, no alimentaron picazones. Siguieron cantando. Se fastidiaron de entonar estrofas y se pusieron a dar vueltas en el patio. Otros bostezaban.

A la una de la tarde alguien opinó que el día estaba resultando demasiado largo. Había que hacer algo para que oscureciera. Lo mejor sería jugar a la baraja. Mientras apostaban, vieron al Divino. Estaba en medio de todos.

–¿Que no estabas en el escusado? –le preguntaron.

–Todavía no voy –dijo–, pero ya que lo mencionas, ahorita vengo.

Como siempre traía la suciedad muy cerca, nadie lo contradijo. El estiércol se le podría escurrir en pleno dormitorio. Mejor que se alejara.

La fobia más importante que padeció el Divino, aparte de amanecer desmembrado, fue que lo mataran por sorpresa y que a su cadáver se le cayera el pantalón, como le ocurrió a Arquímedes Topacio.

Tenía el miembro muy chiquito y estaba acomplejado.

Quedaría expuesto a las burlonas miradas de las chicas.

Para evitar vergüenzas de ese tipo usaba una hebilla de combinación. Nadie podía quitarle el pantalón más que él y hubo temporadas de la vida en que olvidó el número de vueltas que había que darle a la hebilla. Pasaba varios años con la misma ropa.

Se escuchaba que estaba forcejeando.

Los criminales estuvieron jugando baraja mucho rato. Dieron las cuatro de la tarde y uno de ellos mencionó que no habían desayunado. Había, sin embargo, que esperar al Divino porque si no le gustaba la comida podía tirotearlos. Fue hasta entonces que tomaron conciencia que el capo tenía muchas horas evacuando.

Como estaba emparentado con la suciedad, todos se callaron.

Volvieron a sumergirse en el juego. A las cinco de la tarde y en virtud que ni clamores se oían, se preguntaron si el Divino en verdad estaría excretando. Resolvieron tocarle la puerta.

Atravesaron el patio y arribaron al escusado.

Los sicarios lo llamaron por su nombre y nadie contestó. No percibieron rumor de defecantes. Ni voces ni ruidos digestivos. Sólo la letrina mirando con ojos de madera.

Tomaron entonces la decisión más lógica: ametrallar la puerta. Cinco ametralladoras cortaron cartucho y el plomo salió proyectado. La calma, fragmentada en trozos.

Cuando la puerta se resquebrajó, pudieron mirar al Divino. Lo habían despedazado a tiros. Estaba tirado en el piso y tenía las manos todavía en la hebilla, temeroso de que las muchachas se dieran cuenta del largor del pene.

Había batallado varias horas con la combinación.

Los homicidas tuvieron miedo de alguna represalia y llenos de angustias decidieron ocultar el cadáver. Inventaron que había desaparecido y echaron el cuerpo al inmenso pozo del escusado.

Lo más espinoso fue cuando tuvieron que dar parte a los todopoderosos. Hablaron con voz gangosa. El guargüero revestido de humores. Muchas flemas formadas.

–¡Como que mientras defecaba! –preguntó el Abogado.

–Así sucedió.

Pasó un silencio corto.

El hampón les dijo que no se mortificaran porque de todos modos iban a desaparecerlo. El puesto se le había subido y ya no era el mismo. Lo traían en la mira. Hasta les dio las gracias.

–¿Lo sacamos del escusado?

–No –dijo–, déjenlo ahí, que al cabo era una mierda.

Tamaulipas estrenaba capo.

Se trataba del Sombrío, criminal ancho y sólido. Carne compacta. Cuerpo de ésos que se sientan en bacinicas y no desaparecen. Ex policía.

Le decían el Sombrío por su rostro de momia. Ojos de desenterrado. Peste muy rara.

Contaban las cantineras que jamás salía de vacaciones porque no las necesitaba. Su única diversión consistía en ocasionar heridas. Luego de causarlas, aguardaba a que se convirtieran en llagas.

Es que las llagas son mucho más alegres, decía.

Las heridas son cómicas, pero jamás podrán competir con el potencial humorístico que poseen las purulencias.

Una herida es esparcimiento simple y salvo el bullicio de la sangre que la precede, no tiene más que ofrecer. Las mataduras, en cambio, aunque más introvertidas, poseen un júbilo escondido que estalla en escurrimientos y produce una risa constante.

Aunque hay navajazos tan favorables que hasta rasgan el hueso y crean cierta expectativa, la recreación que brindan siempre será limitada. Las llagas, por el contrario, cubren todo el rostro y están siempre ahí, esperando que uno las observe y empiece a reírse.

Un navajazo tiene la desventaja que termina de sangrar en un rato. Las llagas son tan pródigas que pueden escurrir por años.

En pocas palabras: los heridos aburren en unos minutos y la única forma de volverlos amenos es causarles lesiones constantes. No así los agusanados, que ofrecen un espectáculo permanente que no se altera con nada y no hay necesidad de gastar energía en estarlos acuchillando.

Basado en aquellos principios, el Sombrío se había mandado construir un armario especial. Lo llamó la Vitrina de los Infectados.

Era un armario de caoba negra que se podía ver cuando uno entraba en su oficina. En ella almacenaba moribundos. Cuerpos que mostraban llagas y que colgaban de ganchos. Cuando se sentía melancólico, iba hasta la vitrina y admiraba la pus. Regresaba reconfortado.

Al igual que todos los asesinos que lo antecedieron, nunca se imaginó alcanzar el nivel de capo. Andaba borracho cuando se lo informaron. Trepó en una de las noventa camionetas que se había comprado una semana antes y se dirigió al edificio del crimen. Vivía en La Escondida y siempre que entraba en la ciudad lo hacía por la carretera Reynosa-Matamoros, única vía pavimentada.

Doblaba por la calle Servando Canales que, aparte de no estar pavimentada, siempre se veía llena de perros cagando.

Usaba sombrero texano.

No le sentaba bien, pero nadie se lo decía porque por menos de eso había mandado ejecutar personas. En lugar de darle distinción le acentuaba lo áspero. Si no hubiera sido por los seis teléfonos celulares que traía, habría parecido vendedor de quesos.

Siempre andaba ebrio y en ratitos como que flotaba.

Supersticioso en asuntos de amores, no le gustaba que preñaran muchachas antes que él. Si los veía fecundándolas era capaz de matarlos. Como los cadáveres no pueden fertilizar mujeres, quedaba muy contento.

Se le tenía como sujeto que se rozaba con próceres y se rumoraba que iba a ser congresista. Candidato por no sé qué desdichado distrito. Tenía la diputación ganada porque había locutores que enaltecían sus crímenes y eso le acarrearía muchos votos. Dejaba hijos por todos lados y llenaría las urnas.

Quiso celebrar su ascenso y organizó una tertulia en un hotel de Reynosa. Pensaba ir antes por Micaela, una hembra de la colonia Niños Héroes que acababa de cumplir doce años. Después que él la introdujera en las técnicas de la complacencia, se la había prometido al sargento Librado Pimentel para que le diera una segunda mano.

Contaba con una amante de diez años en Charco Azul, pero como era muda, había dejado de importarle. No gritaba al momento de la ensambladura y el amorío se había venido abajo. El resto de las niñas de Reynosa no le alborotaban las regiones plácidas porque había matado a los padres de muchas y los coitos se le oscurecían.

Veía bultos al momento de fecundarlas.

Ahora, sin embargo, estaba convertido en el nuevo líder del terrorismo y tenía que desarrollar imagen. Saldría retratado en periódicos y revistas. Encabezaría los carteles del FBI.

Tal vez sería designado el Hombre del Año.

Había que impresionar. Se olvidaría de todas las párvulas de Reynosa y le sería fiel a África Bretones, la eterna novia de los capos.

Sabía de la Banda de los Corazones, pero los consideraba pendejos secundarios. Pandilla aislada como tantas que empezaban a proliferar. Inofensivos asnos.

El Sombrío, rufián inteligente, luego de su nombramiento en lo primero que reparó fue que el crimen se había vuelto tedioso. Irritante como libro sin dibujos.

Chocante como el abecedario.

Dicho de otra forma, había sangre, pero no había ternura. Las pandillas ejecutaban sin despertar afectos. Los civiles morían sin dar las gracias. Los tiroteados agonizaban sin compartir la dicha de los sicarios.

Y el problema no era precisamente el estado emocional de los occisos ni el aburrimiento de los homicidas. El conflicto iniciaría cuando los criminales no encontraran placentero estrangular y pidieran aumento de sueldo.

Conflicto laboral en puerta.

Faltaba la fascinación de un héroe que hiciera de los ahorcamientos algo muy poético. Renovar con eso la imagen de las pandillas. Hacer carismáticos a los asesinos y que el pueblo ovacionara al momento de ser asesinado. Además...

El capo cayó en un silencio blanco y circular. Erudiciones de muchos colores llenan el pequeño cráneo.

–¡No soy bueno para erigir ideas! –se lamentó.

Para momentos así, tenía la Vitrina de los Infectados. Fue hasta el armario y lo abrió. Miró los cuerpos que colgaban de los ganchos. Las inmensas llagas. Se lamentó con ellos de su raquítica imaginación y les pidió un consejo. Los moribundos hablaron.

Sí, tienen razón.

–Lo mejor será convocar a una asamblea.

Siguiendo las recomendaciones de los agonizantes, empezó a citar a una reunión ordinaria. En tanto lo hacía, recibió la orden de no invitar al Sardo.

Fue buena idea reunirse porque el Abogado llegó con colosal noticia: el hampa, barco donde todos querían viajar, no soportó el peso de tanta gente y empezaba a hacer agua.

Entre lo que el bandido dijo, afirmó que en el noreste de México había un civil por cada nueve delincuentes.

Aseguró también que el diez por ciento del dinero circulante era falso y el ochenta por ciento se trataba de capital lavado. El otro diez por ciento se le tenía como dinero bueno, pero pertenecía al crimen. Las víctimas se habían declarado en bancarrota.

Si otro dinero había, siguió diciendo el delincuente, era el que los grandes consorcios internacionales invertían en México. Se trataba, sin embargo, de capital flotante que a ellos no los beneficiaban porque todos los días se fugaba hacia el extranjero.

Asimismo afirmó que la alcahuetería del gobierno se había encarecido a tal grado que ningún capital alcanzaba. Los contactos que se tenían en las Cámaras legislativas no paraban de pedir subsidios. La policía nada más estirando la mano.

Todos los giros del comercio presentaban excesivas pérdidas y el único negocio prometedor en México era la venta de armas. Negocio que sólo beneficiaba a los traficantes internacionales porque se trataba de armamento venido de Estados Unidos, de China, de Corea y de Europa del Este.

El problema mayor, sin embargo, se concretaba en que cientos de pandillas estaban independizándose. Si las cosas continuaban así, las ganancias del delito menguarían aún más. Los botines, de por sí raquíticos, se volverían más ralos.

La delincuencia autónoma podría tomar el control.

Los sicarios oían.

Vino un momento de reflexión.

El Abogado, autoridad suprema de la asamblea, hizo tamaña encomienda:

—¡Sombrío —dijo—, quiero que desde hoy tu gente empiece a atacar a las pandillas del Sardo!

Al Sombrío se le oscureció la cara. Los ojos, dos cuencas.

—¡Son órdenes de los todopoderosos! ¡Si no lo haces, otro ocupará tu lugar!

Era cierto. Los todopoderosos, bestias glotonas, habían dado la orden de iniciar lo que los expertos han llamado «el Despertar del Diablo». Había demasiados compromisos creados con el bajo mundo y el hampa estaba enmohecida. Sicarios que se sentían capos y capos que creían ser dueños del negocio. Las pandillas independientes se habían multiplicado hasta el extremo de que para esas fechas en Tamaulipas había cientos de organizaciones criminales.

En cada esquina una banda.

Lo más recomendable sería una pugna interna. Que se maten todos contra todos. Que mueran los ineptos para darle el poder a los más aptos. Esa misma noche debía de abrirse el nuevo frente.

Disposición irrevocable.

La asamblea del crimen abordó luego temas esenciales. Se enfocaron en la parte medular del negocio.

Les preocupaba la importación de carne y su colocación en el mercado nacional. Había que asesinar a más de dos mil locatarios que se negaban a vender el pollo y la res que estaban trayendo de Texas.

Urgía también que los notarios del noreste legalizaran todos los lotes comerciales, las miles de residencias y los cientos de granjas y parcelas incautadas. Sólo se había legalizado la mitad de tales propiedades y urgía poner en orden todo. Si los notarios se negaban a convertirse en cómplices, habría que liquidarlos.

Estaba pendiente también la cuota que se acordó exigirles a los burócratas del Estado que se pagaría al crimen vía una nómina paralela. Y aguardaba asimismo lo de los cabarets, lo de los camioneros, lo de los mercados ambulantes. El ochenta por ciento de las ganancias que les correspondían por las cosechas de maíz, sorgo, mango y caña de azúcar de los predios que aún no se incautaban. Las más de novecientas mil prostitutas que laboraban en el noreste y que se negaban a pagar la mensualidad que se les había fijado. Y luego los travestis, que dejaban más dinero que las prostitutas, pero que resultaron muy morosos para liquidar.

–¡Secuestren a más empresarios –ordenó el Abogado–, hay que pagarles favores a varios generales. Muchos políticos exigen su parte!

Sicarios muy atentos.

–¡Y a partir de hoy, queda disuelta la pandilla de La Dalia! –exclamó el Abogado–. ¡Son unos mataperros que sólo saben ultimar señoras! ¡La Banda de los Corazones los ha tiroteado varias veces! ¡Ahora los masacraron en La Dalia!

Todos asombrados.

–¿Y quién controlará los ramajes? –preguntó el Sombrío.

–La gente de Nicomedes, el capo de la Cuenca.

Nadie objetó nada y se siguieron tratando asuntos muy candentes. Se planearon muertes. Se fraguaron secuestros. Se sirvieron fritangas.

–Quiero que traigas al Mecánico –le dijo el Abogado al Sombrío–, lo necesito para un trabajo.

–¿El Mecánico? –preguntó el Sombrío y enconchó la lengua.

Se tragó dos gargajos.

Aunque el culpable de la muerte del Mecánico había sido el Divino, de todos modos el Sombrío iba a parecer como implicado. Siempre supo de aquella defunción y nunca la divulgó.

–El Mecánico está muerto –informó un sicario.

El Abogado oyó. Ojos que brillan mucho.

–¿Cómo que muerto? ¡Era nuestra gran esperanza!

–Lo mató el Adivino.

Luego del comentario, el Abogado, que jamás gargajeaba, empezó a amasar inmenso escupitajo. Estuvo paseando la flema mucho rato de un lado a otro de la boca. La subía y la bajaba.

Arrojó el salivazo.

No sabe escupir y la amarillenta baba le cayó en el saco.

–Ésos del ramaje –dijo y trató de limpiarse la expectoración–, no los para nadie.

–¿Y qué con eso? –preguntó un capo menor–. Son chamacos pendejos.

–¿Chamacos? –preguntó el Abogado–. El Adivino ha de tener ahorita alrededor de veinte años. La Virgen también.

–¿Y qué con eso? –insistió el sicario.

–El pueblo puede seguir su ejemplo y atacar a nuestra gente.

–¿Y?

–Si el pueblo se arma, los acabarán en un rato.

–¿Los acabarán en un rato o nos acabarán en un rato? Acuérdese que somos el brazo armado del crimen. Si nos acaban, ustedes caerán también.

La asamblea, concurso de gargajos.

El Abogado consideró el comentario como una pérdida de identidad de parte del que habló. Falta de sometimiento. Hizo una señal y un hombrón brotó de las penumbras. Se colocó tras el que usó la palabra. Sacó un cable y lo enredó en el cuello. Apretó.

El sicario empezó a patalear. Efectuaba señales de arrepentimiento, pero nadie tuvo misericordia. Tenía que aprender a no ser indiscreto. Arrojó un líquido amarillento por boca y nariz. Quedó estrangulado. Sacaron el cuerpo.

La junta prosiguió.

–Los centroamericanos acabarán con la Banda de los Corazones –aseguró el Sombrío luego de que el muerto fue desalojado–, es cosa de tiempo.

Se trató de una aseveración de angustia. Tenía los labios blancos y cuando respiraba, absorbía muy poco aire. Cadáver que platica. Hasta los gargajos se le camuflaron.

–Oye, Sombrío, por qué no traemos a los que trajo la mafia de Estocolmo cuando mató a aquel francés que dijeron que era candidato al premio... al premio... ¿A qué premio, Nicanor?

–Al premio Nobel –aseguró el aludido–, eso dijeron en las noticias.

El Sombrío, ojos de amonestación. Los sicarios estaban mostrando su incultura. Borregos catecúmenos. Decidió intervenir.

–¡No pronuncien las cosas al revés! –gritó–. ¡No se dice Nobel! ¡Se dice Noble! ¡Premio Noble, pendejos! ¿Y para qué los quieren? ¿Para acabar con la Banda de los Corazones?

–Sí.

–Los Doce de Hong Kong son para trabajos superiores. Ejecutar a esos piojosos no requiere ciencia.

Silencio. Ojos que miran ojos.

–¿Y por qué no los has destruido? –preguntó el Abogado.

Otra vez silencio. Flemas atrincheradas. Rondan flatulencias.

Lo que aligeró la tensión fue un segundo gargajo del Abogado. Arrojar flemas otorga personalidad y no pudo resistir la tentación de lanzar otro salivazo. Acumuló ancha mucosidad en la boca y la meció con profesionalismo.

Escupió.

Esta vez la saliva logró remontar el área del saco, pero la flema cayó en la vasija de fritangas.

El suceso fue como una señal para terminar la asamblea.

Todos se despidieron.

19

La Banda de los Corazones no sólo fue la primera agrupación en quebrantar el orden establecido por el hampa. Fue también la primera en desaparecer.

Tuvieron una vida activa de cinco años.

Las pandillas que se independizaron después contaron con mejor suerte y lograron resistir bien los altibajos del crimen.

Llanos de Tamaulipas.

La última audiencia de las Risueñas acerca del final que tuvo el grupo de muchachos da inicio en bares y cantinas. Se extiende luego hacia lupanares y moteles.

Cuartuchos perdidos donde prostitutas acarician a tristes.

Catres donde la ausencia duerme.

Todos los establecimientos que imparten usos y rutinas de afecto.

Congojas de este mundo.

Palabra que vagará por siempre en la noche del alma.

Guitarras del paramento.

Las Risueñas aseguran que cuando tenían la luna nada más para ellos y el pueblo les había erigido veintidós torres de oro, cuando habían ascendido a la utopía y existían sólo en forma de odas, morir se presentó como la elección más viable.

Tenían la civilización en contra.

El ejército tras ellos. Tras ellos también las pandillas de la delincuencia. El gobierno había ordenado su extinción. Los centroamericanos a punto de alcanzarlos. La embajada de México en París negándose a contribuir para solventar los gastos de traslado.

Hubieran podido ocultarse en las ciudades pero no.

Ciudades no. Tampoco pulidos monumentos.

Desde la matanza de Cadalso seleccionaron su espacio. Ni asfalto, ni manchones de luz. Preferibles los silvestres peñascos de la naturaleza que el adelanto del hombre. Nada que tenga que ver con humanos.

Sólo ramajes.

Sólo esas bellas flores que también pasarán. Bandadas que forman parte de un inmenso recuento. Riscos que custodian desmesurados huertos.

En su perecedero actuar le mostraron al vulgo que así como hay asesinos que carecen de honor, hay asimismo pistoleros virtuosos. Homicidas enterados de que una pistola es para matar sólo lo que es factible de extinción.

Lo respetable debe prevalecer.

Dispararon y tuvieron instantes de prestigio. Ráfagas de triunfo. Besos de muchachas buscando agarrar forma. Libros y canciones. Sus retratos por todo el mundo.

Fugaces como gorriones de un bosque perdido.

Mortificación de los capos.

El primero de los chamacos grandes en morir fue Abundio Lupercio, el Hermoso, como le decían. Hiedra de belleza, escalón de talento. Entusiasmo para llenar un dique.

Había llegado a la banda diecisiete meses después del genocidio de Cadalso y nadie le auguraba futuro. Arribó siendo un costal de huesos, pero con el tiempo agarró idiosincrasia. Alto, musculoso, cabello hasta los hombros.

Ojos de jaguar.

Su última actuación fue dos meses antes de su muerte, cuando la Banda de los Corazones casi acabó con la pandilla de La Dalia en el pueblo del mismo nombre.

Tenía, sin embargo, los días limitados.

Según las Risueñas, Abundio Lupercio perdió la vida en Casas. Lo mataron cuando se besaba con Elvira Olea, niña de prolongadas pausas.

Abundio no tenía leyenda. Tampoco historial. Su fábula comenzó con su muerte.

Tirador iluminado. Anales que vagarán eternamente por sendas y bifurcaciones.

Diez y ocho años.

Nunca se supo de dónde vino porque su existencia dio inicio en los gallineros de Cadalso. Fue quien ayudó a Gabino Espejo y a Cayetano Urías a destejer el alambre y aguardó junto a ellos hasta que todos los niños alcanzaron a huir. Cuando Gabino y Cayetano corrieron, desapareció junto con ellos, pero los perdió en la fuga. Mientras las ametralladoras sonaban, escapó por los túneles de la casualidad. Decenas de cuerpos caían entre las matas. Talles mutilados, niños sin brazos. Al día siguiente despertó en una zanja cubierto de lodo. No llevaba heridas.

Abundio estuvo vagando semanas entre chaparrales eludiendo a las pandillas que buscaban vestigios. Meses después se encontró con un niño extraño: Abegnego Múzquiz. Marcharon juntos. Un doce de junio se encontraron con Gabino Espejo y otros sobrevivientes de Cadalso.

Se unieron a ellos.

Elvira Olea, florecilla de Garza Valdés, infanta de domingos, es nueva en esta crónica. Lo único que se sabe de ella es que reinaba en un balcón. Princesa de la tarde. Niña de besos y listones, sólo sabía reír. No recelaba de este grosero mundo.

Abundio iba a visitarla con frecuencia porque se enamoró de su cautela. Hablaron de asuntos del corazón y se hicieron novios. Un día no la encontró y le dijeron que se había ausentado. Ahora vivía en Casas.

Acostumbraba ir a Casas nada más para verla.

Ella escondida en opaca ventanita. Niña encristalada. Él aguardando. Elvira salía y se entrevistaban bajo un árbol triste.

Un fatídico día los centroamericanos descubrieron a Abundio. Le prepararon una celada. Renunciaron a tirarle de frente porque era cazador de gorriones y no quisieron arriesgarse. Prefirieron sitiar la calle. Carabineros arriba de los techos. Patibularios escondidos atrás de enormes troncos. Sicarios tirados de panza. Más de cien hombres.

Cuando el chamaco unió su boca a la de Elvira Olea le tiraron por la espalda. Abundio recibió los tiros y no se halló la mente. La poca conciencia que retuvo se le precipitó hacia una hondonada luminosa. Elvira Olea, emperatriz de inolvidables ventanales, quedó muerta en sus brazos. Traspasados por los mismos tiros.

Pareja de trescientos impactos.

Elvira fue velada en la escuela. Su cuerpo, acostado en el piso, rodeado de dieciséis veladoras y doce ramos. Los compañeros de la secundaria le llevaron caramelos. Un kilo de plátanos.

Abundio habría de ser sepultado sin flores y sin rezos. Ningún pariente. La presidencia municipal de Casas cargó con los gastos.

Por la muerte de Abundio y por muchos argumentos más, Sombra Caminos decidió colocarse de nuevo la blusa de mujer. Los femeninos pantalones. Las botas nuevas. Listones en las mechas.

Se fajó en el pecho la escuadra del capitán Sendo López, la que tantos decesos debía. La que tumbaba gorriones. Besó a los niños del asilo y prometió traerles un caballo de vidrio.

Fue a despedirse de la misionera. Mila lo miró. Se quedó deslumbrada. Jamás había contemplado una belleza de esas dimensiones.

−¡Qué bien te ves así!

Sombra no contestó.

−Voy a buscar a Gabino.

La mujer se robó varios silencios. No elaboró reproches porque sabía que aquello ocurriría. Le dio un paquete de medicinas por si se agravaba, pero Sombra lo rechazó. No tenía sentido llevar medicamentos porque la lesión le había cicatrizado. Podrían servirle a otros heridos.

−No te preocupes por mí.

–Sólo cumplo la promesa que ante Adelaida Caminos juré en una capilla.

Sombra la miró fijo.

–Fui misionera en todas las sierras de Tamaulipas y me emparenté con mucha gente. Aparte de que bauticé a Luz, tu hermana, también te bauticé a ti. Ante la Iglesia, soy tu madre.

Sombra, ojos que buscan el fondo de la vida.

–¿Y cómo supiste de mí?

–Las cantineras de los ramajes saben bien tu historia. Entre todas te escribieron un libro.

Sombra muy callado.

–¿Dónde puedo hallar a Luz?

–Sigue en Méndez. En el convento de Las Once Divinas.

Mientras Sombra y Mila conversaban, en Reynosa se observa movimiento. Pasaban sucesos no muy gratos.

La muerte se sirve en ancho vaso.

El diablo zapatea.

Había trifulca entre criminales. Tiros inesperados. Vómitos y sangre. Pestilencia a pólvora.

El Sombrío acababa de acribillar a varios de sus sicarios. Los acusó de perjurio.

Momentos antes planeaban tétricas defunciones y hasta eructaban cuando el capo descubrió que todos los criminales portaban medallas nuevas. Tenebrosos atisbos.

–¿Y esas medallas?

–Son de la Virgen.

–¿De la Virgen de Guadalupe?

–De la otra Virgen.

–¿De la Virgen de San Juan?

–No.

–¿De la Virgen de Fátima?

–No.

–¿De qué maldita Virgen son esas medallas?

–De la Virgen. El nene pistolero. Todo Tamaulipas porta medallas parecidas. Están de moda.

El Sombrío abrió desproporcionados ojos.

–¡Orejones móndrigos! ¡Por causa de ese marica es que estamos hundidos y ustedes chupándole el garrote!

Sacó la escuadra y tiró. Acribilló a seis.

No mató a más porque los sicarios ya estaban de rodillas. Putas arrepentidas. Lloriquean como yeguas sin caballo.

Arrojaron las medallas al bote de la basura.

–¡Lárguense de aquí y llévense los cadáveres! ¡Échenlos al drenaje!

El Sombrío se quedó a solas en la sala y está reflexionando. Hubo un momento en que no soportó la curiosidad y llegó hasta el bote de la basura. Sacó una de las medallas y se la puso. Se miró al espejo y le agradó.

Tiene fulgurante idea.

Mandaré hacer un millón de estas medallas, pero no con la cara del marica ese, sino con la mía. Les ordenaré a las autoridades que se vendan en las escuelas. Aparte de que todo Tamaulipas me traerá en el pecho, ganaré fortunas.

Por fin me escribirán canciones. Muchas enciclopedias.

20

Abegnego, Segundo, Cándido y Honorio fueron los siguientes integrantes de la Banda de los Corazones en alcanzar misericordia divina. Por los tiempos en que Sombra dejó la enfermería, el Eterno los llamó a rendir cuentas. Merecido reposo con que son distinguidos aquellos que mucho se afanaron.

Aparecieron flotando en un remanso.

Luminosos y breves como un trino.

Las cantineras dejaron escrito en su libro que los cuerpos de los cuatro muchachos navegaban en la corriente buscando los descansos del mar. Hermosos como son los hombres en los primeros escalones de la vida. Portaban ropa y mostraban contusiones. Huellas de golpes. Mucha tortura y difícil agonía. Nunca se supo quién los mató.

Manos piadosas los sacaron del agua y los tiraron en la grava. Surgieron preguntas que no tenían respuesta.

El único antecedente que hay de sus decesos es que una semana antes habían sostenido una refriega en los ramajes de Balbuena con una pandilla de salvadoreños. Ocultos en mogotes, les causaron más de veinte bajas. Por la forma certera que tenían de tirar, el grupo del hampa supo que se enfrentaba con cazadores de gorriones y se puso en fuga.

Durante días no se vieron maleantes en el área.

Una semana después del altercado, empezaron a llegar a la zona grandes grupos de asesinos de varias nacionalidades.

Husmeaban por todas las veredas. Observaban hacia todos lados.

Se supone que alguno de esos grupos les dio muerte y debió de haber ocurrido en un punto del ramaje cercano al pueblo de Güémez, porque luego de matarlos fueron arrojados al río Corona.

Cuatro cuerpos que flotan.

Tan cierta fue su muerte que comparecieron inspectores. Vinieron encorbatados que al mismo tiempo que comían fritangas, solicitaban referencias. Fedatarios sentados ante desgastadas máquinas.

El asunto es que los cuatro chamacos ya no sonríen más.

Ahora son figuras que cantan en la bruma.

Presencias que caminarán en el ramaje.

Ahí vienen bordeando el precipicio.

Fueron sepultados en Garza Valdés y la gente se amontonó queriendo despedirse de ellos. Se cavó una zanja pública y el vulgo les cantó canciones. Fueron sepultados entre lágrimas de muchachas. Besos de melancólicas chiquillas.

La misma fosa para los cuatro.

Aquellas muertes pesaron tanto en la Banda de los Corazones que Gabino y Cayetano se adentraron en los chaparrales buscando un desenlace. El ánimo de los chamacos sobrevivientes, telón desgarrado. Políticos quisieron adornarse y prometieron solicitar ayuda a organizaciones humanitarias. El abatimiento en el grupo, sin embargo, se había extendido, y días después del funeral un hatajo numeroso de párvulos dejó la cuadrilla y se adentró en la Sierra Madre. No volvieron a ser vistos.

Gabino y Cayetano erran en el ramaje. La respuesta de la embajada de México en París para ayudar en el traslado, perdida para siempre. Las fotografías de los chamacos junto al monumento del Trópico de Cáncer se pudren en el lodo.

Atroz decaimiento.

Si se tenía el deseo de reclutar más chamacos, sólo hubiera sido cosa de aguardar. Cientos de niños agrupados en hordas habían empezado a dejar las ciudades intentando guarecerse del crimen. En los siguientes años se internarían en los ramajes y formarían pandillas. El pueblo les daría armas.

El fenómeno de la Banda de los Corazones volvería a repetirse.

Entre tanta tristeza, lo único que restaba era poetizar.

Discurrir sobre el amor y exaltar sus naturales virtudes. Afirmar que jamás será desconsolado abismo. Exponer que de rumbosa tarde nunca habrá de tornarse amargo partidero.

Andén donde los que se quieren se reencuentran. Sonrisa que llegó a tu vida y que fue claridad de todas tus mañanas.

No se pueden, empero, escribir páginas de alborozo cuando se pasan muchas semanas al albedrío de un risco. Horas de febril aislamiento.

Alguien aguarda.

Aunque el que aguarda lleva el alma marcada por desolaciones, no se le tiene por demente. Tampoco por insensato.

Es Sombra, que no logra superar ausencias.

La última reseña de las Escuchantes inicia precisamente así. Cuando Sombra Caminos habitó en el abismo.

El risco, lavamanos del sol. La fronda, ramillete del mundo. Blusa rasgada por la luna.

Aguarda por Gabino, pero nadie viene. Tiene tanto tiempo en la Cara del Caído que se ha hermanado con jaurías. Es íntimo de águilas. Las noches, oscuras como maldiciones.

Tan insociable como cuando habitó en las abras del Cajón de Mansalva. Ojos que miran desde cerrados matorros.

La inhumana escuadra.

Entre sus delirios, confesó una noche que había matado a más de cien cristianos. Militares y sicarios todos. No estaba arrepentido y tenía el deseo de matar otra cantidad igual. Depurar el mundo hasta verlo transparente como gotita de agua.

Amaneció otra vez.

Bandadas venían a visitarlo pero no Gabino. ¡Oh!, fugitivo de Cadalso, ven a mis carnes ya. Alójate en mi cuerpo. Cuando no estás, el dolor se me vuelve demasiado largo.

Pasión enredadera.

Llevaba casi noventa días de no hablar con personas. Soledad de la carne, necesidad de hender.

Honda carencia de ser hendido. El amor, turbulento río que precisa desaguarse. Pergamino de poemas eternos.

Una mañana sin pájaros se desfajó la escuadra y la colocó sobre una piedra. Caminó y se reclinó en un tallo. En tanto miraba el remoto llano, fue testigo de enigmáticos versos.

...A dónde vas desdichado mortal que no encuentras alivio...

...Ya no trajines más, hijo de las tinieblas, que el mundo no es tu casa...

...En este luctuoso valle sólo la muerte te ama...

...Quítate de astucias. Ven y agoniza con recato...

–¡Sombra! –se oyó de pronto.

El chamaco volvió la vista creyendo que se trataba de Gabino, pero no vio nada.

Ruidos extraños. Pasos. Sonidos de cuerpos desplazándose.

–¡Sombra! –se volvió a oír.

El muchacho quiso caminar hacia donde había dejado la escuadra, pero ya no pudo. Entre el arma y él había tres hombres pistola en mano. Aspecto de bribones.

Un hombre más brotó a sus espaldas.

Se escuchó un pistoletazo y el muchacho recibió un fuerte golpe en la cabeza. Miró un gorrión azul y se le doblaron las corvas. Quedó acostado en una laja.

El que le había pegado se acercó. Se carcajeaba.

–¡Que al cabo que las colegialas que reciben pistoletazos en la frente se vuelven más agradecidas! –decía.

No hubo reclamaciones porque como reza el proverbio: un cachazo es nada más un cachazo.

Eran los cuatro de a caballo que tenían mucho tiempo siguiendo a Sombra. Habían dejado los animales al pie del voladero. Como eran felones lo siguieron golpeando.

Le patearon el vientre y la cara. La frente ensangrentada.

–¡Ya déjalo, Jonás! Tenemos que entregarlo sano.

—¡Nada más unas cuantas patadas y ya! —aclaró el aludido.

Luego de la golpiza, le echaron agua en la cara y lo despertaron. Lo jalaron y lo pusieron de pie. Un ojo inflamado y la boca rota. La piel abierta a la altura de la frente.

—¡Por fin te hallamos, querubín!

—Estás convertido en toda una nena.

—Te ves bien vestido de mujer.

—Sí, de mujer...

Sombra los observó a través de la sangre que le escurría de la frente. Los hombres tenían la piel quemada por el aire de las cumbres, aparejos de montaña.

—¿Qué quieren?

Los bandidos lo miraron.

—¡Qué modos son esos, querubín! ¡Tanto que te idolatramos y tú tan maleducado!

—¿Qué desean?

Sonrisas burlonas. Torvas miradas.

—Nada importante. Sólo cobrar un dinero.

—¿Qué dinero? —preguntó Sombra.

—Dinero de la familia Santos.

—Sí, de la familia Santos...

Sombra entendió. Luego de casi diez años, el odio por la muerte de Brígido Santos continuaba siguiéndolo. Los hombres debían ser matones profesionales pagados por los parientes del difunto.

La escuadra al otro lado de ellos.

—¡Cuidado, nenita! ¡No voltees a ver tu pistola porque nos ofendes!

—Somos muy sentidos.

—Sí, muy sentidos...

—Yo no maté a Brígido Santos. Se desbarrancó solo.

—Eso lo vas a explicar cuando te estén colgando.

—Sí, colgando.

Uno de los bandidos caminó y tomó la escuadra. Otro sacó un lazo y se lo arrojó al cuello. Entre los otros dos le ataron las manos a la espalda.

—Vamos por los caballos.

Bajaron el peñasco llevando a Sombra. Los hombres montaron en los animales y le ordenaron al muchacho caminar delante de ellos. El lazo del cuello atado a una silla de montar. Se internaron en ramas y tomaron hacia el suroeste intentando remontar la cordillera.

Sacaron botellas de mezcal. La luz del sol resbalando entre peñas.

—¿No te interesa saber a dónde te llevamos, querubín? —preguntó después uno de los hombres.

Sombra no contestó. Ruidos de la tarde. Los acompasados pasos de los caballos.

—Vamos para La Nube —le dijeron.

—Allá te quieren mucho. No se olvidan de ti.

—Tanto te quieren que antes de arrastrarte a cabeza de silla te van a entregar con los soldados.

—Si no tienes sexo, ellos te van a fabricar uno.

—Igual que a tu madre.

—Y a propósito de tu madre, ¡qué hembra!

—Sí, ¡qué hembra!

—Sabía moverse.

—Sí, sabía moverse…

—Y tú, Sombra. ¿Qué tal te mueves?

—Queremos sentir tus movimientos.

—Sí, tus movimientos…

Los bandidos dejaron de hablar porque uno de ellos se había quedado atrás. Estudiaba los ramajes con su mirada de asesino. Muy pensativo.

—Apúrate, Aurelio.

El aludido oyó y volvió a cabalgar. Alcanzó a sus compañeros.

—¿Qué pasa?

—El caballo está nervioso. Alguien nos viene siguiendo.

—¿Quién nos va a seguir, hombre? Y si nos siguen, peor para ellos.

—Sí, peor para ellos…

Continuaron avanzando. Atardecía cuando a los bandidos, borrachos por el mezcal, les dio por observar a Sombra.

La soledad se acentúa en los ramajes y el dolor por la ausencia de hembras es acerbo. El aspecto femenino de Sombra. La atractiva silueta. Caderas que cautivaban.

Empezaron a molestarlo.

—¿De verdad no tienes sexo, querubín?

—Hicimos una apuesta entre nosotros que algún sexo debes tener. Una rendijita tal vez. Quizá algo muy pequeñito colgando.

—¿Nos puedes mostrar tus partes bonitas?

—Sí, tus partes bonitas...

Los bandidos rieron. Sombra caminaba. El ojo lesionado se le había cerrado por completo.

—Nos urge salir de estos ramajes porque por aquí es por donde ronda tu pandilla, pero cuando hayamos franqueado la cordillera te vas a tener que desnudar.

—Vas a bailar para nosotros alrededor de la fogata.

—Y luego nos vas a complacer.

—Ja, ja, ja.

Cuentan las Escuchantes que el mismo sujeto que se había quedado atrás volvió a tener otro atisbo. Susurro de la muerte. Se apartó del grupo y miró hacia el llano. Todos se detuvieron.

—¿Qué ocurre, Aurelio?

El hombre volvió a cabalgar. Ojos de preocupación.

—Los que nos vienen siguiendo están ya muy cerca.

—Pues déjalos que lleguen —contestó uno de ellos y bebió largo trago—, les daremos la bienvenida.

Había empezado a oscurecer y los jinetes decidieron darles un descanso a los caballos. Se internaron en un bosque cerrado para pasar inadvertidos. Si acaso alguien los seguía, de esa forma sería difícil que los localizara. Desensillaron los caballos y ataron a Sombra a un tronco. Se tiraron sobre las guarniciones de las bestias y siguieron bebiendo.

—¿Encendemos una fogata?

—No. Puede delatarnos.

—¿No iba a bailar Sombra?

—Puede bailar sin fogata. ¿Verdad, querubín? Tiene que demostrar que es mejor artista que su madre.

Uno de los individuos caminaba hacia Sombra cuando se oyeron ruidos. Pasos venidos de todas direcciones. Jadeo de perros.

Los hombres se miraron.

—Les dije que nos venían siguiendo.

Los malandrines se pusieron de pie y sacaron armas.

—Desata a Sombra. Lo usaremos de escudo.

Quedó registrado por las cantineras que uno de ellos obedeció la orden, pero no alcanzó a caminar mucho. Se oyó un sonido sordo. Un tiro disparado a corta distancia. Proyectil de rifle. El hombre se dobló.

Los tres sujetos restantes no lograron reaccionar porque los disparos se multiplicaron. Cuerpos que recibían impactos. Plomo que buscaba vísceras. Gases que huían de los cuerpos, quejas y maldiciones.

Ya están en el cascajo descansando en paz. Muy contentos en las blanduras de Dios. Como andaban borrachos ni los tiros sintieron.

Sombra los miraba.

Las Escuchantes aseguran que luego de los tiros, un grupo de gente desconocida salió del boscaje. Mujeres armadas con carabinas y pistolas. Más de diez. Escuadrón femenino. Desataron a Sombra.

Lo están mirando.

—Vimos como te traían presa —dijo la mujer que comandaba el grupo sin reconocer a la Virgen—. Pero ya estás libre, puedes irte.

Sombra, sonrisa de pulcra gratitud.

—¿Quiénes son ustedes?

—Mujeres del rancho del Olivo. Matamos criminales. Aprendimos a tirar para defender a nuestros hijos.

Sombra observando.

¿Se trataba acaso de los primeros comandos civiles? ¿Mujeres que intentaban evitar la extinción?

De ser así, aquellas damas debían tener cuidado porque el gobierno, con el pretexto de que en México está prohibido portar armas, las aniquilaría.

–¿Puedo tomar mi escuadra?

El grupo armado autorizó la solicitud y Sombra retiró de una silla de montar su ringlera y su pistola. Agradeció con palabras lo que hicieron por él y sonrió discreto. Avisó que se iba.

Se alejó de las mujeres armadas.

Enfiló sus pasos hacia los ramajes y caminó hacia abajo varias horas intentando arribar al llano. Llegó hasta el risco pasada la medianoche y se tiró a dormir al pie de una saliente.

Fatigado por los golpes, durmió dos días completos. Sólo se levantaba a beber agua y a comer algún fruto. Un día por la mañana lo despertaron pasos de personas. Se incorporó. Eran Gabino y Cayetano que caminaban cerca. Sombra los llamó.

Los muchachos llegaron hasta él y lo miraban sin creer. Era la Virgen y al mismo tiempo no lo era. Estaba vestido de muchacha. Blusa femenina, ajustados pantalones. Listones en las mechas. Las delicadas tetas. Lesiones en el rostro.

No argumentaron nada acerca de la vestimenta porque de alguna forma consideraron que la Virgen había hallado por fin una imagen que mucho le sentaba.

–¿No estabas en la enfermería?

–No.

–¿Y esos moretones?

Sombra cambió la pregunta por otra.

–¿Dónde se habían metido?

–Por ahí –contestó Gabino.

–Por ahí, ¿dónde?

Los muchachos se miraron. Deciden revelar noticias que la Virgen ignoraba. Gabino abrió la boca. Patrocina ideas.

–Ha habido muertos.

–¿Muertos? –preguntó la Virgen–. ¿De qué bando?

–Del bando de nosotros.

Gabino le informó del deceso de los cuatro compañeros y testimonió asimismo la tristeza que cargaba encima. La Virgen se quedó colgando de hiedras de otro tiempo. Ruidos de muchas aguas. Torrentes que bajan de los riscos. Perfumes de mil flores escriben estrofas sobre las pendientes.

El muchacho solicitó una exposición más clara de las muertes y Gabino habló. Dijo lo que sabía. Hizo referencia a cómo los hallaron flotando en un vado y de sus emotivos funerales.

La Virgen escuchó atentamente, la Virgen soltó el llanto. El risco pareció volverse más alto y más soberbio. El día más pardo.

Cayetano sintió que la Virgen y el Adivino deseaban estar a solas y se despidió. Dijo que estaría en Mainero por si lo necesitaban.

La noche, manto donde los dioses juegan.

Gabino y Sombra se abrazaron con la honda fuerza que se genera cuando parten cadáveres queridos. Lloraron entre cantos de pájaros y con lágrimas recibieron al sol. Se asomaron al interior del alma y miraron un altar oscuro.

Ara que será encendida en el espíritu y que arderá hasta las postrimerías del tiempo.

Como los besos ya no los inhibían, acostumbraban juntar las bocas con frecuencia. Práctica de sobrevivientes.

–¿Y la lesión?

–Ya estoy bien. Ni marca me quedó.

Gabino, ojos de volcado amor, volvió a estudiar a la Virgen. Aunque se veía muy hermoso vestido de mujer, no le había hecho proposiciones incorrectas. El animal de abajo, bestia bien educada.

Es la tarde siguiente.

Sombra tomó a Gabino de la mano y lo condujo hacia abajo del abismo. Caminaron sobre un horizonte de peñascos. Entraron en un bosquecillo y luego de algún tiempo de marcha llegaron a un oasis.

Había que desterrar tristezas.

–Bailemos –dijo Sombra.

Se han abrazado.

Sombra le enseña a Gabino la Evolución del Jaguar. Danza de protección.

Los indios de la Sierra de Ventanas bailaron durante generaciones la Evolución del Jaguar. Pantomima para no morir que consiste en bailar contorsionando el cuerpo como lo hacen los jaguares cuando pelean.

Gabino bailaba y observaba atento.

Sombra arqueaba el cuerpo y Gabino lo imitaba. Sombra de espalda y el Adivino ciñéndolo por la cintura.

Ventajosas las trampas de la naturaleza. La muerte se torna idea cetrina cuando se olfatea el aroma de la reproducción. El perfume del sexo provoca que todos los mortales se olviden del fallecimiento.

Y si los machos son de genitales volcánicos, las hembras resultan ser verriondas.

Habían pasado veintitrés semanas desde la noche aquella en que Gabino quiso empotrarle el miembro y ya no había rescoldos. Dieron un giro y chocaron de frente. Los cuerpos muy juntos. Vientre con vientre. Boca con boca.

Para qué postergar lo que mucho se ha estado posponiendo. Son dos seres ávidos de caricias. Hambre de los cuerpos. El mundo, desdeñoso sendero.

—Bésame hasta que me lastimes… —solicitó Sombra entre jadeos.

Ojos entrecerrados. Labios muy brillantes.

Las glándulas de Gabino acumulando líquido amoroso.

—Estás herido de los labios.

—No importa.

Gabino aspiró el aroma de mujer que emanaba la Virgen y se dejó arrebatar por un vértigo.

—Te besaré hasta lastimarte.

—¿No te importa que sea Sombra, el que no tiene órganos sexuales?

—Siempre supe que lo eras.

No hacen falta más argumentos para que la ropa se convierta en estorbo. Afuera trapos que la vida no se detendrá. Ya muertos no tendremos libertad. Olvidaron la Evolución del Jaguar. Las vestiduras tiradas en el suelo. Sombra de espaldas.

Fue una pasión de media tarde. Las nubes vacilaban y la indecisa luz le daba al manantial la apariencia de oro líquido. Hojas color campana vieja. Una serpiente pensativa meditando en los tréboles.

Colibríes no invitados.

El humor a tierra de dos cuerpos desnudos. Sedienta carne. Entraron en el estanque.

Sombra seguía de espaldas luciendo su delicada silueta. Los hermosos hombros. La breve cintura. Las ovaladas nalgas.

–No tienes nada que ocultar –le dijo Gabino–. Te voy a amar de frente.

–Cierra los ojos –pidió Sombra.

Gabino, ojos muy cerrados. Amaba a un ser andrógino, pero no estaba cohibido. Conocería en vivo la gran hablilla de la cordillera. Chisme de muchos pueblos.

Sombra se volteó de frente. Se acercó.

Gabino sintió el calor corporal. Sin abrir los ojos lo tomó en los brazos y lo besó fuerte. Beso más largo que un camino. Clamores y resuellos.

Bajó luego la mano y palpó territorios. Dirigió la mano al pubis esperando acariciar murmuraciones.

Está tocando.

Se ha introducido en fulgurante espejismo. Fantasía de las vísceras. Aguas pasionales.

Acarició hondonadas. Virginales presencias. Un vallecillo cóncavo y femenino vaho.

Abrió los ojos. Vio.

Se había hecho a la idea de insertar el miembro al estilo de la Correccional de Victoria, pero no hubo necesidad. Sombra tenía sexo. El órgano reproductor que poseen las hembras. Conducto para contener todo lo que un varón posee. Gabino, ojos de aceptación.

–Eres mujer.

La chamaca, ojos encendidos, ya no habló. Muy apremiante que la penetraran. Pistilo consumido de amor.

Volvieron a besarse.

A lo lejos, ruidos de fieras irritadas. Reclamos de animales.

Es la primera vez que se acarician sin llevar vestimentas y la tranca de Gabino a toda su capacidad. Dos niños tristes en un paraíso cimbrado por disparos. La intrépida sexualidad humana.

No te enamores, carne, que el mundo es traicionero. Germinarás criaturas que crecerán en un valle de ahorcados. No existir es lugar más seguro.

Demasiado tarde para aconsejar.

Dios creó el deseo para que los imprudentes se mofen de la muerte.

Debajo de la desnudez del hombre, vestigios de una orfandad extrema. Sangre que persigue la perpetuidad por mera angustia. La procreación, un hondo miedo de morir.

La desgracia aguardando.

Los cuerpos en íntimo coloquio. Se están reconociendo con las manos. Los recodos de Sombra, partes muy sedientas. Las protuberancias de Gabino, hinchadas como tablones húmedos.

El aliento del muchacho, remembranza de naranjos silvestres. La lengua rasposita de Sombra Caminos.

Ya la llevan a su lecho de amores.

Ni actas firmadas, ni contratos.

Noviazgo, si es que existió, se suscitó entre muertos. Si algún romance hubo, un día lo contarán las piedras. Acordeones de los cuatro vientos.

El gran libro ruidoso del ramaje, tu casa peregrina.

La erudición del sol. Labia de las estrellas. Elocuencia de aguaceros y charcas.

Nada que anteponer.

Sombra y Gabino mirándose muy fijo.

Intuyen que no deben reproducirse, pero equivaldría a desperdiciar los rudimentos que tienen para hacerlo. El Adivino remolcó el cuerpo de la muchacha hasta la orilla del agua. Este lodo es tu altar, el estanque tu velo, le hubiera gustado decir. El sol, tu diamante de bodas; el viento, tu campana.

Pero como era ordinario, no encontró el pórtico de la dialéctica.

Grava y guijarros, tu mullida cobija. Tu incienso, el olor del camino, le habría dicho si hubiera sabido expresarse. Desde hoy eres reina, desde hoy eres santa. Flor de los cuatro vientos, novia de los crepúsculos. Párvula de abrojos, chamaca de parvadas.

Yo te apuntalo con mi gran verga chata.

¡Oh!, Gabino, dile por favor una frase. Lo que sea. Las hembras gustan de escuchar elocuencia. Las palabras las duermen. Se sienten más amadas.

Pero el chamaco permaneció callado. Sólo ese silencio acuoso que producen las almas cuando deambulan perdidas en la Tierra. Rumor prolongado de pesarosas tripas. Rechinidos de huesos. Clamor de los testículos.

Si hubiera sabido hablar bonito, le habría dicho: y te construyo un templo y te siembro dos lirios, y te compro los astros y te ofrezco un guijarro. Palma de atardeceres, peñón de la distancia. Reinarás en el polen de este huerto extraviado.

Cuando el bullicio pase, te cantarán guitarras.

Te escribirán mil libros.

Gabino la encañonó como se encañona a una hembra. Ahí viene el instrumento que sabe crear humanos, Sombra, abre bien esas piernas. Acuérdate de cosas bonitas para que no te duela. Jamás objeto alguno ha entrado por esas cavidades. Sentirás un desgarre. Lo más sabio es aflojarse, facilitarle las cosas al destino.

Sombra hizo caso y se ablandó todita. Ofrendó el cuerpo. El mudo falo localizó el estuche. Varias cópulas tomaron forma.

¡Oh!, Gabino Espejo, yo pensé que eras tonto.

Pero de tonto tienes solamente el aspecto. Te has convertido en rey de los padrotes y qué suerte tienes. Eres flaco y pendejo, nalgas de perro y espalda de tejón. Posees, sin embargo, ese sentimiento animal que enloquece a las hembras.

Te estás amancebando con Sombra Caminos.

Ni los capitanes más insumisos de la Sierra de Ventanas pudieron hacerlo. Desde el infierno te estarán envidiando.

Estás amando a la hebrita de plata, a la hojita de palma, breve utopía de inabarcables noches, barca de hondas mañanas. Verso que pacifica el miedo de estar vivo. Gotita de sereno.

Un sudor helado la envolvió cuando le rasgaron la carne. No es disparo, pero hay que aceptar que duele. No es horizonte, pero mucho que agrada.

Sangre y lodo mezclados.

Los ojos se le llenaron de líquidos brillantes que parecían lágrimas. Dolores y placeres que la naturaleza reserva para los audaces.

Gabino Espejo la está haciendo gemir y llorar. Es mentecato y al mismo tiempo diestro. Menea con desenvoltura sus nalgas de perro. Nadie lo enseñó a complacer, pero es como los mulos. Nació con propiedades.

Se acercaba un goce difícil de explicar y abrazó con avaricia las partes femeninas. Momento de marcar como zona territorial el vientre de Sombra. La carne de la chamaca despide bálsamos que embriagan. Los vientres lanzando una aurora amarilla.

¡Oh!, la feminidad, arma sutil que ha resultado otra vez victoriosa. El pene, bestia inmortal, ha sido de nuevo sojuzgado. Civilizaciones llegaron y se fueron y todo es igual que como fue al principio. Los imperios continúan estructurándose unos centímetros abajo del ombligo.

¡Oh!, la vagina, ésa gran solidaria, ésa gran burladora. Hija de Dios, entenada del diablo. Madre de los mortales.

Ilustre hambrienta, notable tragaldabas. Devoradora de hombres y dadora de vidas.

Camino del infierno, sendero de los cielos. Túnel de los cuerpos, vereda de las almas.

Látigo y consuelo. Tormento y bálsamo.

Todo te da y todo te lo arrebata. Por ella es que hay cunas donde los niños lloran. Por ella es que hay sepulcros donde sonríen los muertos.

Entrada que todo lo libera, salida que todo lo esclaviza. Enceguece a los nobles varones. Hace ver a los que en sombras andan.

Trampa donde caen los virtuosos. Infracción de los santos.

Sombra y Gabino, hundidos en el agua. Después de aquel primer encuentro se siguieron bañando.

Mortecinos rayos de sol rebotan en los cuerpos.

Era de esperarse que Sombra fuera montada varias veces. Es de tarde en la fronda.

Con la noche, las criaturas acostumbran dormir. Las cópulas se vuelven más oscuras. Las pasiones son trocadas por una clara necesidad de afecto.

El oscurecer tiene esa pesadez macilenta parecida a la que subsiste después de una matanza. Sombra y Gabino volvieron a subir el risco. La muchacha sacó de las rajaduras ropa de varón y se la colocó. Ha vuelto a ser la Virgen.

Abrazados junto al fuego.

Lo dicho: el miembro viril también afila inquinas. Modifica a las hembras. Es la primera vez que Sombra conoce la sexualidad y es mujer transformada. La sonrisa, recipiente de fulgores nuevos. Ojos que hacen preguntas que no se oyen.

Acababa de saborear el amor y sospechando que la vida tiene también partes dichosas, insinuó algo que en otras condiciones jamás hubiera dicho.

—Vámonos de Tamaulipas, Gabino. Aquí nos matarán.

Gabino la miró. Muchas preguntas interiores.

—¿Y para dónde nos vamos?

—Para Texas.

—¿No nos íbamos a ir a Francia?

—Eso ya no se va a hacer.

—¿Y cuándo nos vamos?

—Cuando logremos dejar seguros a los chamacos que quedan. No podemos abandonarlos así.

—Ya no quedan chamacos. Se dispersaron.

—Pues los que queden. Hay que hablar con Mila y decirle que aloje a los más pequeños. Los más grandes podrán recibir hospedaje en escuelas albergues de Victoria. El Agorero se encargará.

—Y por lo pronto, ¿qué vamos a hacer?

–Quedarnos en el peñasco. Gozar un rato de nosotros mismos.

–¿De qué tamaño será ese rato?

–Hasta que nos vayamos para Texas o hasta que uno de los dos esté sepultado en la rajadura de la ladera.

–No hemos ido al Cajón de Mansalva.

–Vamos mañana. Regresaremos la semana que entra.

21

En junio del 2010 se hizo un último intento por rescatar al hampa del noreste. Salvarla de sí misma. Librarla de tanto desvergonzado malandrín.

Quitársela a los políticos. Arrebatársela al ejército.

Había iniciado cuarenta años atrás como un humilde negocio exclusivo de la policía y con el correr de las décadas embarneció tanto que fue arrebatada por todopoderosos y capos. Y ahora, ya cuando se había convertido en el surtidor de dinero más importante de Latinoamérica y hasta alcanzaba para que algunos presidentes recibieran sus aguinaldos, había miles de sujetos dispersos por el mundo que estaban integrados a la nómina.

Aparte de todos esos males, estaba siendo campo de batalla de una sangrienta guerra intestina. Matazón que no mostraba síntomas de terminar. Batalla en la que caían por igual homicidas y civiles, hombres y mujeres, niños y ancianos.

El noreste de México, la zona más peligrosa de la Tierra.

Ni los hampones más arteros estaban a salvo porque eran ultimados por sus propios escoltas. Una vez que el custodio asesino ocupaba el puesto del hampón, era malherido por otro de los guardaespaldas.

Rozagante jaleo.

Por orden de los todopoderosos se convocó a una asamblea en Reynosa presidida por el Abogado a la que acudió el

Sombrío y otros capos fieles. Rostros de afligidos sicarios. Junta de un crimen organizado que empezaba a desorganizarse. Muralla que se desplomaba.

La reunión empezó a las seis de la mañana.

Las cosas debieron de haber estado candentes por la primera orden que el Abogado le impartió al Sombrío.

–¡Vuelen la presa Falcón! ¡Hay que dejar sin agua a todo el noreste de México y al sureste de Estados Unidos! ¡Con eso aceptarán los políticos y los generales dialogar! ¡Les diremos que ya no habrá dinero!

Tos y flemas. Salivas que despiertan.

–¿Y para cuándo quieres que lo hagamos? –preguntó el Sombrío.

–Lo más pronto posible.

La segunda orden que el Abogado expuso no desmereció en importancia comparada con la primera.

–¡Mata al candidato a gobernador!

Era temprano para gargajear, pero el Sombrío se entretuvo con un rabión de flemas. La garganta, desagüe de mucosidades.

–¿Al candidato a gobernador por cuál partido?

–¡No te hagas pendejo! ¡Sabes a quién me refiero!

Vinieron más gargajos. Esta vez más espesos y más sanguinolentos. No era hora de masticar mucosidades, pero el Sombrío se tragó sólido amasijo de secreciones.

–¡O lo matas o te mato yo a ti!

–Claro que lo mataré, sólo quería saber las causas.

–¡El muy mezquino no quiso negociar! ¡Se le hicieron propuestas y contestó que una vez que fuera gobernador no entablaría ningún tipo de alianzas! ¡Además, políticos importantes solicitan su muerte! ¡Ya sabes quién! ¡Quiero su cadáver hoy mismo!

El Sombrío tomó el teléfono y marcó. Voces contestaron al otro lado de la línea. El capo les ordenó a sicarios de la Cuenca ultimar al candidato a gobernador por el partido mayoritario ese mismo día. Estaba temblando.

Colgó el teléfono y solicitó permiso para ir a su oficina.

–¿A qué vas? –preguntó el Abogado.

–Voy a tomarme una pastilla. Tengo diarrea.

El Sombrío salió de la sala de juntas y entró en su despacho. No iba a tomar ninguna pastilla, necesitaba consuelo y se dirigió a la Vitrina de los Infectados. Tenía urgencia por admirar llagas. Recuperaría la esperanza. Abrió la puerta del armario. Miró.

Al principio no creyó en la imagen. Volvió a mirar.

¡Oh, malditos fiambres! Cómo se mueren ahora que más los necesito.

Los cuerpos colgaban inertes de los ganchos.

Tenían mataduras agusanadas, pero como habían fallecido no sentían dolor y así no le servían.

¿Qué haré?

Mientras caminaba de regreso a la sala de juntas descubrió una botella de láudano abandonada sobre una mesa. Se acercó y la estuvo analizando. No tenía a la mano otro remedio y decidió probar. La mezcló con alcohol y se acabó media botella de golpe. Sintió el efecto. ¡Oh, que primoroso líquido! Ya se siente mejor.

Regresó a la asamblea.

La junta siguió su curso y empezó a tratarse el tema principal que los había reunido: el desmoronamiento del hampa.

Se dijo que el bandidaje se había multiplicado a grados extremos y ya no había dinero. Ningún ladrón se conformaba con recibir un sueldo y todos querían el botín principal. Los capos estaban perdiendo autoridad sobre los sicarios y a diario nacían cárteles nuevos. Se temía el surgimiento de una corriente opositora importante dentro del crimen que intentaría destronar a los todopoderosos. El Sardo, fortificado con pandillas de El Salvador, Rusia, China, Guatemala, Colombia, y México, se había tornado amenaza seria.

–¡Si aún continuamos unos cuantos unidos es gracias al ejército que nos está ayudando a combatir a las pandillas independientes! –aclaró el Abogado–. ¡Pero aparte que nos cobra caro, no puede contra ellas!

La reunión fue interrumpida alrededor de la una de la tarde en que sonó el teléfono. Se informó que el candidato a gobernador y toda su comitiva habían sido sacrificados. Siete difuntos.

Todos se imaginan la escena. Los cuerpos tirados sobre el pavimento y gente congregada. Cerca del atentado, políticos que brindan. Mucha satisfacción.

En la junta de la delincuencia nadie se alteró con la noticia. Cuestiones de rutina.

A las dos de la tarde, ya cuando la armonía empezaba a reinar en la asamblea y los asuntos más espinosos habían logrado allanarse, se recibió un mensaje escrito por el Sardo. Amenazaba al Sombrío y al Abogado. ¡Son traseros podridos!, les decía. ¡Pero pronto los regresaré a la porquería original! ¡Construí una licuadora de tamaño humano para arrojar traidores! ¡Los licuaré vivos y arrojaré su inmundicia por las coladeras!

Además de otras advertencias, amenazaba con recrudecer la guerra y destronar a los todopoderosos, entablar una alianza con el hampa del noroeste y del sur y adueñarse de todo el dinero de México. Dejaría en la ruina a quien no se subordinara.

Luego que se leyó el recado, hubo un silencio de un minuto.

Había, sin embargo, demasiadas buenas noticias como para echar el entusiasmo abajo. El negocio del crimen es así. Los hampones son sujetos inestables. Insensatos por momentos pero siempre listos. La mayor parte del tiempo ganadores que aunque por el momento tienen éxito, terminan comiéndose su propia porquería.

—¡Que se vaya al diablo ese echador! —gritó el Sombrío—. ¡Si he matado cadáveres, qué me cuesta agusanar a éste que todavía se sienta en las letrinas!

El Abogado, semblante inexpresivo.

—Hay que deshacernos del Sardo y de sus cabezas principales —opinó el Sombrío.

El Abogado lo apoyó con la consigna que la pugna interna del hampa seguiría hasta que no se ordenara lo contrario. Orden de los todopoderosos.

El Sombrío, culebra perversa, aprovechando la actitud favorable del Abogado, opinó que era bueno que la pugna interna siguiera, pero que si se deseaba continuar con el negocio del crimen había que empezar por reconocer que la situación era ya insostenible. El precio en dinero y en vidas humanas, incosteable.

–¿Y saben qué?

–¿Qué?

–El ejército de Estados Unidos está por cruzar la frontera. Hay que adueñarnos del los ramales que hay desde El Tomaseño hasta Villagrán.

–¿Para qué quieres adueñarte de los ramales?

–Se me ocurrió construir un búnker ahí.

Un asesino lo miró.

–Eso ya lo había pensado el Cartaginés –dijo.

El Sombrío mostró abotagados ojos.

–¡¿Qué dices?! –gritó y sacó la escuadra–. ¡A mí nadie me plagia las ideas!

Era costumbre que en cada reunión del hampa hubiera varios muertos y hasta esa hora nadie había fallecido. El Sombrío disparó sobre el criminal que había revelado aquello intentando corregir la anomalía. El cuerpo se dobló y cayó al piso. Siguió contorsionándose. Nadie le hizo caso.

La sala apestando a pólvora y a flemas.

–Hay que adueñarnos de esa parte de los ramales –continuó el Sombrío–, meter a nuestra gente antes que el Sardo nos la gane.

–Es la zona de la Banda de los Corazones. Nadie ha podido sacarla.

–Ya no se pasean por ahí. Dicen que la Virgen desapareció. Muchos de ellos han muerto. Sólo queda el Adivino y unos cuantos más. No representan ningún riesgo.

–Y a propósito de esos pendejos –le dijo el Abogado al Sombrío–, ¿cuánto dinero has sacado con las medallas?

–¿Cuáles medallas?

–¡Las que traen tu cara! ¡Crees que no sé qué se están vendiendo en todas las escuelas! ¡Al alumno que no compra tu medalla lo reprueban!

–No he sacado mucho dinero.

–¿No? ¡Hay más de un millón de estudiantes en Tamaulipas! ¡Las están vendiendo en mil pesos!

–Pero...

–¡Qué pero ni qué la mierda! ¡Quiero mi parte!

El Sombrío, baba que cuelga.

–Y... ¿cómo cuánto...?

–¡La mitad!

–¿Cuándo...?

–¡Ahorita!

Entre repelidos, el Sombrío le ordenó a uno de sus sicarios que empezara a sacar el cómputo de la venta de medallas.

Siguieron deliberando.

–Necesito diez millones de dólares –avisó el Sombrío poco después.

–¿Para qué quieres tanto dinero, Sombrío? –preguntó la pandilla de Tampico.

–Para realizar varios trabajos.

–¿Cuáles son esos trabajos?

–Descabezar a todas las pandillas que no estén bajo nuestro control. Las del Sardo y las independientes. Con eso se debilitarán.

–¿Contra qué pandilla irás primero?

–Contra el Sardo y todos sus cabecillas.

Se dejó oír un silencio muy nutrido.

El negocio del hampa se resquebrajaba y urgía una federación de criminales. Había que construir una plataforma de asesinos para exprimir a las generaciones venideras. Nadie protestó y la moción del Sombrío se dio por aceptada. Y respecto a los diez millones de dólares, claro que los aportarían porque después de todo no los pagarían ellos. Se les quitaría a los pocos civiles con recursos que aún quedaban en Tamaulipas.

–Hay que traer a los mismos criminales que trajo la mafia de Estocolmo cuando mataron al francés candidato al Premio Noble –dijo el Sombrío.

–¿Te refieres a los Doce de Hong Kong?

–¿A quiénes más? Sólo ellos podrán ponerle orden a todo esto.

22

Los Doce de Hong Kong fueron durante dos décadas la asociación criminal más eficaz y acreditada de China. Cientos de difuntos célebres en su catálogo. Cadáveres de todas las razas y nacionalidades.

Pacificadores. Enmienda de sediciosos.

Trabajaban sin descanso en todo el mundo.

Realizaban los trabajos más importantes y delicados del crimen organizado internacional y estaban considerados indispensables. Sacaban adelante lo que a otras asociaciones delictivas se les quedaba estancado.

Milagrosos, como aseguró alguna vez de forma encubierta en uno de sus discursos el premier de Rusia en tanto amenazaba a las potencias occidentales.

Ejecutaban a primeros mandatarios y cerraban la boca de renuentes ministros. Convencían a guías religiosos y apaciguaban grupos insurrectos. Sosegaban sindicatos y descabezaban partidos políticos.

Tenían una exitosa y larga trayectoria y muy pocas veces habían batallado para realizar un encargo.

Varios años atrás, una de las facciones más fuertes de la mafia china, intentando darle prisa a la invasión de México, había ofrecido los servicios de los Doce de Hong Kong a las bandas criminales de Tamaulipas. Primero el Cartaginés y luego el Divino habían postergado aquel ofrecimiento hasta que no se dieran las condiciones precisas.

Y ahora, el agrietamiento del hampa había creado al parecer las circunstancias. Momento de cercenar cabezas. Higienizar.

Se habían efectuado, además, dos intentos fallidos por volar la presa Falcón para dejar sin agua a Texas y a Tamaulipas y el riesgo de una eventual incursión del ejército de Estados Unidos volvía más emergente todo.

Intentando traer lo más rápido posible a los Doce de Hong Kong, el Sombrío y otros capos menores se reunieron en julio del 2010 en Nuevo Laredo para formalizar la operación. El Sombrío, que estaba muy pesimista porque los nuevos heridos que había metido a la Vitrina de los Infectados aún no se enlarvaban, dirigió la asamblea.

Destilaba desolación y todos lo notaron.

Tomó la palabra y dijo que había que actuar lo más pronto posible para evitar desgracias. Todos los negocios del crimen peligraban.

Estaban a punto de perder el tráfico de narcóticos, la prostitución, los cabarets, los casinos, la exportación y venta de carne, las cuotas del comercio, la aportación de los civiles.

También estaban en riesgo el lavado de dinero, la extorsión, el rapto y los incontables giros que el negocio tenía.

Una vez que los Doce de Hong Kong aniquilaran al Sardo y a sus cabecillas y los líderes de las bandas independientes fueran exterminados, la tensión bajaría. Llegaría un periodo de sosiego.

Se construiría el tan mencionado búnker al noroeste de los ramajes. Habría una vía de escape en caso de que el ejército de Estados Unidos cruzara la frontera.

Los capitales volverían a fluir.

Todos votaron a favor.

Después de la reunión, llamaron al contacto que tenían en China y le expusieron el dilema. Hubo un silencio en la línea. El tiempo se deslizó rápido y en sólo dos minutos el favor fue concedido. Pusieron a Wong, el Ciego, dirigente de los Doce de Hong Kong, al teléfono.

Luego de recibir premoniciones y de escuchar lo que le decían desde México, el oriental sonrió y dijo con un español casi perfecto:

—Tengo más de veinte años aguardando este encargo.

—Necesitamos eliminar al Sardo y a sus cabecillas —le explicó el Sombrío—. Tenemos que acabar también con más de cien líderes de grupos criminales independientes.

—Empezaré con los otros homicidas.

—¿Cuáles otros?

—Con la chamaca y el muchacho del abismo —explicó—, y con el otro joven, el que está enamorado de su hermana.

El Sombrío descascaró los ojos. Baba y espuma.

—¿Quién está enamorado de mi hermana? ¡Dígame nombre y apellido para degollarlo!

—De la hermana de usted no —explicó el oriental sonriendo—. De la hermana de él. Del que se va a morir.

Aunque el Sombrío no entendió del todo la explicación de Wong, dedujo que lo mejor sería negociar rápido los crímenes. Agilizarle las cosas a la muerte.

—Puede empezar por donde quiera —sugirió—, pero venga ya.

El Ciego, que no había terminado su exposición, acabó de esta forma:

—Existe algo más que no puedo explicar y que es lo que realmente me lleva a Tamaulipas. Algo así como un ángel rodeado de querubines que se esconde en la niebla y que me llama. Pronto estaré ahí.

Y Wong, el Ciego, vidente y criminal, tenía razón.

Algo inexplicable y muy poderoso lo empujaba no sólo a venir a Tamaulipas, sino a matar primero a los cabecillas del ramaje. No sabía por qué pero tenía más de veinte años esperando ese encargo. Su honda clarividencia le decía que aquella encomienda tenía una estrecha relación con su destino.

Eventos que la vida depara.

Pasaron veinticuatro horas de la charla y el Sombrío y sus sicarios volvieron a Reynosa.

En la Cara del Caído, Gabino y Sombra, sin sospechar que estaban por recibir el más grave atentado de su carrera criminal, dormían entre las piedras. Sombra, cuerpo frágil, ropa de varón, en los brazos de Gabino. Gabino sobre lajas.

También tenían premoniciones y presentían la llegada de épocas funestas. El mundo estaba lleno de ese intervalo luctuoso que antecede a cuando todos van a morir.

Cerca del risco, en Mainero, Cayetano Urías, sentado en una barda deshojaba una flor. Recordaba a su hermana. ¡Oh!, Modesta. ¡Qué bella fuiste! Tan hermosa que te coronaron reina de la escuela. Resplandor de un sueño juvenil, ilusión que a nadie escarnecía.

Siempre estuvo enamorado de ella. Fue su hermana, pero la deseaba.

Había, sin embargo, algo más allá de la carne. Existía un armazón moral que soportaba el peso de aquel ilícito apetito. Sentimiento más ligero que un brumo. Al mismo tiempo ancho como una fragua. Brillante como metal pulido.

Estructura psíquica del hombre.

Eso tranquilizaba a Cayetano y le permitía desear a su hermana sin disgustos.

La carne es mercenaria y se arregla con una buena entrega. Los accesorios espirituales están fabricados de otro lodo y le dan licitud a los deseos del hombre. Existen espacios interiores que consumen levas más sublimes. Fulgores de diferentes lunas.

Filamento inmortal que vino al mundo intentando robarse toda la alegría posible. Brizna estelar.

La muerte de la mano.

23

El libro de las cantineras narra en una de sus páginas que los Doce de Hong Kong arribaron a México en un avión de patente china. Artefacto evolucionado. Invento de ésos que eluden el radar. Treinta y seis plazas.

Operación secreta. Maniobra que no deja vestigios.

Entraron a la medianoche por un punto no identificado al norte de Tampico con el mismo impudor con que los submarinos orientales llegaban a dejar armamento a las costas de Tamaulipas. Aterrizaron en la pista clandestina de La Dalia, al centro del ramaje.

Descendieron del aparato con la discreción más absoluta y subieron a una camioneta blindada.

No eran doce. Eran trece.

Después habría de saberse que aunque eran trece, se hacían llamar los Doce de Hong Kong porque Wong, el Ciego, que durante más de veinte años los comandó, nunca fue considerado criminal. Jamás disparó un tiro y no tenía el aspecto de sicario. Se trataba, sin embargo, de un homicida.

Asesino intelectual. Peligrosísimo.

Eso tenía una explicación.

Wong fue un invidente que jamás necesitó los ojos para arrebatarles la vida a las personas. Su única arma era una pequeña pistola calibre 19 que jamás disparó.

Utilizaba su sexto sentido y podía ubicar víctimas sin conocerlas y sin verlas. Daba instrucciones precisas sobre a quién disparar y los Doce de Hong Kong obedecían sin titubeos. Aquella sensibilidad especial hacía de Wong único en el hampa. Se decía que cuando sus pistoleros fallaban, estaba dispuesto a tirar él.

Pero los asesinos que lo acompañaban, entrenados en diversas partes del mundo y con una intuición certera, jamás erraban un atentado.

Con los ojos en blanco y una edad muy avanzada, Wong parecía no participar de la existencia. El único indicio de vida que se le veía era su piel difícil. Tenía la respiración acuosa y el cutis ceniciento. Estaba, empero, más vivo y lúcido que sus doce discípulos.

Santón de esos iluminados por el budismo, vivía en constante contacto cósmico y permanecía consciente de todo lo que sucedía en el universo.

Cristo homicida.

Podía escuchar las pláticas de sus víctimas de un continente a otro. Lograba verlas y las modificaba internamente para que no se defendieran. Menguaba sus sentidos. Cambiaba asimismo los pensamientos de la gente que lo contrataba y muchas veces mató a quien consideró pertinente y no a los difuntos encargados.

Se llegó a decir que sabía con precisión el número de cuerpos que le faltaba aún por inmolar para cumplir con su predestinación.

Multimillonario.

La misma madrugada de su arribo, los Doce de Hong Kong fueron conducidos a Reynosa donde el Abogado, el Sombrío y algunos jefes de otras plazas los aguardaban.

El Sombrío les dio un breve discurso de bienvenida y lanzó varios escupitajos mañaneros. Los orientales no se asustaron con las flemas porque todos los delincuentes del mundo acostumbran arrojar mucosidades.

Escupir es contagioso y rato después todos estaban carraspeando.

Salvo los homicidas reunidos, nadie sabía que los Doce de Hong Kong se encontraban en México. Fue un trabajo secretísimo. Con el mismo nivel de hermetismo que cuando fue acribillado el francés candidato a Premio Nobel.

Venían de Turquía, donde ajustaron cuentas con los vendedores clandestinos de opio. Tenían que arreglar lo de Tamaulipas en tres semanas porque estaban citados en Grecia para otro trabajo de alto riesgo. Los delincuentes les expusieron el problema.

Después de haber recibido cinco millones de dólares de manos del Abogado como adelanto por la muerte del Sardo y sus líderes, y de todos los cabecillas de las bandas independientes, Wong, el Ciego, habló con su español admirable.

–Nos vamos hacia el sur. Los primeros a matar están en la Cuenca central de Tamaulipas.

El Abogado le preguntó algo que ya antes se le había preguntado.

–¿Por qué no se deshace primero del Sardo y de sus líderes?

–Tengo que seguir mi instinto. Algo que no sé explicar y que se esconde en medio de la bruma me llama a eliminar primero a esos pistoleros.

El Abogado ya no dijo más porque sabía del profesionalismo del oriental. Todo al parecer marchaba bien. Los capos le ofrecieron a Wong el mismo chofer que los había traído de La Dalia y el mismo vehículo. Quisieron festejar el trabajo de Wong, pero su única celebración sería cuando las cabezas del Sardo y de sus líderes estuvieran colocadas en escuelas primarias de Reynosa, las pandillas independientes disgregadas, los ramajes tomados en su totalidad.

Una confianza renovadora los había refrescado.

Estaba amaneciendo cuando los Doce de Hong Kong salieron del edificio del crimen y abordaron la camioneta. Se dirigieron hacia el sur sin explicar nada. Todos sabían que iban a hacer un excelente trabajo.

Pasaron los grandes llanos y la zona de tolvaneras. Avanzaron por vías clandestinas y a las ocho de la mañana se internaron en la carretera 85. Durante dos horas no se habló. Poco después de haber entrado en el área de tupidos chaparrales, Wong, el Ciego, ordenó reducir la velocidad. Se concentró y cerró los ojos. Transcurrieron minutos.

–Detente –ordenó.

Habían avanzado en la floresta y estaban frente a un caserío desolado: Villagrán. Wong bajó del vehículo y estudió el entorno. Meditó un momento y regresó a la camioneta.

–En este momento nuestros tres futuros muertos andan separados –dijo, y volvió a meditar.

Los orientales esperaban órdenes y el chofer contemplaba asombrado. Nunca había conocido un homicida así.

–Uno de ellos está muy cerca de aquí. Podemos matarlo.

El chofer le hizo saber a Wong que el pueblo más cercano era el que tenían enfrente: Villagrán.

–No –dijo Wong–, no está ahí.

–No será por ventura Mainero.

–Sí, está en Mainero. En este momento escribe sobre un árbol. Esperemos a que decline el día.

La clarividencia de Wong fue en esa ocasión perfecta y había acertado sin porcentaje de error. A poco más de diez kilómetros de ahí, en Mainero, Cayetano escribía versos en el Olmo de la Emperatriz, árbol llamado así porque todas las emperatrices del mundo vinieron a llorar en él.

Pasaron varias horas.

Luego de terminar su escrito, Cayetano se recargó en el árbol sin presentir nada.

Varios chiquillos se detuvieron y Cayetano les regaló monedas. El sol tenía una rara coloración verdusca. Cordones luminosos colgaban del crepúsculo y había sonidos de carnaval.

La muerte sentada en una noria.

Ése fue el instante en que el vehículo blindado donde viajaban los Doce de Hong Kong se detuvo a cien metros del olmo. Wong enfocó sus nublados ojos hacia su umbrío interior. Meditaba profundo. Realizaba extrañas consultas.

—Es el muchacho que está recargado en ese árbol —dijo con fría seguridad—. Trae dos escuadras blancas ocultas bajo la ropa.

Wong se volvió hacia uno de los asesinos.

—¿Ya lo viste?

—Ya lo vi.

—Tírale un dardo. Cuando caiga muerto estaremos lejos. No habrá escándalo.

Los últimos elogios de las Animadoras aseguran que Cayetano Urías había participado en muchos enfrentamientos y que la muerte le resultaba familiar. En el año 2000, luego del homicidio de su hermana, había salido huyendo de Alvírez para salvar la vida. Iba mal herido.

En tanto Modesta se desangraba en el cascajo, estuvo prófugo durante muchos meses. Un 14 de abril, mientras miraba la luna cerca de la carretera 85, la pandilla de La Dalia le puso una escuadra en la frente. Se le condujo a los gallineros de Cadalso y fue el segundo protagonista del escape.

Y ahora se hallaba a punto de morir

Los Doce de Hong Kong están por ultimarlo y Dios indiferente. Indiferente todo el cosmos. Fría laguna sin afectos donde nadie solicitó venir.

El criminal aludido por Wong bajó de la camioneta. Contempló a contraluz el violáceo veneno. La cerbatana apenas del tamaño de un lápiz.

El resto de los asesinos leyendo.

Luego de apuntar el arma, el homicida sopló con energía y la ponzoña salió proyectada. El minúsculo dardo surcó regiones de mariposas y de avispas. Territorios de pájaros.

Cayetano sintió un piquete en el cuello y se quejó.

—¿Qué te pasa? —preguntó un niño que se hallaba junto a él.

—Me picó una avispa.

—Échate saliva.

Mientras Cayetano se ensalivaba con la mano la región afectada del cuello, el oriental que había tirado el dardo volvió a subir al vehículo. La camioneta blindada salió de Mainero por la misma calle y con la misma cautela con la que había entrado.

Rodaba despacio.

Todo quedó como si nada hubiera sucedido. Cayetano, vidrioso risco al final de la tarde.

El bullicio de las calles más fuerte, la luz más intensa a causa del veneno.

Cayetano, aerolito que vuela.

La agonía toma posesión de lo suyo.

—Cásate conmigo, Modesta —logró decir.

El párvulo lo miró.

—¿A qué Modesta le hablas?

El pistolero ya no dijo más porque creyó escuchar un trueno. Fue un fragor inmenso, como si una montaña hubiera caído de lo alto. Una molestia difícil de explicar le recorrió el cuerpo con la rapidez de un relámpago. Todo se le oscureció. Se llevó la mano a los ojos.

—¿Qué te pasa? —le preguntó el mismo niño.

—No veo nada.

Sin padecer ninguna enfermedad sintió que el suelo se ladeaba. Horizonte inclinado.

Llegó al tallo del olmo y tratando de evitar lo inevitable se abrazó de él. Antes de morir tuvo tiempo de imaginarse a Modesta Urías vestida de reina. Su cuerpo de niña subiendo al escenario. La ovación de la gente.

Todavía cuando Cayetano se dobló y se fue al suelo, recordó el aspecto de dolor que Modesta llevaba en la cara cuando la pandilla de La Dalia la sacó a cachazos. Sus lágrimas de reina triste. Su vestido manchado de sangre.

Cuando Cayetano tocó el piso, ya estaba muerto.

La calle cubierta de chiquillos.

—Lo mató una avispa —dijo el niño que estaba junto a él cuando la gente se amontonó para admirar al muerto.

Como no había forma de hacerle una autopsia se dio por aceptada la información del párvulo. Una avispa ultimó a Cayetano, decían, no lo ausculten.

Cayetano, tirado en el rincón del nosocomio, aguarda la llegada de fiscales.

Compareció Mariano Ampudia a ver el cuerpo. Arribaron mirones y curiosos. Perros que entorpecen el paso de dolientes. Confusión y enredo.

–Una abeja no mata –explicó el comandante cuando le informaron cómo había muerto Cayetano–, la única forma de que maten es que ataquen en grupo.

–¿Cómo murió entonces? –preguntaba la gente.

–Lo envenenaron –aclaró Mariano Ampudia, y señaló algunas manchas amoratadas que Cayetano presentaba en la piel.

Hubo un silencio de incredulidad. Muchos ojos sacan conjeturas.

El comandante miró a Cayetano con piedad. No lo conocía personalmente. Ordenó que se abriera una fosa municipal.

En tanto eso pasaba, en la Cara del Caído, Sombra, que reposaba en los brazos de Gabino, se incorporó llorando.

–Mataron a Cayetano –dijo.

Gabino la inquirió.

–¿Cómo lo sabes?

–No sé como lo sé, pero lo sé.

Sombra se puso de pie y miró la llanura. Pasó mucho rato.

–¿Vas al funeral de Cayetano?

–Es lugar de pandillas. Me matarían.

–¿A dónde vas?

–A ningún lado.

–Parece que quisieras ir a alguna parte.

–Me hubiera gustado conocer a Luz, mi hermana –dijo con una honda tristeza en la mirada.

Parecía que se estaba despidiendo.

No había canto de pájaros y eso no hablaba bien del día. El oscurecer tenía ese color grisáceo que antecede a la llegada de muchos cadáveres.

En ese mismo instante en un lugar no identificado de la fronda, Wong, el Ciego, echó a andar su clarividencia.

Los Doce de Hong Kong aguardando.

—Regresemos a La Dalia —dijo—, a esos dos que faltan de morir los mataremos al amanecer. Tendremos que salir muy temprano.

Sombra y Gabino, precipicio de la incertidumbre. El peñasco, espejo de la noche.

—Dónde puedo conseguir un caballo de vidrio —preguntó Sombra ya dormida.

—¿Para qué lo quieres?

—Les prometí a los huérfanos de la enfermería llevarles uno.

24

Las últimas honras de las Divas inician cuando los Doce de Hong Kong salieron del pueblo de La Dalia. Las cuatro de la mañana. La misma camioneta de vidrios polarizados.

Atravesaron las frondosas vegas que circundaban el sitio y a una hora indefinida de la madrugada atravesaron Garza Valdés. Cruzaron la carretera 85 y se internaron en terracerías. A las cinco de la mañana estaban al pie del risco.

Aguardaron un rato. Volvieron a fumar opio.

El Ciego había instruido a sus hombres y les había recomendado que pusieran mucha atención en el crimen. Aunque no lo parezca, les dijo, éste es el asesinato más difícil que vamos a realizar en nuestra estadía en Tamaulipas. Es una de las razones por las que quería consumarlo primero. Los muchachos por ejecutar son tan peligrosos como las bandas más bravas de China. Manténganse al acecho.

Le indicaron al conductor que los aguardara.

Wong ordenó escalar la ladera a esa hora del alba y el ascenso empezó. Iban armados con escuadras y cerbatanas. Polvos y venenos. Líquidos y gases mortales.

Eran homicidas místicos y caminaban en un hondo estado de introspección. Intangibles meditaciones.

Desde la medianoche, el Ciego había sido dominado por un sentimiento muy parecido al remordimiento y eso no era común.

La contrición no iba con él. Jamás se arrepintió de nada y, sin embargo, se sentía inquieto.

Mientras ascendían el risco, trajo a la memoria que varios años atrás en Hong Kong le había ordenado a su secretario particular que le recordara cuando hubiera alcanzado la cifra récord de dos mil setecientos muertos. Le había sido revelado en sus abstracciones que por el bien de su salud, en ese punto de su carrera criminal debía cortar con el derramamiento de sangre.

Siempre que llegaba de realizar alguna operación, le ordenaba a su asistente que actualizara la contabilidad de cadáveres. El secretario sumaba.

–Nos acercamos a la cifra, señor.

Alcanzó la cantidad récord de dos mil setecientos muertos desde el año 2005. Se jubiló unos meses y aunque descansó de la conciencia, se sintió un inútil. Llegó a la conclusión de que es preferible estar muerto a andar desocupado. Un hombre sin empleo es un ser destruido.

Ese mismo año se reincorporó al crimen y llamó a las mafias. Considerado el mejor en su ramo, le llovieron ofertas. El teléfono no paraba de timbrar.

Tenía ahorrados en bancos de Europa y Estados Unidos más de mil ochocientos millones de dólares. Los consorcios criminales, interesados en que efectuara para ellos futuros decesos, le hacían transferencias bancarias sin consultarlo. En unos días depositaría en sus cuentas bancarias cinco millones de dólares más, parte que le tocaba por la operación a realizar en Tamaulipas.

Los otros cinco millones de dólares serían para sus hombres.

¿Qué hacer con tanto dinero?, llegó a preguntarse muchas veces. Ni siquiera tenía hijos para heredar. Ni esposa, ni tampoco amigos. Sólo su sirviente.

Pero heredar a un sirviente es de descastados. Costumbres de gente sin linaje. Preferible retirar el dinero ahorrado y arrojarlo al mar.

Siguió recordando y trajo a la memoria cuando liquidó a la Legión Lao-Tze, a principios de los años noventas, en Pequín. Las temblorosas quijadas de Chang-Wei, el anciano líder, tirado en el basurero. Rememoró cuando le puso fin a los Nikita, una de las fracciones más peligrosas de la mafia rusa durante 1992, en varias ciudades de Europa del Este.

No pudo contener la avalancha de recuerdos.

Entre otras acciones, había limpiado a la policía de Nueva York, higienizó de inmigrantes peligrosos algunos barrios de París, controló a los obreros de Polonia, convenció en Arabia a petroleros renuentes, sometió en África a traficantes de marfil y diamantes, mató a políticos en México.

Contaba con tantos trabajos terminados en su agenda, que ya para el año 2000 habían dejado de interesarle los difuntos que iba dejando atrás. Sólo contaban las fortunas, las relaciones, el glamour.

Las víctimas, exclusivamente gráficas.

Transcurrió el año 2005 y aunque siguió matando, su salud no mermó, como le habían revelado sus premoniciones. Se sintió inmortal y una malsana soberbia lo llenó. Alguna vez les dijo a sus hombres que era superior a Dios.

—La muerte no puede contra mí —afirmó.

Y ahora acabaría con los principales cabecillas de las bandas de Tamaulipas. Trabajo simple pero soez.

Prefería segar vidas de alcurnia, personas de nivel. Gente importante y culta. Eliminar andrajosos dejaba mala sensación. Al matar, el criminal es afectado por la posición social de la víctima y asciende o desciende en los barnices civiles de acuerdo con el nivel que haya tenido el muerto.

Si aceptó venir a Tamaulipas, se debió a algo que aún no comprendía. Nunca le había ocurrido algo similar y siempre llegaba al sitio de las ejecuciones con las ideas muy claras. Ahora, una visión colorida aparecía en la pantalla de su mente y lo confundía. Ensoñación difícil de entender. Delirio oculto tras un mantón de niebla.

Muy seductor.

Eran casi las seis de la mañana y en la cumbre del despeñadero, Gabino y Sombra dormían con la confianza de saber que la muerte no es senda de dolores. Vivir es lo que causa angustia. El cuerpo, estructura de sufrimiento.

Los hombros entre las piedras, el pecho sobre el suelo, las rotas cobijas. Ropa húmeda por la brisa. La cercanía de la mañana. Los cuerpos abrazados.

La pérdida de los amigos los había afligido y la tristeza los hacía reposar hondo. Nunca más Cayetano, nunca más Abundio. No Abegnego tampoco Segundo. Jamás el resto de ellos. Hermanos de Cadalso.

Triste es perder personas allegadas.

—Sombra, hija —se oyó.

La voz fue tan nítida y sonora que acarició el viento y se fue besando la ladera.

Alertada por la voz, Sombra salió del sueño. Los ojos intrigados. Había oído la voz de Adelaida Caminos, su madre. Por un momento pensó que estaba en la Sierra de Ventanas.

Respiró entonces el perfume. Flores Magistrales. La fragancia que Adelaida Caminos acostumbraba untarse para enredar cristianos. Cazadora de vientres, pescadora de cuerpos.

—Despierta, Sombra, vienen a matarte.

Sombra despertó del todo.

—Cuenta dos minutos y levántate. Dirige la mirada hacia la salida del sol. Te mostraré al que tienes que ultimar.

La voz guardó silencio, pero el perfume se intensificó. Adelaida había estado ahí. Dejó las rocas impregnadas con su aroma. Sombra despertó a Gabino.

—Prepara las escuadras. Vienen a matarnos.

Gabino no preguntó nada. Presentimiento de pistolero es pronóstico cierto. Escuchó el estrépito de aquel amanecer de agosto y sintió cierta nostalgia. Nubes de pájaros volaban hacia el sur.

Ya están guarecidos en fortín de piedras.

Se persignaron con las escuadras como acostumbraban. Besaron los cargadores. Una bala en la boca para conjurar a la muerte.

Los Doce de Hong Kong habían arribado a la cima y estaban a cien metros de ellos. Nubes de perfumes silvestres saturaban la mañana. El Ciego caminaba adelante. Cantos de muchos animales.

La aurora, una inmensa mancha de luz en el horizonte de los llanos.

—¿A dónde vas, hermoso caballero?

Wong, el Ciego, escuchó la voz angelical. Respiró el delicioso perfume. Vio a una doncella vestida de doradas luces. Catorce potencias la custodiaban.

Ahí estaba. Era el misterio que se ocultaba tras un telar de niebla y que lo había obligado a venir a Tamaulipas.

El Ciego, muy maravillado.

Espectáculo igual ni siquiera en los burdeles más exóticos de Hong Kong. Tampoco tenían esa belleza las deidades que con frecuencia veía en sus viajes astrales.

El viejo corazón de Wong, que tenía más de sesenta años de no latir emocionado, se llenó de un amor intempestivo. Ni reinas ni actrices del mundo lo habían embelesado así. Jamás había sido testigo de algo tan seductor.

Hizo un alto en el crimen y se demoró sustanciales momentos.

—¿Quién eres, niña hermosa?

—Adelaida Caminos.

—¿Y esos querubines?

—Las Divas de la Sierra de Ventanas.

—¿Qué deseas?

—Un beso.

Ante aquella petición, el Ciego se remontó a su lejana y desagradable juventud. El monasterio de Ulan Bator, los recoletos y lúgubres monjes. Sesenta años sin recibir ni dar un beso. Ni abrazos ni caricias. Recordó a Kumiko, su esposa, único amor. Desde que la besó al morir, jamás volvió a besar a nadie.

Después de que ella murió no pudo ya admitir espacios de alegría.

Ni siquiera los cientos de placeres que compró en las seis décadas que habían pasado desde entonces pudieron curar su corazón maltrecho. El budismo lo ayudaba a mantenerse en paz, pero no a sanar sus emociones. Las inmensas fortunas que poseía jamás pudieron alegrarlo.

Embelesado, se acercó a Adelaida.

La bailadora, envuelta en una aurora luminosa, le abrió los brazos. Le ofreció sus benignos favores de Risueña, Escuchante, Animadora y Diva.

Hembra de la alegría.

El Ciego se sintió a las puertas de celestial burdel.

Se besaron.

Mientras Wong disfrutaba del último beso de amor que recibió en su funesta vida y los perfumes silvestres se intensificaban, la célebre pistola calibre cuarenta y cinco de Sombra Caminos disparó con escalofriante precisión.

Wong, el Ciego, el ejecutor más temible del crimen organizado internacional, el asesino preferido por las mafias de todos los países, el que juró ser superior a Dios y se calificó a sí mismo como burlador de la muerte, recibió el impacto en uno de los pómulos.

El tiro destrozó el paladar y reventó el cerebro.

Ya sin vida logró razonar con esa lucidez que sólo la muerte proporciona. El saberse libre de las ataduras de la vida terrena le agudizó el intelecto. Supo que por eso se afanó tanto en venir a Tamaulipas, único lugar del mundo donde había gente que podía matarlo.

Se sintió hondamente agradecido.

El Ciego fue víctima de un desvarío causado por tristezas que el dinero no sana. Melancolías ocasionadas por el peso de tanta riqueza sin sentido. Trampa de su vacío y hambriento corazón. Jamás, en toda su trayectoria como criminal, habían logrado engañarlo. Pero la falta de amor es traicionera. Gracias a aquel descuido recibió la muerte, único patrimonio del hombre.

Tenía derrame cerebral y empezó a vomitar sangre. Bañó las piedras. Sus hombres no lograban creer lo que veían.

Se dejó sentir nutrido tiroteo.

Los Doce de Hong Kong fueron sorprendidos a menos de cincuenta metros de alcanzar su objetivo. No tenían muchos puntos de apoyo y aún así intentaron responder la agresión. Pero la muerte de Wong fue definitiva: no supieron de pronto para dónde tirar. Segundos decisivos. Se vieron obligados a defenderse con su propia sapiencia.

Cayeron dos de Hong Kong.

–Lánzales el gas –aconsejó uno de los Doce.

Sacaron unas pistolas de gran hocico y dispararon balas de vaho tóxico. Los proyectiles, que cayeron a unos metros de Gabino y Sombra, contenían tanto poder destructivo como para matar todo lo que hubiera vivo en la cumbre.

Los de Hong Kong se cubrieron con mascarillas.

El pleito era letal y los nueve orientales restantes decidieron no tomar riesgos. Retrocedieron. En el camino fueron acribillados dos más. Las blancas túnicas desgarradas por los tiros. Sólo siete lograron descender. Llegaron a la planicie.

Se miraban sorprendidos.

No estaban asustados pero, de ser preciso, deseaban morir en su lejana China. Resolvieron abandonar México. Llevaban prisa y abordaron la camioneta. Habían dejado en el risco el cadáver de Wong, el Ciego, y de cuatro de sus compañeros. Se dirigieron a toda velocidad al pueblo de La Dalia.

Atravesaron el boscaje y en cuarenta minutos estaban en la pista.

Ahí los aguardaban el piloto y el avión. Tenían urgencia por dejar los ramajes. Aunque se hallaban confundidos y sus explicaciones eran vagas, ordenaron despegar.

Ya en el aire y mientras sobrevolaban la Cuenca, llamaron a Reynosa informando que regresaban a Asia. Notificaron la muerte de Wong y de algunos de sus compañeros. Asimismo afirmaron que habían logrado matar a los tres cabecillas del ramaje. Sin Wong, no podrían deshacerse del resto de los líderes rebeldes de Tamaulipas y la operación se quedaría inconclusa.

Condonaban los cinco millones de dólares restantes.

La información que dieron los sobrevivientes de Hong Kong acerca de que habían matado a los tres cabecillas del ramaje fue cierta a medias, porque aparte de Cayetano, en la Cara del Caído sólo Gabino agonizaba. Sombra, que resultó ilesa del veneno por la sencilla razón de que la naturaleza se vale de ocultas argucias para favorecer a las preñadas, se encontraba completamente sana y lúcida.

Estaba junto al moribundo haciéndole compañía. El abismo hondamente callado.

–No puedes morir. Vamos a tener una hija.

–¿Y cómo sabes que es una hija?

–Lo sé.

–Ponle Adelaida.

–Le pondré Alfonsina, como tu madre. Nuestra hija llevará el nombre de Alfonsina Espejo Caminos y jamás volverás a estar solo. Donde quiera que tu alma encuentre amparo, en cualquier sitio donde tu esencia se halle, date cuenta que tienes una hija, alma femenina que te amará por siempre.

Gabino oyó y dibujó una sonrisa triste. Aparte de Sombra, jamás conoció el calor de un afecto. Y ahora tenía una hija.

Qué hizo para merecer tanto.

No supo contestarse porque sintió un profundo sueño y se abandonó al desahogo de la agonía. Para qué desconfiar de algo tan leal como la muerte. Fidelidad sincera, reposo sin linderos.

Dos minutos después, Gabino Espejo estaba muerto. Muerto y más, dicho al estilo del abismo. Difunto. Extinto.

Con él acabó la Banda de los Corazones.

Acabó también la tarde más dichosa de Manuela Solís, el prófugo de la Correccional de Victoria, el chamaco de Cadalso, el huérfano del ramaje, el flaco desdichado, el nalgas de perro, el talegas llenas, la pasión de Sombra, el Adivino, el pistolero más rápido y letal que será recordado en los llanos de Tamaulipas.

Murió también todo un tiempo de inolvidables correrías. Risas que juegan entre hiedras. Noches de lluvia que mojan los caminos. Chorros de agua que escurren de las hojas. Huellas en lodazales.

Sombra Caminos abrazó al Adivino, su único y breve amor. Padre de la criatura que llevaba en el vientre. Le derramó dos lágrimas porque no había tiempo para llorar más.

En tanto Wong, el Ciego, y sus compañeros eran devorados por las auras, Sombra abrió el sepulcro de la ladera.

Cama eterna de Gabino Espejo.

Lecho donde descansará su amor terrestre.

Metió en ella el cuerpo. Duerme en paz, amor de mis más dulces mañanas. Príncipe de los fugitivos. Germinarán hiedras, brotarán helechos. Tal vez prosperen flores.

Mas nuestro amor brotará en otros espacios.

Una vez que Gabino dormitó dichoso, fue amortajado con ramas de ajenjo, hojas de ruda y otras hierbas aromáticas. Selló la tumba con pesadas losas.

Después de haberle dado sepultura a su único amor, Sombra dirigió sus vacilantes pasos hacia el mundo. Mainero se veía hacia abajo. Pequeña mancha de casas. Colorido lunar de los ramajes.

La muerte de Gabino la había afectado tanto que no lograba controlar el pensamiento. Ignoraba para dónde iba y no sabía qué buscaba.

Tampoco tenía interés en saberlo.

25

Los póstumos apuntes de las Divas aseguran que a las once de la mañana de aquel trágico día, hora en que el hampa de México supo de la muerte de Wong, el Ciego, desde las más altas cúpulas del crimen organizado internacional se recibió la orden de que todas las pandillas de Tamaulipas, las del Sombrío, las del Sardo y las independientes, efectuaran un armisticio y se reunieran de emergencia en el pueblo de Engracia.

La situación se presentaba incierta.

Más de cien gavillas pertenecientes a las organizaciones más crueles de la delincuencia en Latinoamérica colmaron los espacios públicos y se reunieron en el lugar fijado.

Salvadoreños y mexicanos en su mayoría.

Rusos, chinos, guatemaltecos y colombianos.

El Abogado tomó la palabra y les hizo saber a todos los hampones que los Doce de Hong Kong habían venido a Tamaulipas y sufrieron importantes bajas. En caso de contingencias futuras no se contaría con ellos. Llamó a la reunificación del hampa.

Conferenciaron.

El Sombrío carraspeaba entre la turba.

Aunque no se llegó a ningún acuerdo porque todos solicitaban quedarse con el liderazgo del noreste, las tres facciones del crimen convergieron en una resolución: asestarle el golpe mortal a los cabecillas de la Banda de los Corazones, únicos pistoleros de Tamaulipas que no mostraban simpatía por ninguno de los demás bandos y que al matar a Wong demostraron lo peligrosos que eran.

Casi cada homicida de la Cuenca tenía reclamaciones contra ellos. Mucha envidia por las canciones que el pueblo les compuso. Precursores de la gran deserción. Culpables directos de que el hampa se hubiera fragmentado.

Aunque los de Hong Kong aseguraron haber matado a los tres principales líderes, se dudaba del informe ya que la única muerte confirmada fue la de Cayetano.

A las dos de la tarde, la delincuencia dejó de conferenciar y unificada por un acuerdo pasajero envió a la Cara del Caído a sus más eficientes homicidas. Desplazados por sus veloces camionetas tomaron la carretera 85 y a las cuatro de la tarde se hallaban muy cerca del peñasco. Dejaron el asfalto y entraron en pedregosos caminos.

Están al pie del risco. Empiezan a subir.

El Abogado, el Sombrío, el Sardo y varios líderes de pandillas independientes aguardaban abajo jugando a las cartas y bebiendo whisky.

Eran varias decenas de hombres los que subían. Llevaban maquinaria y armas. Botas y zapapicos. Cascos y chalecos. En el camino fueron encontrando trozos del cuerpo de Wong y de algunos de sus discípulos.

La túnica del Ciego desgarrada por las auras. Sandalias rotas y trozos de piel.

Ya en la cumbre, no encontraron despojos de los cabecillas del ramaje y supusieron que el Adivino y la Virgen habían sobrevivido. Recorrieron las laderas pesquisando restos, pero no hallaron más carroña.

A las cinco de la tarde los sicarios se toparon con un penitente. Convecino de la cordillera. Viejo de asno y chaquetilla.

El anciano les recomendó tranquilizarse porque el pistolero conocido como el Adivino había sido asesinado por los orientales. Expiró sin gala, dijo. Calladito como los jilgueros.

Sombra, agregó, la bonita, la que se vestía de varón, sepultó el cadáver.

Los sicarios oían.

—¿Quién es Sombra?

—Sombra fue el pistolero que México conoció como la Virgen. Era mujer. Sombra Caminos, su nombre completo.

—¿Podemos ver el cadáver del Adivino?

El anciano sabía el punto exacto donde estaba el sepulcro, pero no quiso mancillar el sueño del muchacho. Permanecerás dormido en el alma simple de la estalactita. Inquilino de la piedra. Nadie interrumpirá tu natural reposo.

—Ignoro dónde fue sepultado.

—Y ella, ¿dónde está?

—Ella se dirigió a Mainero.

El hombre dejó de hablar y las pandillas dejaron el abismo. Abordaron los vehículos.

Casi cien hombres indagan en las seis de la tarde.

El grupo del hampa arribó a Mainero dispuesto a destruir todo vestigio de aquella banda informal que tantos dolores de cabeza dio. Sobrevivientes que debieron haber fallecido desde un principio y que por tiranías de la casualidad anduvieron muchos años viviendo sin consentimiento.

Rodearon el pueblo y amenazaron civiles.

—¡No intenten nada o sus hijos lo pagarán!

¿Sus hijos? ¿Por qué siempre los que aún no pueden defenderse? ¿No sería mejor un duelo entre iguales?

Alguien les informó que efectivamente, Sombra Caminos se encontraba en el pueblo. Estaba resguardada en el Olmo de la Emperatriz y se veía afligida. Arrollada por el embate de tristezas muy nuevas. Marcas emocionales.

Los aljibes del alma harto derramados.

Se prepararon para acribillarla.

Ya están apostados en techos y paredes. Todo el callejón ocupado. Las metralletas listas. La mirada muy fija.

Lograron ver a Sombra. Sí, es ella. La Virgen.

La chamaca escuchaba los preparativos para su deceso.

Sonaron varias ráfagas con el propósito de amedrentar y el estruendo de las descargas se disolvió en la honda llanura. Nadie repelió el ataque.

El mundo, afónico escenario.

Como los pandilleros no consiguieron resultados, se acercaron al olmo. Estrecharon el cerco.

Se oyó la voz de Barrabás Rendón, asistente del Sardo.

—¡No queremos matarte, Sombra Caminos! ¡Únete a nosotros!

—¡En dos meses tendrás mucho dinero! —prometió alguien de la gente del Sombrío.

Los sicarios se dieron cuenta que estaban haciendo ofrecimientos vanos. La delincuencia se hallaba fragmentada y no podían tomar decisiones unilaterales.

—¡Si te unes a nosotros te asignaremos la plaza de Nuevo Laredo! —agregó alguien de las bandas independientes.

Sombra escuchaba tras el olmo. Tenía la mente ocupada en dóciles imágenes. Besos robados a la luz de otros días. Risas de chiquillos que se bañan en estanques. Felicidad que pasó como vertiginoso bólido. Alegría que permanecerá escrita en lo hondo del cielo hasta que todo rumor guarde silencio.

—¡Tienes dos minutos para aceptar! ¡Si no aceptas, eres carne muerta!

Pasó un minuto y otro más. Los minutos se acumularon y pasó largo rato. Las ametralladoras tan silenciosas como estancados ríos. Mutismo y omisión.

Las amenazas y los ofrecimientos continuaron. Las palabras eran arrebatadas por la brisa, surcaban zaguanes y patios, se estrellaban en canteras. Tras las puertas, había mujeres contando las promesas.

Los criminales se fatigaron del palabrerío y las ametralladoras volvieron a mostrar el hocico. Metal que rasga vidas. Oscuras tumbas del entendimiento.

El Abogado, que se hallaba entre los asesinos y que ya dominaba con pericia el arte de arrojar flemas, no pudo controlar la emoción y lanzó rollizo mazacote. Luego, con ese apogeo que llena la garganta cuando se ordenan decesos importantes, dijo:

—¡Mátenla!

Los dedos de nuevo en los gatillos. Esta vez las que escupieron fueron las ametralladoras. Salivazos de fuego.

Ya están disparando.

Tras el olmo, Sombra percibió el estruendo. Descomunal nube sonora. Los perdigones rebotan junto a ella. Pudo haber tomado la pistola y tirado como cuando fue conocida como la Virgen. Contorsionarse y bailar la Evolución del Jaguar. Tirar hacia adelante y hacia atrás como cuando la llamaron el Niño Asesino del Cajón de Mansalva.

Por alguna causa no disparó. La escuadra enfundada sobre el corazón. Las ametralladoras se volvieron más intensas.

Fue tal la estridencia, que hubo un momento en que el ruido perdió su cualidad de ruido. Más allá del fragor existen vacíos inmateriales. Ocultas hondonadas donde te aguardan inesperados tramos. Repentinas lámparas.

Todo se tornó silencioso, descolorido y blanco.

Según recreaciones de las Divas, fueron percutidos más de cien mil cartuchos.

El tiroteo es muy intenso y una niña desamparada deambula entre las bailadoras. Pregunta por su madre perdida. Los relatos vuelan sobre las desoladas tolvaneras como inútiles páginas.

Agonía de las letras.

Tregua de los violines.

La leyenda de Sombra Caminos la arrastrará la vida.

Sólo penumbras, sólo soledades.

Los pueblos del ramaje arden en la insolación de las almas. Las carcajadas de los asesinos.

Criptas de México.

Las manos de Gabino Espejo te protegen de los disparos.

—¿Quién eres tú, chamaco hermoso, que te proteges en ese olmo? Algo importante hiciste que todo el resentimiento de la iniquidad va dirigido a ti.

Ningún tiro le dio porque los relatos de las Divas la salvaguardaron. Habrían de dejar escrito que el Olmo de la Emperatriz se ensanchó.

El inmenso tallo recibió los impactos.

Sombra trajo a la memoria a los párvulos asilados en la Enfermería de Dios Niño y el caballo de vidrio que prometió llevarles. La cristalina risa de Eduviges Caminos perfumada de infancia. Se acordó de los niños de Tamaulipas que crecían en el silencio del gran páramo.

¿Serían masacrados por las pandillas? ¿Apurados por sobrevivir se convertirían en homicidas?

De cualquier forma, el crimen los pisoteará.

Una melancolía muy honda le hizo saltar las lágrimas.

Escuchó la voz de Adelaida Caminos. Giró la cabeza hacia el lado derecho y entonces logró verla.

Era ella.

Adelaida Caminos. Mujer de mis perdidas alegrías. Madre de infinitas hambres, madre de sinsabores y tragedias.

Venía corriendo por sombrío callejón con un manto blanco en una de las manos. Atrás de ella corrían todas las bailadoras de la Sierra de Ventanas.

Eran las niñas del hambre. Párvulas de la pobreza. Infantas omitidas por las legislaciones. Huérfanas de Latinoamérica que venían a custodiar su espíritu.

–¡Sombra! ¡Hija! –se lamentaba Adelaida–. ¡Te acorralaron entre muchos!

Uno de los criminales, aprovechando el sosiego del olmo y la discreción de Sombra, pero sobre todo tratando de apropiarse de la fama que lo ungiría si lograba arrancarle la vida y de los millones de dólares que le serían obsequiados cuando entregara el cuerpo, se acercó al árbol intentando matarla por la espalda.

El negro hocico de la pistola. Todos los ojos muy atentos.

Cuando el sicario apareció al otro lado del olmo y apuntó, el sueño de convertirse en capo se le rompió en astillas. Sombra no se encontraba ahí.

Sólo un listón azul abandonado en el suelo.

Dos flores blancas charlando embelesadas.

Documento del aire. Acta del voladero.

Las Divas cuentan todavía que Sombra Caminos se volvió respiración de hiedra. Página de muchos libros. Súplica de abandonados huérfanos. Plegaria de matorrales y barrancos.

Es ato de perfume que viene y te rodea. Dócil airecillo. Rumor de los crepúsculos.

Bajó una mañana de la Sierra de Ventanas y sin que le incumbiera ahondó en querellas con los de mal corazón.

Fue princesa del vulgo y reinó entre ramas.

Pero la hermosura no es faro de perpetuidad y a pesar de su belleza se ha marchado.

Desde este día las carabinas del pueblo enmudecerán para siempre. Los amigos que un día se juntaron a la orilla del agua no se reúnen más. Ahí está toda la riqueza para que los hampones puedan dilapidarla bien.

A partir de este ocaso los criminales podrán asesinar con aplomo. Nadie habrá de oponerse.

¡Qué más da! Las canciones jamás se volverán a oír.

Y si no te ocasiona enfados, lee la epístola que luego de la ausencia de Sombra Caminos apareció grabada en el Olmo de la Emperatriz.

Es posible que ella la haya escrito. Es posible que no. Tal vez la escribió el pueblo. Quizá Cayetano.

Letras que al tenor declaran:

Si quieres ser el rey del mundo entenderás que las mujeres son gratas.

Los hombres, amenos.

Las guitarras, cajones de melancolía.

Los niños, resultado del acercamiento.

La música, Dios.

Y si vas a disparar un arma sé inteligente como los animales, justo como la tierra, arrojado como el agua, cauteloso como los muertos, puntual como un suspiro, sincero como el olvido, inspirado como los poetas, afinado como un violín.

Favorece a los caballos.

Alaba a los perros.

Respeta a los gatos.

Admira a los jilgueros.

Témeles a las águilas.

Huye de los jaguares.

Evita a las culebras.

Agradece la mirada de los jumentos.

Corresponde al árbol que te presta su sombra, al pájaro que te da su lamento, al cielo que te cobija, al sol que le pone luz a todo, a la luna que te hace reír.

Ignora a los valientes.

Elude a los presuntuosos.

Esquiva a los resentidos.

Besa a las muchachas.

Págales a los músicos.

Júntate con los alegres.

Desprecia a los mentirosos.

Dispárales a los malditos.

Y lo más importante: jamás quedes debiendo un beso.

Si fue beso de párvula, págalo con la misma pasión que te fue dado. Si fue de cantinera, amortízalo con un puñado de oro.

Lo otro: eso de tallar corazones en los troncos de los árboles es incidental. La Banda de los Corazones lo hacía porque fuimos una plétora de párvulos ociosos, chiquillos vagando en lo más intrincado de los chaparrales, fugitivos de una civilización que se enranció.

Pero no intentes ir más allá porque ya no se puede. No hay caminos hacia lo hondo de la ausencia.

Todas las leyendas se mantienen cerradas.